我们爱读唐宋词

任明新 著

合肥工业大学出版社

图书在版编目(CIP)数据

我们爱读唐宋词/任明新著. —合肥:合肥工业大学出版社,2018.6(2023.12 重印)

ISBN 978 - 7 - 5650 - 4035 - 1

Ⅰ.①我… Ⅱ.①任… Ⅲ.①唐宋词—诗歌欣赏 Ⅳ.①I207.23

中国版本图书馆 CIP 数据核字(2018)第 125906 号

我们爱读唐宋词

任明新 著　　　　责任编辑 疏利民

出 版	合肥工业大学出版社	**版 次**	2018 年 6 月第 1 版
地 址	合肥市屯溪路 193 号	**印 次**	2023 年 12 月第 3 次印刷
邮 编	230009	**开 本**	710 毫米×1010 毫米 1/16
电 话	综合编辑部:0551 - 62903018	**印 张**	19.75
	市场营销部:0551 - 62903198	**字 数**	262 千字
网 址	www.hfutpress.com.cn	**印 刷**	安徽昶颉包装印务有限责任公司
E-mail	hfutpress@163.com	**发 行**	全国新华书店

ISBN 978 - 7 - 5650 - 4035 - 1　　　　定价:32.00 元

前　言

在中国古代文学的大花园里，唐宋词有其独特的芬芳，与唐诗争奇，与元曲斗妍，远从《诗经》《楚辞》及汉魏六朝诗歌里汲取营养，深受唐代诗歌精华滋养，又为后来的元代戏剧明清小说输送了有机养分。直到今天，它那些闪烁着人文主义精神光辉而又达到很高艺术境界的作品，仍在陶冶着人们的情操，给读者带来美的享受，温润着我们的情感和生活。

词起源于民间，原叫“曲子词”，虽然俚俗质朴，但活泼生动，散发浓郁的生活气息。由盛唐始，文人词相继出现，李白揭开文人词创作的帷幕，其后刘禹锡、张志和、白居易等诗人均展示精彩词作。晚唐诗人温庭筠、韦庄等相继登场，词作被收入《花间集》。五代十国出现南唐词派，其“士大夫之词”的堂庑渐开，代表作家为李璟、冯延巳和李煜。

北宋初年，铁血宰相范仲淹也有真情动人的思乡报国词作。柳永混迹于青楼歌馆，创作大量风格婉约的慢词。在北宋宽松的政治环境中，大批文人沉迷歌舞享乐，写出一批真情动人的爱情佳作，如晏殊晏几道父子、欧阳修、张先、宋祁等。苏轼提倡诗词一体观念，开拓题材，提升词境，慷慨激昂的豪放词振奋了词坛，突破了词为“艳科”的传统，提高了词的文学地位。周邦彦是宋代婉约词的代表作家之一，在音律上多有创调，集词律大成，被誉为“词中老杜”。

李清照后期词作抒写国破家亡人逝的惨痛之情，化用口语入词，提出词“别是一家”，不愧为一代词后。其后出现张元幹、岳飞、陆游、张孝祥等一批爱国词人，词风豪壮悲凉。词坛“巨龙”辛弃疾进一步发展苏轼豪放词风格，与苏轼并称为“苏辛”，以文为词，使事用典，内容充实而词品极高，高歌爱国爱民最强音。

王国维在《人间词话》中说：“词以境界为最上，有境界则自成高格，自为名句。”

本书精选的 109 首词作，都是符合王国维境界说标准的。

目　录

第二编　北宋词

第一编 唐五代词

梧桐更兼细雨　汪晓彬 绘

唐代诗坛的副业

——同诗一样精彩的长短句

唐代是诗的盛世，中国诗歌发展的顶峰。

词是唐五代时兴起的一种配乐歌唱的新体诗，又称为诗余、长短句、曲、曲子词等，后来才称为词。它在隋唐之际已经产生，中唐以后文人创作渐多，晚唐五代趋于繁荣，宋代极盛，达到发展的顶峰。

唐代曲子词最早流行于民间。敦煌曲子词的发现，就是证据。文人填词之风始于唐中叶。进入晚唐，填词的风气更普遍了，所用的词调有所增加，词作在艺术上也比较成熟。

词在唐代虽然只是诗坛的副业，但同样出现不少传诵千古的佳作。

沙尘掩不住它们的光辉

——两首活泼灵动的敦煌曲子词

1900年，在甘肃敦煌莫高窟（又称千佛洞）发现了大量唐五代民间词曲，或被称为敦煌曲子词，或被称为敦煌歌词。它们是千年词史的精彩开端和重要组成部分。这些长期掩埋在沙尘中的作品，虽然很多在语言和艺术上还有些粗糙，但是从总体上看内容丰富，形式活泼，风格繁富，有鲜明的个性特征和浓郁的生活气息，反映了词兴起于民间时的原始形态。

从内容上来说，这些曲子词有边客游子之呻吟，忠臣义士之壮语，隐士君子之怡情悦志，少年学子之热望与失望，以及佛子之赞颂，医生之歌诀，莫不入调。其中写得最多、最好的依然是言男女情爱的作品。

浣溪沙

五两竿头风欲平，张帆举棹觉船轻。柔橹不施停却棹，是船行。

满眼风波多闪烁，看山恰似走来迎。子细看山山不动，是船行。

注释 >>

[1] 五两：古代候风的用具。用五两（一说八两）鸡毛制成，故名。系于高竿顶端，用来测占风向、风力。“两”或作“里”，“里”是“量”的形误。六朝以后，“两”、“量”常常通用。风欲平，是说风力转弱。

[2] 柔橹不施：谓操橹轻摇，也指船桨轻划之声。

赏析 >>

这首小词从最直接的生活经历而来，描述了一个生活中的有趣发现，有着浓郁的生活气息。

其中有过程叙述，有风景描述，有心理描写，还有用心思考。是一个生活中的有心人在经历生活、发现生活、思考生活，从而表现出生活的智慧和对生活乐观的态度。

上片写的就是船家抓住时机顺风行船。

下片写的则是坐船人的观察和思考。

由错觉到真相，是因为观察者换了参照物，这是作者观察更仔细的缘故。这也给我们一个启示：观察事情需要除去错觉才能获得事情的真相。

词中以舟子行船之喜悦，表现出劳动者对人生的从容大度和乐观精神。

俞平伯认为：以船本身为参照物本难以表达“船行”的感觉，而作者以逆风时的“觉船轻”来衬托顺风时的“是船行”，而两语相承，似复非复，甚是巧妙。

链接 >>

敦煌曲子词的内容和艺术特点

就现在发现的敦煌民间词来看，其内容是相当丰富的。其中最突出的是抒发爱国之情，期盼国家兴盛等内容的作品，这些词表达了“安史之乱”以后边地人民的苦难以及他们热诚盼望国家再度兴盛的强烈愿望。此外，有的民间词还反映了商人游子的旅况与艰辛，反映歌儿舞女的恋情生活及对幸福生活的渴望，有的词还抒发了征夫思妇对不义之战的厌倦情绪，等等。

作为词的初期形态，敦煌曲子词也明显不同于后来成型的歌词。它的初期形态特征，吴熊和先生在《唐宋词通论》中归纳为六点：有衬字、字数不定、平仄不拘、叶韵不定、咏调名本意者多、曲体曲式丰富多样。同时在艺术表现上，许多作品还过于俚俗粗糙，往往令人不堪卒读。曲子词这颗明珠，还掩埋在沙土之中，需要文人去挖掘、揩拭、磨光。

鹊 踏 枝

巨耐灵鹊多谩语，送喜何曾有凭据？几度飞来活捉取，锁上金笼休共语。

比拟好心来送喜，谁知锁我在金笼里。欲他征夫早归来，腾身却放我向青云里。

注释 >>

[1] 巨耐：不可忍耐。

[2] 谩语：说谎话。“谩”一作“漫”。

赏析 >>

36 年前读到这首词，就发现这首词构思新奇巧妙，表现手法活泼灵动。在唐代民间，还有这样好的词作，这么新鲜活泼，充满浓郁的生活气息，可见“好诗在民间”其言不谬。

作词人本来要表达的是思妇对于长期出征的丈夫急切思念和盼归之情，但是词作者没有通过描写思妇的行为、神态等表现其思想感情，而是别具匠心地设计了她和喜鹊各自的独语来表达心声，得无理而有理之妙，妙趣横生。

上片写女主人公因思夫而捉鹊、锁鹊，看似蛮横粗暴，实则是极为直率地表达感情的方式。

下片喜鹊对答，满怀委屈，想腾身飞向青云，流露出乖巧的要求——获得自由。

此词思想内容和艺术形式，再次生动证明“歌、诗、词、曲，我以为原是民间物”（鲁迅语）和“在人民的创作中，蕴藏着无限的财富”（高尔基语）的艺术规律。

链接 >>

灵鹊报喜

灵鹊报喜是中国特有的民间习俗。不过，将灵鹊的鸣叫当作行人归来的预报，毕竟只是一种相沿而成的迷信观念，因而也就往往难以应验。而这首《鹊踏枝》采用这一习俗入词，正是觑着它的“跛脚处”而有意生发，其目的还在于表现少妇思夫不得而对灵鹊的迁怒。于是，不合理的习俗倒构成了合理的故事情节，而且也由此增强了词作的生活气息和真实感。这有如点石成金的魔棒，有此一着，顿使全词发生了奇妙的变化，给了两段普通的心曲以光彩、活力、生命，使词作生动感人。

千中数一之神品

——“百代词曲之祖”李白的《菩萨蛮》《忆秦娥》

李白（701—762），字太白，号青莲居士，被誉为“诗仙”。我国唐代伟大的浪漫主义诗人，被贺知章誉为“谪仙人”，与杜甫并称为“李杜”。其诗大多通过描写山水抒发内心的情感，诗风雄奇豪放，他的诗脍炙人口，万古传扬，是中国诗歌乃至中国文化的一张亮丽名片。

李白是中国历代千万诗人中最受人喜爱的伟大诗人之一。中小学课本共选其诗二十余首，是历代诗人中最多的。

菩　萨　蛮

平林漠漠烟如织，寒山一带伤心碧。暝色入高楼，有人楼上愁。

玉阶空伫立，宿鸟归飞急。何处是归程？长亭更短亭。

注释 >>

[1] 平林：平原上的林木。

[2] 漠漠：此是广阔貌。

[3] 寒山：指让人看了感到有寒意的山，即林木葱茏茂盛的山。

[4] 暝色：暮色。

[5] 长亭：古路旁亭舍，又称驿亭，常用作饯别处。《白孔六帖》卷九有“十里一长亭，五里一短亭”。清末置邮局后始废。驿，驿站、传舍，古代传递文书、官员来往及运输途中暂息住宿之所。

赏析 >>

这是一首很典型的思乡怀归之作，其情境囊括了天下游子们共有的离愁别绪。

唐代诗人多为寒士，漫游为其主要生活方式。他们因交通不便，信息难通，羁旅在外，有较强的空间阻隔感。在他们眼里，一座座山，一条条河，都成了阻隔他们与家乡与亲人团聚的障碍物，因而登高望远时产生了强烈的思乡怀归感。

说此词是游子思乡盼归，可以从词中的“有人楼上愁”“何处是归程”两处看出来。

这首词有两个最鲜明的特色：一、以景物衬托人物心情。平林、轻烟、寒山、暝色、宿鸟、长亭、短亭，这些景物勾起游子的思乡惆怅之情、有乡难归之叹。这些事物本来没有感情色彩，但是在惆怅思乡的人眼里，它们有了浓烈的感情色彩，即“以我观物，物皆着我之色彩”也。二、词以主人公的思乡怀归为主体，其中也拟想了闺中人对游子的思念：“玉阶空伫立，宿鸟归飞急”，仿佛电影里的双向镜头。在杜甫的诗《月夜》中也有同样手法：“今夜鄜州月，闺中只独看。遥怜小儿女，未解忆长安。香雾云鬟湿，清辉玉臂寒。何时倚虚幌，双照泪痕干。”

南宋词人韩元吉的《念奴娇》词中云：“尊前谁唱新词，平林真有恨，寒烟如织。”可见到了南宋这首《菩萨蛮》仍传唱不绝。

链接 >>

暮色下的期盼

在中国人的生存意识中，春节和中秋节是一年中团圆的时节。远离家乡的人，无论如何都要想方设法和亲人团聚。而在黄昏时分，夕阳西下时，又是回家休息的时候，在这个时候远方的游子常常思念家乡和亲人，家人也会思念远在异地的游子，这似乎成了一种生活习惯和思维心理定式。特别是飞鸟返巢、牛羊归圈、劳动者回家休息这样的情景，更能勾起人的乡思和乡愁。

《诗经》里《君子于役》就有“鸡栖于埘，日之夕矣，牛羊下来。君子于役，如之何勿思”在夕阳西下时思念服役征人的诗句。在初唐诗人王绩的《野望》中亦有“牧人驱犊返，猎马带禽归。相顾无相识，长歌怀采薇”，在这样的乡村暮归图中诗人产生了归隐之意。在温庭筠的《望江南》一词中有“过尽千帆皆不是，斜晖脉脉水悠悠，肠断白蘋洲”，这是急切思念心上人的诗句。在马致远的《天净沙·秋思》中有“夕阳西下，断肠人在天涯”，这是漂泊游子思念故乡和亲人的沉重哀叹。

暮色下，总有绵绵的期盼和思念。

忆 秦 娥

箫声咽，秦娥梦断秦楼月。秦楼月，年年柳色，灞陵伤别。

乐游原上清秋节，咸阳古道音尘绝。音尘绝，西风残照，汉家陵阙。

注释 >>

[1] 秦娥：指秦地美女。“秦娥”本指的是古代秦国的女子弄玉。传说她是秦穆公嬴任好的女儿，爱吹笙，嫁给善吹箫者萧史，后两人双双成仙，骑凤飞天。

[2] 秦楼：谓萧史、弄玉凤台乘鸾飞去的楼台。

[3] 灞陵：“灞陵”又作“霸陵”，故址在今陕西省西安市东，因有汉文帝墓而名。近有霸桥。汉、唐时长安人送客东行，多至此折柳送别，黯然伤怀，故又名销魂桥。

[4] 乐游原：唐代的游览胜地，故址在今陕西西安市南。

[5] 清秋节：指农历九月九日的重阳节，是当时人们重阳登高的节日。

[6] 咸阳古道：咸阳，秦都，在长安西北数百里，是汉唐时期由京城往西北从军、

经商的要道。古咸阳在今陕西省咸阳市东二十里。唐人常以咸阳代指长安，“咸阳古道”就是长安道。

[7] 音尘绝：音信断绝。

[8] 汉家陵阙：汉朝皇帝的陵墓都建在长安四周。阙，陵墓前的楼观。

赏析 >>

这一篇千古绝唱，永远映照着中华民族的吟坛声苑。

本词上阕写秦地女子思念心上人的愁苦之情，以“箫声咽”衬托了秦娥梦断的心情，这“年年柳色”把思念离别之情拉得更远了。下阕则由思妇节日里的思念进一步拓宽意境，抒发了词人怀古伤今的情绪，把个人的忧愁融进历史的忧愁中。面对秦汉那样赫赫王朝的遗迹——咸阳古道，汉家陵阙，进入历史的反思，造成了一种悲壮的兴亡感。意境博大，意蕴浑厚。

王国维在《人间词话》第十则评“西风—陵阙”两句：“太白纯以气象胜。‘西风残照，汉家陵阙’寥寥八字，遂关千古登临之口。后世唯范文正之《渔家傲》，夏英公之《喜迁莺》，差足继武，然气象已不逮矣!”

在这个简评中，王国维把这两句词推上了千古登临词作的最高峰。

链接 >>

登临以抒怀

李白这两首词作，都是登临之作。

古人为何而登临，登临之作都写些什么?

初唐诗人陈子昂有“前不见古人，后不见来者。念天地之悠悠，独怆然而涕下”，怀古思今，抒发怀才不遇的忧伤之情。

盛唐诗圣杜甫有“花近高楼伤客心，万方多难此登临”的诗句，抒发身处“安史之乱”中的忧伤。

北宋政治家王安石有“不畏浮云遮望眼，只缘身在最高层”，抒发了勇敢无畏的豪情。

南宋军事家岳飞有“抬望眼，仰天长啸，壮怀激烈”，抒发了杀敌报国的壮怀。

归结起来，诗人登高望远，大多是借登高望远以抒发情感，有的是满怀豪情壮志，有的是一腔愁苦愤懑，有的是深切思念故乡和亲人而不能回的无奈。其抒情方式大多是寓情于景，借景抒情。

隐者的惬意诗境

——张志和的《渔歌子》

张志和（约730—约810），字子同，婺州（今浙江金华）人。少年有才学，擅长音乐和书画，很受唐肃宗重视，后隐居江湖，自称“烟波钓徒”，作品多写闲散生活，诗歌风格清新自然。

张志和的《渔歌子》问世仅七年时间就传到了日本，嵯峨天皇读后倍加赞赏，亲自在贺茂神社开宴赋诗，此诗与张继的《枫桥夜泊》一起列入日本教科书。

渔歌子（其一）

西塞山前白鹭飞，桃花流水鳜鱼肥。
青箬笠，绿蓑衣，斜风细雨不须归。

注释>>

[1] 渔歌子：《渔歌子》又名《渔父》《渔父乐》《渔夫辞》，大概是民间的渔歌。作者写了五首《渔歌子》，这是第一首。词牌《渔歌子》即源于张志和写的《渔歌子》而得名。“子”是“曲子”的简称。

[2] 西塞山：在今浙江吴兴县西南。

[3] 鳜（guì）鱼：即民间所说桂鱼，细鳞，淡黄带褐色斑纹，味道鲜美。

[4] 箬笠：斗笠，用竹片或竹叶编制的斗笠。

[5] 蓑衣：用茅草或棕麻编制的防雨衣服。

赏析 >>

张志和《渔歌子》既是一幅特别的风景画，又是一首特殊的言志诗。

说它是一幅风景画，因为全诗五句，句句有景，共同构成一幅富有动态美的江南春景图、渔翁逍遥图。

说它是一首言志诗，因为这首词形象地传达了道家归隐思想，用渔父这一出世归隐、无执逍遥、无欲无求、无牵无挂的出世形象，与儒家的知其不可为而为之的入世形象形成对照，表达了一种清静无为、自然逍遥的心志。在末尾的“不须归”三字中，表面在说归不归，事实上，正是用隐语言志，可谓全词文眼。“不须归”，是此心安处即吾家，何必归去？

刘学箕认为作者特意安排这么一个渔父，“襟度洒落，望之飘然”，是为了矢意绝尘脱俗。

这首词正如胡震亨称道王维所说的：“以淳古淡泊之音，写山林闲适之趣。”

链接 >>

中国文人的渔父情结

古代儒家知识分子一方面积极用世，但是也有理想不能实现时候产生的“渔父（归隐）情结”。

孔子就说过“道不行，乘桴浮于海”，意思是说，如果仁政的理想不能实现，我就乘筏漂流于海上，从此归隐江湖了。

文学作品中最早的渔父形象见于《楚辞》，与庄子同一时代的屈原，才华横溢，耿介忠直，以拳拳之心事君报国，然而“义臣”不遇“明君”。当他在放逐途中踽踽独行于沅水之畔时，当他心中体味着中国文人最深重的苦痛时，渔父踏浪而来，那真是一个历史性时刻。

楚辞·渔父

屈原既放，游于江潭，行吟泽畔，颜色憔悴，形容枯槁。

渔父见而问之曰："子非三闾大夫与？何故至于斯？"

屈原曰："举世皆浊我独清，众人皆醉我独醒，是以见放。"

渔父曰："圣人不凝滞于物，而能与世推移。世人皆浊，何不淈其泥而扬其波？众人皆醉，何不哺其糟而啜其醨？何故深思高举，自令放为？"

屈原曰："吾闻之，新沐者必弹冠，新浴者必振衣；安能以身之察察，受物之汶汶者乎？宁赴湘流，葬于江鱼之腹中。安能以皓皓之白，而蒙世俗之尘埃乎！"

渔父莞尔而笑，鼓枻（打桨）而去，乃歌曰："沧浪之水清兮，可以濯吾缨；沧浪之水浊兮，可以濯吾足。"遂去，不复与言。

诗豪也有悱恻情

——刘禹锡的《潇湘神》

刘禹锡（772—842），字梦得，彭城人，祖籍洛阳，唐朝文学家，哲学家，自称是汉中山靖王后裔，曾任监察御史。唐代中晚期著名诗人，有“诗豪”之称。政治上主张革新，是王叔文派政治革新活动的中心人物之一。后来永贞革新失败被贬为朗州（今湖南常德）司马。初中语文教材中选有他的《酬乐天扬州初逢席上见赠》《秋词》《陋室铭》等几篇作品。

潇湘神（其二）

斑竹枝，斑竹枝，泪痕点点寄相思。楚客欲听瑶瑟怨，潇湘深夜月明时。

注释 >>

[1] 潇湘神：词牌名，一名《潇湘曲》。此词作于朗州（今湖南省常德市）时期，词中所及山水和故事皆在湘沅间。潇湘，湖南西南部潇水、湘水。

[2] 斑竹：即湘妃竹。

[3] 楚客：来到楚地的文人骚客们，泛指沅湘逐客，包括作者自己。

[4] 瑶瑟：以美玉妆饰成的瑟。古代弦乐器。

赏析 >>

说起刘禹锡，我们可能都比较熟悉他的《陋室铭》和“沉舟侧畔千帆过，病树前头万木春”的名句。

《潇湘神》一词是刘禹锡贬官至朗州（今湖南常德）时所作。作者因与柳宗元等参加了王叔文集团政治革新运动，执事146天，贬斥贪官京兆尹李实，罢去扰民的宫市，罢去盐铁使月进钱，夺取宦官兵权。后来，由于宦官俱文珍的胁迫，顺宗禅位与宪宗，致使革新失败。刘禹锡也因此被贬至朗州长达十年之久，心情极度抑郁。

这首词就是抒写这种心情的，用湘妃娥皇、女英泪水染竹成斑的典故，给全词蒙上了一层怅恻动人的色彩，抒写了作者悲苦至深的感情。

“楚客”是贬居朗州的作者自况。在“潇湘深夜月明时”“听瑶瑟怨”是作者凄怨心情的形象化诉求，意境清幽，情调哀楚，感人肺腑，催人泪下。这两句用的是屈原《远游》中“湘灵鼓瑟”的典故，直抒胸臆。

黄山谷在《山谷琴趣外篇》中评析说：刘梦得《竹枝》九章，词意高妙，元和间诚可以独步。道风俗而不俚，追古昔而不愧，比之杜子美《夔州歌》所谓同工而异曲也。昔子瞻闻余咏第一篇，叹曰：“此奔逸绝尘，不可追也。”

链接 >>

斑竹的传说

斑竹即湘妃竹。这是一个家喻户晓的古老传说。相传舜王南巡，客死苍梧，舜的二位妃子娥皇、女英，明知舜王已死，不可再见，却执着地南下寻找，哭啼极哀，泪染于竹，最后寻夫不见，投水自尽，以身相殉。而斑斑泪痕，便永远染在了竹子上，这就是今天的“斑竹”。

略带黄色的竹竿皮上，散布着大大小小的褐色斑点，有些朦朦胧胧的，极像溅在宣纸上慢慢浸渍的墨痕，把它比作美丽忠贞的娥皇、女英的眼泪，真是让人感动，凄美极了！

《九歌·湘君》中湘夫人盼望湘君归来有这样的嗟叹："望夫君兮未来，吹参差兮谁思""扬灵兮未极，女婵媛兮为余太息"，形象地刻画出怨妇盼夫归的哀伤。

伴随着怨妇的，是中国女人永远也流不完的眼泪。

斑竹确是神奇，仅生长在二妃墓的周围，据说移栽出去即无斑痕。这样，斑竹上的斑痕自然而然就成了二妃永远也流不完的浊泪。

斑竹上的斑痕是怎样形成的，至今没有科学的结论。或许是人们不愿去揭示它，而让这个传说永远神秘，永远美丽。

白居易的江南情

——《忆江南》二首和《长相思》

白居易（772—846），字乐天，号香山居士，河南新郑（今郑州新郑）人。我国唐代伟大的现实主义诗人，中国文学史上负有盛名且影响深远的诗人和文学家。他的诗题材广泛，形式多样，语言平易通俗，有“诗魔”和“诗王”之称。官至翰林学士、左赞善大夫。

忆江南（其一）

江南好，风景旧曾谙。日出江花红胜火，春来江水绿如蓝。能不忆江南？

忆江南（其二）

江南忆，最忆是杭州。山寺月中寻桂子，郡亭枕上看潮头。何日更重游？

注释>>

[1] 忆江南：作者题下自注说：“此曲亦名谢秋娘，每首五句。”按《乐府诗集》：

“《忆江南》一名《望江南》”“因白氏词，后遂改名《江南好》。”至晚唐、五代成为词体之一。

[2] 谙（ān）：熟悉。

[3] 绿如蓝：比蓝草还要绿。如，用法犹如“于”，有胜过的意思。蓝，蓝草，其叶可制青绿染料。

[4] 山寺句：作者《东城桂》诗自注说：“旧说杭州天竺寺每岁中秋有月桂子堕。”

[5] 郡亭：疑指杭州城东楼。看潮头：钱塘江入海处，有二山南北对峙如门，水被夹束，势极凶猛，为天下名胜。

赏析 >>

古人云：“言之无文，行而不远。”白居易的《忆江南》词从写成，流传至今，已有一千多年，那么这寥寥数语，文在何处？如何能“行”如此之远呢？

这二首词是当时诗人卸任苏州刺史，回到洛阳以后所作。

诗人早年因避乱来到江南，曾经旅居苏、杭二州。晚年又担任杭、苏刺史多年。江南的山山水水、一草一木给他留下了极深的印象。他也与那里的人民结下了深挚的友谊，直到晚年回到北方以后，仍然对这片土地恋恋不已。这二首《忆江南》词就是这种心情下的产物。作品表达了诗人对江南山水风物的热爱，对以后文人词的发展，也产生了积极的作用。

第一首，要用十几个字来概括江南春景，实属不易，白居易却巧妙地做到了。他没有从描写江南惯用的“花”“莺”着手，而是别出心裁地以“江”为中心下笔，又通过“红胜火”和“绿如蓝”，异色相衬，展现了鲜艳夺目的江南春景。

异色相衬的描写手法，在大诗人杜甫的诗里常常可见，如“两个黄鹂鸣翠柳，一行白鹭上青天”“江碧鸟逾白，山青花欲燃”，两种不同的颜色互相映衬，使诗境明丽如画。白居易异曲同工，江南的春色，在白居易的笔下，从初日、江花、江水之中获得了色彩，又因映衬手法而形成了绚丽的图画，且层次丰富，几乎无须更多联想，江南春景已跃然眼前。

第二首，既是“能不忆江南”，那么杭州这个白居易停留时间最长的地方，是什么给他的感受最深呢？古籍载“杭州灵隐寺多桂”，白居易是诗人，自然不乏浪漫的情趣，在八月桂花飘香的月夜，徘徊月下，流连桂从，时而举头望月，时而俯首细寻，看是否有桂子从月中飞坠于桂花影中。

这是何等美丽动人的一幅画面。一个“寻”字，情与景合，意与境会，诗情画意，引人入胜。富有传奇色彩，又富有诗意！

两首词，从今时，忆起往日，最后又回到今时，从洛阳到苏杭，从今日直至十多年前的往事，今、昔，南、北，时间、空间都有极大的跨度。白居易身在洛阳，神驰江南，抚今追昔，无限深情地追忆最难忘的江南往事……

白居易在《与元九书》中说：“感人心者，莫先乎情，莫始乎言，莫切乎声，莫深乎义。诗者：根情，苗言，华声，实义。……未有声入而不应，情交而不感者。”

这是他留给后人的最宝贵的艺术经验。这二首《忆江南》也正是他的艺术经验的结晶。正如题目所昭示，洋溢于整个组诗的，是对于江南的赞美之情和忆恋之情。

链接 >>

白居易的江南情结

江南是中国历史文化中一个重要的区域概念，唐代经济重心南移，江南经济繁荣，江南文化和江南文学也空前兴盛。江南山青水碧，许多文人学士在江南漫游或隐逸，极大地推动了江南文化的发展，白居易更是与江南结下了不解之缘。

白居易青少年时期因战乱使他远离故土，流落异乡，浓烈的思亲念土的感情难于言表。青少年时期游历江南的这些经历对他口后人生方向产生了不可忽视的潜在影响，成年后的白居易思想中适意达观的态度，留恋诗酒亦官亦隐的放达生活，皆始于青少年时的江南情结。

白居易任职江南，对当时江南文坛起到了重要的推动作用。“吟山歌水嘲风月，便是三年官满时。春为醉眠多闭阁，秋因晴望暂褰帷。更无一事移风俗，唯化州民解咏诗。”（《留题郡斋》）这是白居易离任杭州时所作，说在他的引导下，州民们都变得会吟诗了。

江南对白居易的文学创作深有影响，白居易的诗歌创作也极大丰富了江南水乡的文化。白居易的乐府诗歌、感伤诗和格律诗备受推崇，这些作品中有个共同特点，就是通俗优美的语言，流畅动人的节奏，重雅趣，爱自然，尚逸乐等，间或有淡淡的忧郁。

江南就如一个美丽的女子，拥有高雅的姿态，温和如流水般的柔情，甚至有母亲般的胸怀，容纳和安抚郁郁不得志的学士文人。同样也有若即若离、不愠不傲的态度，接待游山玩水的过客、仕途达意的高官，使江南融生活、美景、书香于一体。对江南深有情愫的不仅有白居易，文人学士几乎无例外地对江南一往情深，通过他们的诗文，我们能深切感受到江南的魅力。

长相思(其一)

汴水流，泗水流，流到瓜洲古渡头。吴山点点愁。

思悠悠，恨悠悠，恨到归时方始休。月明人倚楼。

注释 >>

[1] 长相思：词牌名。

[2] 汴（biàn）水：又名汴渠，自荥阳与黄河分流，向东南汇入淮河。

[3] 泗水：发源于山东泗水县，流经曲阜、徐州等地，至洪泽湖附近入淮河。

[4] 瓜洲古渡：在江苏扬州市南长江北岸。瓜洲本为江中沙洲，状如瓜，故名。

[5] 吴山：在浙江杭州，春秋时为吴国南界，故名。

赏析 >>

这首《长相思》，写一位女子倚楼怀人。女主人公极为执着炽烈的相思之情，正合了《长相思》的词牌。

词的上片，作者眼里的山水是含情的，连吴山都会愁眉不展，因为主人公心里有思念之愁，所以在她眼中，遥望中的点点吴山也是含愁无限的。

下片写主人公的思念，思念至极就成了恨，这是思念无法排解的缘故呀！“月明人倚楼”，这位女主人公比起温庭筠《望江南》中等到“斜晖脉脉水悠悠”的女主人还要痴情，她可是等到了月明之夜啊！爱之深，恨之切，这恨要到何时才能休止？要等到心上人归来时。女主人公感情是炽热的，行动是果断执着的。

俞陛云在《唐五代两宋词选释》中评析：此词若“晴空冰柱”，通体虚明，不着迹象，而含情无际。由汴而泗而江，心逐流波，愈行愈远，直到天末吴山，仍是愁痕点点，凌虚着想，音调复动宕入古。

链接>>

流水有情

读到“汴水流，泗水流”的诗句，我们会想起初中阶段古诗文中有不少描写流水的名句，诗中“流水”的含义各不相同，读出来注意体会。

1. 孤山寺北贾亭西，水面初平云脚低。(白居易《钱塘湖春行》)——春水初涨景象。

2. 君不见黄河之水天上来，奔流到海不复回。(李白《将进酒》)——以水喻时间流逝。

3. 谁道人生无再少？门前流水尚能西，休将白发唱黄鸡。(苏轼《浣溪沙》)——以奇特的西流水生发人生新意。

4. 至于夏水襄陵，沿溯阻绝。(郦道元《三峡》)——夏季三峡水势浩大。

5. 水皆缥碧，千丈见底。游鱼细石，直视无碍。(吴均《与朱元思书》)——从正面和侧面表现富春江水清澈透明。

6. 白日依山尽，黄河入海流。(王之涣《登鹳雀楼》)——以宏观山水景观表现自然之景。

7. 青山遮不住，毕竟东流去。(辛弃疾《菩萨蛮·书江西造口壁》）——历史的发展也如东流之水，永不停息。

8. 所谓伊人，在水一方。（《诗经·蒹葭》）——一水隔开了心中的伊人，有了距离感。

9. 水何澹澹，山岛竦峙。（曹操《观沧海》）——沧海水势浩大，动荡不已。

10. 天门中断楚江开，碧水东流至此回。（李白《望天门山》）——特殊地理形势形成水的特殊流势。

一幅情趣盎然的江南风情画

——皇甫松的《采莲子》

皇甫松，一名嵩，睦州（今浙江建德）人。唐工部郎中皇甫湜之子，工于诗词，最擅长写竹枝小令，能自制新声。

皇甫松有两个长辈都是唐代名人，一是他的父亲皇甫湜，当年曾跟随韩愈学古文，为“韩门弟子”之一。另一个是表舅牛僧孺，他是晚唐政坛上“牛李党争”中牛党首领。皇甫松本人没有他这两个长辈知名度高，我们只知道他工于诗词。

采莲子（其一）

菡萏香连十顷陂（举棹），小姑贪戏采莲迟（年少）。
晚来弄水船头湿（举棹），更脱红裙裹鸭儿（年少）。

注释＞＞

[1] 菡萏（hàn dàn）：荷花的别称，古人称含苞未放的荷花为菡萏。陂（bēi），水池。

[2] 举棹：此处“举棹”与下面的“举棹”“年少”，均无实际意思，是采莲歌中的“和声”，如今人唱号子时“嘿嗬”“哟嗬”之类。采莲时，女伴甚多，一人唱“菡萏香莲十顷陂”一句，余人齐唱“举棹”和之。

赏析 >>

这首词写出了江南采莲女子的活泼嬉戏情态。

词中所写的就是一个无拘无束天真烂漫的女孩子。

偌大的荷塘，满池的荷花，香飘十里外，一群女孩，荡着小桨，棹板扬起清亮的水波贪玩嬉戏，把父母布置给她们的采莲任务忘记了。等看见夕阳西沉，她们才恍然惊觉，玩的时间太久，耽误采莲了。

后二句是一个特写镜头，也是“贪戏”的进一步形象写照，欢笑之声可闻，活泼之状可见。

在采莲时她们贪于嬉戏，把船头都给弄湿了，其中一个红衣女孩的宠物小野鸭也给打湿了，女孩脱下她的红裙子，裹起她最喜爱的那只小鸭子。全不顾女孩子的羞怯和矜持，那么率性自然。

这首词将女孩儿的活泼顽皮和天真烂漫之情状描摹得历历如画，极其生动逼真。

汤显祖评道：“人情中语，体贴工致，不减睹面见之。”

链接 >>

和“采莲”相关的诗歌

江　南（汉乐府）

江南可采莲，莲叶何田田。鱼戏莲叶间。

鱼戏莲叶东，鱼戏莲叶西，鱼戏莲叶南，鱼戏莲叶北。

采　莲　曲

朱　湘

小船呀轻飘，杨柳呀风里颠摇；

荷叶呀翠盖，荷花呀人样妖娆。

日落，微波，金线闪动过小河。

左行，右撑，莲舟上扬起歌声。
菡萏呀半开，蜂蝶呀不许轻来；
绿水呀相伴，清净呀不染尘埃。
溪间，采莲，水珠滑走过荷钱；
拍紧，拍轻，桨声应答着歌声。
藕心呀丝长，羞涩呀水底深藏；
不见呀蚕茧，丝多呀蛹裹中央？
溪头，采藕，女郎要采又夷犹。
波沉，波升，波上抑扬着歌声。
莲蓬呀子多，两岸呀柳树婆娑。
喜鹊呀喧噪，榴花呀落上新罗。
溪中，采蓬，耳鬓边晕着微红。
风定，风生，风飔荡漾着歌声。
升了呀月钩，明了呀织女牵牛；
薄雾呀拂水，凉风呀飘去莲舟。
花芳，衣香，消溶入一片苍茫；
时静，时闻，虚空里袅着歌音。

花间离情偏正苦

——温庭筠的唯美情愁

温庭筠（约812—约866），唐代诗人、词人，字飞卿，太原祁（今山西祁县东南）人。他同白居易、柳宗元等著名诗人一样，一生绝大部分时间是在外地度过的。据考，温庭筠幼时已随家客居江淮，后定居于鄠县（今陕西户县）郊野，靠近杜陵，所以他尝自称为杜陵游客。

菩　萨　蛮

小山重叠金明灭，鬓云欲度香腮雪。懒起画蛾眉，弄妆梳洗迟。

照花前后镜，花面交相映。新贴绣罗襦，双双金鹧鸪。

注释＞＞

［1］小山：小山是指屏风上的图案，由于屏风是折叠的，所以说小山重叠。金：指唐时妇女眉际妆饰之“额黄”。明灭：隐现明灭的样子。金明灭，形容阳光照在屏风上金光闪闪的样子。

［2］鬓云：像云朵似的鬓发。形容发髻蓬松如云。度：覆盖，过掩，形容鬓角延伸向脸颊，逐渐轻淡，像云影轻度。香腮雪：香雪腮，雪白的面颊。

［3］蛾眉：女子的眉毛细长弯曲像蚕蛾的触须，故称蛾眉。

［4］鹧鸪：贴绣上去的鹧鸪图，这说的是当时的衣饰，就是用金线绣好花样，再

绣贴在衣服上，谓之“贴金”。

赏析 >>

这首《菩萨蛮》，把妇女的容貌写得很美丽，服饰写得很华贵，体态也写得十分娇柔，仿佛描绘了一幅唐代仕女图。

词的上片，写床前屏风的景色及梳洗时的娇慵姿态；下片写妆成后的情态，暗示了人物孤独寂寞的心境。

这么一个精心装扮的美丽女子，却不能给我们一种轻松的感觉。

这美女身上点缀了太多的华贵和脂粉，缺少了自然美的原始生命力，在她身上，我们看到的是娇柔慵懒的姿态，可能是物欲享受下无所事事无所追求的娇媚懒散，也可能是缺少爱情的女人寂寞空虚生活的状态。不管她生活在歌舞楼台，还是在宫廷里，或者富贵人家的华府里，她都可能是一个被爱情冷落和遗忘了的女人。她的内心是孤独的、寂寞的，但她又强烈渴望爱情，从她贴在新绣袄上的“双双金鹧鸪”可以看得出来，为此，她也开始为爱而付诸行动了——照花前后镜，花面交相映。

也有人认为此作所描摹的女子装扮是一种寂寞之美，因为有句歌词曾经这样唱道：“寂寞让我如此美丽。”这样理解也是符合词境的。

张燕瑾在《唐宋词选析》中说：这首《菩萨蛮》不仅称物芳美，也具有“其文约，其词微”的特点，富有暗示性，容易使人产生种种联想。

链接 >>

以鱼鸟衬托人

中国民俗常常用鱼鸟——比目鱼、鸳鸯鸟等，象征一种幸福美好的生活，代表一个人找到了一个理想的对象和归宿。

而这一首词，是写一个孤独的女子没有人欣赏喜爱的落寞心情。所以最后一句“新贴绣罗襦，双双金鹧鸪”是一个反衬，点醒她所追求的，正是一个双双对对的理想。

鱼鸟尚且成双成对地生活在一起，可是她，这么美丽的一个女子，居然生活得这么慵懒这么无聊和寂寞，缺少美好的爱情，这是多么可怜的人！

更漏子

玉炉香，红蜡泪，偏照画堂秋思。眉翠薄，鬓云残，夜长衾枕寒。

梧桐树，三更雨，不道离情正苦。一叶叶，一声声，空阶滴到明。

注释>>

[1] 更漏子：该词牌首创于温飞卿。更漏，即漏壶，古代用滴水或沙漏来计量时间的工具。

[2] 画堂：华丽的内室。秋思：指秋日孤寂凄凉的情绪，此处代指秋思中的女子。

[3] 眉翠薄：指翠色的眉妆褪色。

[4] 衾（qīn）枕：被子和枕头。

赏析>>

《更漏子》是词牌名，它类似于欧洲中世纪骑士文学的《小夜曲》，歌唱的是午夜情事。温庭筠共写过六首内容相仿的《更漏子》。这首《更漏子》，借“更漏”夜景咏妇女相思情事，词从夜晚写到天明。

秋夜寒冷漫长，对于心有牵挂的思妇来说最为难挨。

香烛偏照在华丽的内室，女主人公没有心思化妆，容貌不整。“偏照”一词写出女主人公的心理活动，物亦欺人，情何以堪，更突出女子的无助与凄凉；夜长衾枕寒，是因为她在思念心上人，孤寂冷清。

下片雨打梧桐、空阶滴到明的声声入耳，更使人缠绵悱恻、整夜难眠！一片寂静使室外空阶的雨声、叶声显得异常清晰，一片接一片，一声连一声，仿佛是在有意折磨她敏感而脆弱的心。

其意境之萧瑟凄凉，对后代女词人李清照的创作深有影响（李清照有“梧桐更兼细雨，到黄昏点点滴滴。这次第，怎一个愁字了得”的词句）。

这首词之所以能够引起人们的广泛兴趣，主要是因为具备了以下两点：一情真意切，二声美顺口。

如果说词的上片写的是直感和视觉的话，那么下片就是由实而虚转到了听觉方面。这种虚实的过渡很自然地把人们的注意力由对人物肖像的观感转换到对其内心世界的观照上。那“一声声”的秋雨既打在梧桐树上，更打在思妇的心上。“不道离情正苦”是全词唯一的纯抒情的语句，但它不是空泛的表达离情，而是有感于秋雨、梧桐之景，从思妇内心深处发出的对无情秋雨的一种埋怨。这样一来，巧妙地衬托出思妇的一往情深。

清代学者谢章铤对此词很有一番见地：“‘梧桐树，三更雨，不道离情正苦。一叶叶，一声声，空阶滴到明。’语弥淡，情弥苦，非奇丽为佳矣。”

链接 >>

梧桐树的文化内涵

梧桐树高大挺拔，木质细密，树干光滑，被视为良木。早在两千多年前梧桐就与传说中的百鸟之王——凤凰联系在一起。“凤凰鸣矣，于彼高冈。梧桐生矣，于彼朝阳。”（《诗经》）所以至今民间还流传着这样一句谚语：“栽下梧桐树，引来金凤凰。”具有高贵圣洁禀性的凤凰，只选择梧桐树栖息，足见梧桐所具有的神异性。

由于梧桐孑然傲立、品性高洁，所以人们将它与松柏放在一起，称为美材。

花木常被用来表示爱情和思念，青干碧叶的梧桐，则是伉俪深情的象征。古代传说梧为雄，桐为雌，梧桐同长同老，同生同死，我国有“梧桐相待老，鸳鸯会双死”之说。因此，诗文中常以梧桐表示男女之间至死不渝的爱情。

白居易在《长恨歌》中写道："春风桃李花开日，秋雨梧桐叶落时。"

黄升在《酹江月·夜凉》中写道："此情谁会，梧桐叶上疏雨。"

李清照在《声声慢》中写道："梧桐更兼细雨，到黄昏、点点滴滴。这次第，怎一个愁字了得？"

梧桐夜雨意象不断出现于历代文人笔下，具有一种凝固的象征意义。也许"梧桐更兼细雨"的意象，总能勾起人们的满腔愁绪和无限遐思。元代著名剧作家白朴则将其描写唐玄宗与杨贵妃的爱情悲剧命名为《梧桐雨》，使悲苦愁闷的意绪笼罩全剧更把梧桐的形象推到了另一个高度。

望 江 南

梳洗罢，独倚望江楼。过尽千帆皆不是，斜晖脉脉水悠悠。肠断白蘋洲。

注释>>

[1] 斜晖：偏西将落的日光。

[2] 脉脉（mò mò）：含情凝视、情意绵绵的样子，这里形容阳光微弱。

[3] 白蘋（pín）洲：开满白色蘋花的水中小块陆地。古代诗词中常用以代指分别的地方。白蘋，一种水中浮草。

赏析>>

这首词刻画了一个倚楼望江盼夫归来而一再失望的妇女形象。

起二句"梳洗罢，独倚望江楼"，作者抓住人物的动态描写，刻画人物的心理活动。睡醒早起，梳头洗脸打扮完毕，就独自倚着望江楼的栏杆向江面望去。

次二句"过尽千帆皆不是，斜晖脉脉水悠悠"是写景，又寓情于中，含义深刻。眼望着江面上千帆过去，都不是丈夫的归舟，此时已经是夕阳西下了，江面上只剩下斜阳余晖含情脉脉，江水东流悠悠不断。意境悠远凄清，把行人去而不返，辜负了深情的闺中人的心情形象地表现出来。

结句“肠断白蘋洲”描写思妇又见到江边的白蘋洲，回忆起当年在此分手的情景，本来望不见归舟已是失望至极，又见分手之处，怎能不肝肠寸断、伤心至极呢？末句直写心境，揭出题意，余味隽永。

清人陈廷焯在《云韶集》评价此作：“绝不着力，而款款深深，低徊不尽，是亦谪仙才也。吾安得不服古人？”

链接 >>

伤心难过就是“断肠”吗？

在这首小词中，有“肠断白蘋洲”一句，马致远的《天净沙·秋思》中也有“断肠人在天涯”一句。参照课下注释我们知道“断肠”是极度伤心的意思。前几天期中考试数学没有考好，我心情很不好，能否用“肠断回家路”或者“肠断校园里”来形容自己的感受呢？当然不能，那就大词小用了。

讲一个关于“断肠”的故事：

传说东晋时有个姓桓的大官到蜀地去，船在三峡航行，手下有人捉到一只小猿，母猿沿岸哀叫，跟着船走了数百里还不肯离去，后来跳到了船上，气绝而死。剖开它的肚子，只见肠已裂成一寸一寸的了。桓某知道此等情景后，内心十分不忍，下令把这个手下人革除不用。

从此，形容悲痛到极点就用“肠断”或者“断肠”了。可见“肠断”表示悲痛的程度非常深。一般的伤心难过不可用之。

争渡，争渡，惊起一滩鸥鹭　汪晓彬 绘

清丽感人的花间情话

——韦庄词作二首

韦庄（836—910），字端己，京兆杜陵（今陕西西安）人，他出身于没落贵族家庭，是诗人韦应物的第四代孙，唐朝花间派词人，词风清丽，有《浣花词》流传。曾任前蜀宰相，谥文靖。与温庭筠同为“花间派”代表作家，并称“温韦”。

韦庄工诗，其诗多以伤时、感旧、离情、怀古为主题。其词多写自身的生活体验和上层社会之冶游享乐生活及离情别绪。善用白描手法，词风清丽。

所著长诗《秦妇吟》反映战乱中妇女的不幸遭遇，在当时颇负盛名，与《孔雀东南飞》《木兰诗》并称“乐府三绝”。

菩萨蛮（其一）

红楼别夜堪惆怅，香灯半卷流苏帐。残月出门时，美人和泪辞。

琵琶金翠羽，弦上黄莺语。劝我早还家，绿窗人似花。

注释 >>

[1] 红楼：华美的楼房，常指富家女子的居处。

[2] 流苏：以五色鸟羽或彩丝结成须带，此为床帐上的饰物。

[3] 金翠羽：本是指美人的金钗，此为琵琶装饰图案，形容琵琶之精美。

[4] 黄莺语：此形容琵琶乐声的悦耳动听。白居易的《琵琶行》中有："间（jiàn）关莺语花底滑。"

[5] 绿窗：绿色纱窗，指女子居室。

赏析>>

这是一段爱情生活的回忆，是一幅夜阑泣别的画面。

韦庄生在唐帝国由衰弱到灭亡、五代十国分裂混乱的时代。他一生饱经乱离漂泊之苦。黄巢攻破长安，他逃往南方，到处流浪，直到59岁，才结束了这漂泊流离的生活。

这首《菩萨蛮》词，就是写作者浪迹江南一带时思乡怀念心上人的惆怅心情。

词的上片，写离别之夜，心上人和泪送行的动人情景。

"红楼别夜堪惆怅，香灯半卷流苏帐"，这两句写分别时凄美的情景，给人以强烈的视觉冲击。

"残月出门时，美人和泪辞"，这两句写情深似海，难舍难分，拂晓，月牙儿凄冷地挂在西边的天上，爱人带着泪水，送我离开家门。

这是一场很郑重的离别，因为主人远行，要起得很早，通过"和泪辞"三个字可以想见送行者心里的离情别意有多浓，依依惜别之心有多么悲痛。

词的下片，写客地思归，由听到琵琶乐声想到所爱之人正倚窗远望，等候自己归去。

"琵琶金翠羽，弦上黄莺语"，这两句写作者在他乡听歌女弹琵琶，弦上弹出黄莺般的音乐声。"金翠羽"本指美人的金钗，形容琵琶之精美，"黄莺语"极写琵琶声调的婉转。

"劝我早还家，绿窗人似花"，这"黄莺语"般的乐曲似委婉地劝诫我早早回家，说家中绿窗前那似花的人儿正深情地盼望着呢。

王国维在《人间词话》第十二则中说："画屏金鹧鸪"，飞卿语也，其词品似之。"弦上黄莺语"，端已语也，其词品亦似之。正中词品，若欲于其词句中求之，则“和泪试严妆”，殆近之欤？

链接>>

韦庄词艺术特色

韦庄是晚唐“花间派”作家中成就较高的一位词人，与温庭筠并称“温韦”。韦庄的词作风格不同于温庭筠，具有自己的鲜明特色。

1. 语言清丽直白

“韦词”语言以疏淡为美，风格趋向清丽，常用白描手法作词。

韦庄在对景物进行描写时，善于抓住景物的特点，运用白描手法，寥寥数笔传神地勾勒出一幅幅清新秀丽的自然画面。如《菩萨蛮》：“春水碧于天，画船听雨眠。”春水、画船，仅用两个词就由远到近刻画出一幅引人入胜的江南美景；碧于天、听雨眠，更是神来之笔，描绘出春水与蓝天相映，如丝烟雨中诗人眠卧画船的美妙意境。

韦庄在描写人物时，也能以清新的笔调，描绘出栩栩如生的人物形象。同是在《菩萨蛮》中对江南女子的描写：“垆边人似月，皓腕凝霜雪。”语言质朴易懂，无意雕琢，却逼真地勾勒出江南酒垆卖酒女子的光彩照人，人物形象呼之欲出，让人产生无限遐想。

2. 情感表达真挚动人

韦庄许多词写得很直接，难以再加阐发，但他真挚的感情都正是在这明白的叙写之中传达出来的。如《思帝乡》：

春日游，杏花吹满头。
陌上谁家年少，足风流！
妾拟将身嫁与，一生休。
纵被无情弃，不能羞。

该词描写一个游春少女，遇见一名倾慕的风流少年郎，决心大胆追求，义无反顾的人物形象。

3. 人称定位自成特色

韦庄的词常常直接以第一人称的角度去展示女性内心。如《应长天》：

别来半岁音书绝，一寸离肠千万结。难相见，易相别，又是玉楼花似雪。

暗相思，无处说，惆怅夜来烟月。想得此时情切，泪沾红袖黦。

整首词都是站在女子的立场，以女子的口吻描写分别后自己内心的情感。完完全全在用第一人称展露女子个人情感。

韦庄这样以第一人称书写作品中人物心理，感情更加外显，同时也融入了作者自己的内心感受，使人更易和作者的内心产生心灵的共鸣。

韦庄词的这些特色，使得韦词在“花间词”中形成了一种别调，也奠定了韦庄在晚唐词人中的较高地位。

菩萨蛮(其二)

人人尽说江南好，游人只合江南老。春水碧于天，画船听雨眠。

垆边人似月，皓腕凝霜雪。未老莫还乡，还乡须断肠。

注释>>

[1] 垆：旧时酒店用土砌成的放酒瓮卖酒的土台子。

[2] 皓腕凝霜雪：《史记·司马相如列传》中记载司马相如妻卓文君长得很美，曾当垆卖酒：“买一酒舍沽酒，而令文君当垆。”

赏析>>

这首词，上片描写了风景如画的江南美景。最令人神往的生活情景是“画船听雨眠”，躺在画船上，船在碧于天的春水之上荡荡悠悠，耳听着细细的雨声酣然入梦，好不惬意！

下片由物到人，侧重抒情。词人运用比喻手法写出了酒店当垆女子长得洁白娇嫩，如月亮一般晶亮美丽，洁白的手腕如霜雪凝结一般。江南物美，人更美，让人流连忘返。

“未老莫还乡，还乡须断肠”，因为，此时他的家乡（中原一带）正是烽火连天，如果看到那种残破的情景，一定会令人心伤不已的。江南如此之美，所以“未老”莫要忙着“还乡”，一旦“还乡”，定会因魂牵梦绕江南而“断肠”。

在此词人是以故乡之思和江南之美作比衬，意思是即使思念故乡，也因留恋江南美景而不回故乡。因为即使回到了故乡，那对江南风物的热爱留恋之情也会让人魂牵梦绕、肝肠寸断啊！所以在此以故乡之思反衬江南之美。

这是韦庄到南方避乱时所写的一首词，描绘了江南水乡秀丽的景色和曼妙的人物，表达了诗人热爱江南的真挚感情。

这样的词，怎能不激起读者对江南的向往之情？——这么美的风景，这么美的人！这不仅是韦庄一人的感受，而且是此前白居易、皇甫松等诗词名家们共同的体验。

陈廷焯赞美韦庄这首词“似直而纡，似达而郁”。

链接 >>

《诗经》中的美人

《诗经》中的《卫风·硕人》描述庄姜之美的时候，不惜笔墨地写道：

手如柔荑，肤如凝脂，
领如蝤蛴，齿如瓠犀，
螓首蛾眉，巧笑倩兮，美目盼兮。

短短28个字便勾勒出那个处处吟唱民歌的时代，一个自然清新、摄人心魄的窈窕美人楚楚动人，呼之欲出。

黄昏把酒祝东风

——诗论家司空图的《酒泉子》

司空图（837—908），晚唐诗人、诗论家。字表圣，自号知非子。司空图成就主要在诗论，《二十四诗品》为其不朽之作。

酒　泉　子

买得杏花，十载归来方始坼。假山西畔药阑东，满枝红。

旋开旋落旋成空，白发多情人更惜。黄昏把酒祝东风，且从容。

注释＞＞

[1] 十载：广明元年（880）冬，黄巢攻占长安，司空图护驾不及，逃归王官别业，看到十年前买的杏花已经开了十年。坼（chè）：裂开，指花开。

[2] 药阑：芍药花边的栏杆。

赏析＞＞

司空图生于晚唐，身经乱世，对眼前事物易生感慨。这首小词，感时伤世，借花抒怀。明知满枝红杏“旋开旋落旋成空”，却依然把酒祈求东风，求其从容些，不要匆匆逝去，愿留春光暂驻。画意诗情，深深吸引了读者。

这首词上片叙事写景。首两句叙栽种杏花的经过。后两句，一是交代杏花在园中的位置；二是说盛开的杏花喷红溢艳，赏心悦目。上片四句虽然没有直接描写作者对杏花的态度，但爱惜之心已不言而喻了。

下片主要抒发感慨。三个“旋”字，把花开花落花空三个阶段飞快扫过，极言好景不长，韶华易逝。悲物也是悲己，并有惜时之意，表明作者尚有所待。明知满枝红杏“旋开旋落旋成空”，却依然从容酹酒，遥祝东风，愿留春光暂驻。最后三字，看似漫不经心，实则字字为焦虑、忧思所浸渍。

唐圭璋在《唐诗纪事》中说：司空图隐王官谷。每岁时词祷歌舞，与闾里耆老相乐。有《酒泉子》云云。

链接>>

《二十四诗品》

《二十四诗品》是一部文学批评著作，本身也是精美的文学作品——一组美丽的写景四言诗，用种种形象来比拟、烘托不同的诗歌风格，颇得神貌，并在诗歌批评中建立了一种特殊的风格。

司空图继承了道家、玄学家的美学思想，以道家哲学为主要思想，以自然淡远为审美基础，囊括了诸多诗歌艺术风格和美学意境，将诗歌所创造的风格、境界分类。通篇充盈道家气息，道是宇宙的本体和生命，生发天地万物，二十四诗品也是道所生发的二十四种美学境界。

这二十四种诗歌风格是：

雄浑、冲淡、纤秾、沉着、高古、典雅、洗炼、劲健、绮丽、自然、含蓄、豪放、精神、缜密、疏野、清奇、委曲、实境、悲慨、形容、超诣、飘逸、旷达、流动

司空图的诗歌理论，主要强调“思与境偕”“象外之象”“景外之景”

以及“韵外之致”“味外之旨”。

象外之象：对作者而言，是隐含在作品艺术形象中的更深层的审美意象；对读者而言，它是根据艺术作品形象的隐喻和暗示，通过想象和联想重新创造出来的意境和艺术形象。这象外之象，更丰富灵活、更具有读者的主观色彩。

国家不幸诗家幸

——五代十国现词坛辉煌

907 年，朱温建立后梁，历史进入五代十国时期。960 年，赵匡胤取代后周建立北宋。979 年灭北汉，自此基本结束了自晚唐以来的分裂割据局面。

五代是指后梁、后唐、后晋、后汉、后周五个次第更迭的中原政权；十国是指前蜀、后蜀、吴、南唐、吴越、闽、楚、南汉、南平（荆南）、北汉等十个割据政权，十国乃称其“大”者，实际上还有不少割据政权。关于五代十国的理解，狭义上为五代十国本身，广义上一般以此代指这一历史时期。

在这个动荡的年代里，唐诗已经走完了它灿烂辉煌的历程，晚唐的最后一抹晚霞已逝去，词在这个世纪得到了发展。而高踞于十世纪中国文学巅峰之上的，是以词著称的李璟、李煜父子和冯延巳。

深美闳约开风气

——冯延巳鸿笔藻丽几曲

冯延巳（903—960），又名延嗣，字正中，五代广陵（今江苏扬州）人。在南唐做过宰相，生活过得很优裕、舒适。他的词多写闲情逸致，文人气息很浓，对北宋初期的词人有较大的影响。他的词集叫作《阳春集》，这是中国历史上第一部单个词人总集，在词的历史上有比较特殊的代表意义。

谒　金　门

风乍起，吹皱一池春水。闲引鸳鸯芳径里，手挼红杏蕊。

斗鸭阑干独倚，碧玉搔头斜坠。终日望君君不至，举头闻鹊喜。

注释 >>

[1] 皱：即同“绉”，一种皱纹的丝织品，绉纱。此处指风吹起的水上波纹像绉纱一样。

[2] 挼（ruó）：揉搓。

[3] 斗鸭：使鸭相斗的博戏，相传起于汉初。

[4] 阑干：即“栏杆”，用竹、木、砖石或金属等构制而成，设于亭台楼阁或路

边、水边等处作遮拦用。冯延巳在这首词中提到的“斗鸭栏杆”就是古人在斗鸭时于临水处设置的木栅栏。斗鸭，在古代是风雅事之一。

[5] 碧玉搔头：即碧玉簪。

赏析 >>

春风乍起，吹皱了一池碧水，这本是春日很平常的景象。可是有谁知道，这一圈圈的涟漪，却掀动了一位女性的感情波澜。别看她貌似悠闲，时而逗引鸳鸯，时而揉搓花蕊，过一会儿又倚身在池栏上观看斗鸭，但只消从她懒洋洋的神态上，我们就知道她的心思其实全不在此。

所以，表面看写风吹皱一池春水，好像和这位思妇没有多少关系，其实是为写这思妇的感情变化作了铺垫。后文那突然而来的喜鹊的叫声，不就是那乍起的风吗？狠狠地掀动了一位百无聊赖的妇女的感情波澜。

于是，她的逗引鸳鸯实写她内心的渴望——如鸳鸯一样和心上人成双成对在一起。手挼红杏蕊正反映她公内心的失落寂寞之情。

随着几声喜鹊的欢叫，她的面庞儿顿时就涌上了一阵红晕——盼念已久的丈夫终于要回家了，这怎能不令她的心像小鹿儿那样乱撞乱跳？

这首词句句押韵，一句如一个镜头，充分烘托出一个伤春少妇的心情。龙榆生先生在《词学十讲》中说：句句叶韵的，也就是韵位过密的，宜表达急切紧促的思想感情。

贺裳在《皱水轩词筌》中记录了与这首词相关的故事：南唐中主（李璟）语冯延巳曰：“‘风乍起，吹皱一池春水’，何与卿事？”冯曰：“未若‘细雨梦回鸡塞远，小楼吹彻玉笙寒’，不可使闻于邻国。”

链接 >>

中国传统鸳鸯文化

鸳鸯常常成双成对，在水面上相亲相爱，悠闲自得，风韵迷人。它们时而跃入水中，引颈击水，追逐嬉戏，时而又爬上岸来，抖落身上的水珠，用橘红色的嘴精心地梳理着华丽的羽毛。

此情此景，勾起多少文人墨客的翩翩联想。

唐朝李白有“七十紫鸳鸯，双双戏亭幽”，杜甫有“合昏尚知时，鸳鸯不独宿”，孟郊有“梧桐相待老，鸳鸯会双死”，杜牧有“尽日无人看微雨，鸳鸯相对浴红衣”，卢照邻有“得成比目何辞死，愿作鸳鸯不羡仙”，苏庠有“属玉双飞水满塘，菰蒲深处浴鸳鸯”，“鸟语花香三月春，鸳鸯交颈双双飞”，等等。崔珏还因一首《和友人鸳鸯之诗》“翠鬣红毛舞夕晖，水禽情似此禽稀。暂分烟岛犹回首，只渡寒塘亦并飞。映雾尽迷珠殿瓦，逐梭齐上玉人机。采莲无限兰桡女，笑指中流羡尔归”而名声大振，被称为“崔鸳鸯”。

鸳鸯在人们的心目中是永恒爱情的象征，是一夫一妻、相亲相爱、白头偕老的表率，甚至认为鸳鸯一旦结为配偶，便陪伴终生，即使一方不幸死亡，另一方也不再寻觅新的配偶，而是孤独凄凉地度过余生。

所以人们常将鸳鸯的图案绣在各种各样的物品上送给自己喜欢的人，以此表达自己的爱意。

南　乡　子

细雨湿流光，芳草年年与恨长。烟锁凤楼无限事，茫茫。鸾镜鸳衾两断肠。

魂梦任悠扬，睡起杨花满绣床。薄幸不来门半掩，斜阳。负你残春泪几行。

注释>>

[1] 流光：指如流水般逝去的时光。

[2] 鸾镜：指妆镜。

[3] 薄幸：薄情，负心。此指薄情负心的人。

赏析>>

王国维在《人间词话》第六则中说：境非独谓景物也。喜怒哀乐，亦人心中之一境界。故能写真景物、真感情者，谓之有境界。否则谓之无境界。

这首词仍是冯延巳拿手的思妇题材，从格调上看，也无高格，但是按照王国维的标准，写出了真景物和真感情，所以也是有境界的词作。

“细雨湿流光，芳草年年与恨长”二句即为脱口而出之词：春日细雨纷纷，连光阴都显得湿润了。光阴因逝去如流水因而亦称“流光”。芳草年年生，离恨年年长，离恨与春草之间仿佛有着一种同生共长的“共时态”关系。李后主有“离恨恰如春草，更行更远还生”的名句，这是从空间角度写出春草乃离恨的象征物，冯延巳则从时间的角度写出它的象征性，点出抒情主人公年年都要忍受着离别的痛苦。

“烟锁凤楼无限事”是对往昔惬意生活的隐喻性表露：当年凤楼中无限令人怀念的情事已堕于如烟如雾的茫茫逝波之中。

“鸾镜鸳衾两断肠”中的这个“两”字既有两两成偶之物与形单影只自身的对比，也包含着两对成双之物对自身孤独情怀的连续刺激，语意双关，极有意蕴。而今“鸾镜”“鸳衾”都勾起人对往昔断肠般的追念。

上阕写景并由景思人思情思念往事。

下阕仍写抒情主人公念远的愁情，但在环境氛围上有所变化。寝前，她虽心事茫茫，梦中，她却任意驰想，直睡至杨花扑满绣床。她虽恨杀薄幸，那门儿却未紧闭，依旧为他留了半扇。

王国维在《人间词话》第二十三则中说：人知和靖《点绛唇》、圣俞《苏幕遮》、永叔《少年游》三阕为咏春草绝调。不知先有正中“细雨湿流光”五字，皆能摄春草之魂者也。

其实，此词并非专门咏草之作，而恰恰摄草之魂，正是为摄思妇之魂也。

链接>>

胡适和曹佩声的爱情悲剧

读这首词，尤其是其中如“芳草年年与恨长”“烟锁凤楼无限事，茫茫”两句词句，不由自主地想起20世纪国学大师胡适和曹佩声的爱情悲剧。在我们的爱情观念里，总还有才子配佳人、有情人终成眷属这样的意识。

一声声“糜哥”在耳畔袅袅
整个心儿也被你叫得“微荡”
你我都这般可爱
只可惜　初次照面
你是伴娘　我是新郎

胡适幼时丧父，由母亲一人辛苦拉扯大，母亲对他恩重如山，所以胡适恪守孝道，对母亲唯命是从，甚至把母亲加在他身上的要求当作所要遵守的意志一样执行。

1917年胡适留洋回国，万般无奈下，只有和江冬秀拜堂成亲。这位怀抱当时最前卫思想、拥有世界眼光的洋博士心里是何滋味可想而知。偏偏，在自己的婚事上，遇上正当妙龄的曹佩声。偏偏又偏偏，曹佩声又是伴娘。几天中，爱意频频呈现于两人的眉梢嘴角和授受轻擦之间。人生初见，曹佩声已是“恨不相逢未嫁时”了。

前天
伊却未免太绚烂了
我们只在船篷阴处觑着不敢正眼看伊　（胡适《西湖》）

情怀无人解，爱欲不能罢，你的影子久久徘徊在我的心头挥之不去。1923年5月，有北大教授头衔的胡适，请了一年的病假，约了在杭师的曹佩声，到“水光潋滟”的西子湖泛舟。

6月胡适在烟霞洞租房，与曹佩声同住。这一对半公开的情侣，有资料是这样记述的：“白天可以上翁家山看桂花，到陟嗣亭闲坐，去葛洪井访古，龙井寺参禅，霞园浴风，烟霞洞外赏月，海宁观潮以及乘船会客，与名士品茗谈学问，下象棋，讲莫泊桑的小说；晚上契友相伴，关雎和鸣，鸳鸯戏水，两情相悦。胡先生温玉满怀，乐不可支！直到10月4日离开，三个月时间，一百多个昼夜，是冰山也被那爱河溶化！”

放也放不下

忘也忘不了

刚忘了昨日的梦

又分明看见梦里的笑　（胡适《山月》）

对她的万千情感，抵不过肩上的一个“孝”字和河东狮手中的菜刀。回家后，胡适向江冬秀提出了离婚之请。未能想到的是，立即出现了可怕的一幕：江冬秀从厨房取来菜刀，发表最后通牒：“离婚可以，我先把两个孩子杀掉……”温文尔雅的胡适再也不敢提半个字了。只可惜了曹佩声，望穿秋水，等到的却是胡适先生无奈的叹息。

鱼沉雁断经时久，未悉平安否？

万千心事寄无门，此去若能相遇说他听：

朱颜青鬓都消改，唯剩痴情在。

年年辛苦月华知，一似霞栖楼外数星时。　（曹佩声写给胡适的信）

山风吹乱了窗纸上的松痕

吹不散我心头的人影　（胡适《秘魔崖月夜》）

情丝虽是剪不断，现实却往往是残忍的，逼迫你把情丝一根根抽离。开始时二人还是不断来往，后来局势动乱，身若浮萍，二人总不得相见。1948 年，内战无可阻挡，胡适终得机会到上海探望曹佩声，留下了一句让人无限唏嘘的“等我回来”，便飞到了海峡对岸，从此天各一方，杳无音讯。

曹佩声终身未嫁，年老时对胡适的情感也丝毫未减半分。位于胡适家乡安徽绩溪上庄村村口有座杨林桥，1965 年 6 月 25 日，被山洪冲毁，曹佩声捐献了自己的积蓄，重修杨林桥。只因胡适曾作一首诗，有自己归隐时，要在杨林桥边建一座小屋种菊、种菜之辞。1973 年，曹佩声在孤独寂寥中离开人世，临终前曾要求将自己埋葬在安徽绩溪一条公路旁，那是通往胡适家乡上庄村的必经之路。曹佩声希望有一天胡适归来时，能在自己的坟前驻留片刻，甚至掉上几滴眼泪。虽阴阳相隔，但亦心有灵犀，情意长存。

可她哪里知道，海峡对岸，胡适早已死去整整十年了。曹佩声，这个小胡适十多岁的痴情女子还在村头公路旁，种植了许多“兰花草”（胡适的诗作《希望》里有“兰花草”)，无非也是为了那句嘱托：等我回来！

如何让你遇见我
在我最美丽的时刻
为这
我已在佛前求了五百年
求它让我们结一段尘缘
佛于是把我化作一棵树
长在你必经的路旁
阳光下
慎重地开满了花
朵朵都是我前世的盼望
当你走近
请你细听
那颤抖的叶
是我等待的热情
而当你终于无视地走过
在你身后落了一地的
朋友啊
那不是花瓣
是我凋零的心　（席慕蓉《一棵开花的树》）

有人说贯穿他们爱情始终的就是一个“等”字。哎，也不知道那桥边的兰花草年年是否还开，还在为谁开？

玉　楼　春

雪云乍变春云簇，渐觉年华堪纵目。北枝梅蕊犯寒开，南浦波纹如酒绿。

芳菲次第长相续，自是情多无处足。尊前百计见春归，莫为伤春眉黛蹙。

注释>>

[1] 芳菲：指花草。

[2] 次第：依次。

赏析>>

这首词写春意渐近，春景渐美，表达一种开朗乐观豪迈的情怀。

上阕写虽然春寒未逝，但春景令人欣慰，那春云朵朵，梅花盛开，春水荡漾，绿波如酒，多美的春景！

下阕又借到处洋溢的春的气息来抒发不要因为惜春、伤春而浪费时间，劝慰人们要把握机会，趁着良辰美景赏春，心胸由淡淡的忧郁转为柳暗花明，豁然开朗。

注意词中几个副词的运用，“乍”，突然，在词人眼里，这样的变化由雪云到春云朵朵，是令人欣喜的。“渐”，是词人理性思考和感情的变化，是一个比较慢的变化过程。因为感觉到年华易逝，所以逐渐认识到要走进这春天里。“次第”，依次，这春天里，有开不完的花朵，一茬接一茬，长久地延续啊！

王国维在《人间词话》第二十二则中说：梅圣俞《苏幕遮》词：“落尽梨花春又了。满地残阳，翠色和烟老。”刘融斋谓：少游一生似专学此种。余谓：冯正中《玉楼春》词：“芳菲次第长相续，自是情多无处足。尊前百计得春归，莫为伤春眉黛促。”永叔一生似专学此种。

链接>>

葛兆光谈诗词中的虚字

复旦大学文史研究院院长葛兆光先生在他的《汉字的魔方——中国古典诗歌语言学札记》一书中有《论虚字》专文，他说，靠着虚字的产生，语言才清晰而且传神，有了虚字的插入，诗歌就更能传递细微感受，凭着虚字的铺垫，句子才能流动和舒缓，虚字在诗歌里的意义是：一是能把感觉讲得很清楚，二是能使意思有曲折，三是使诗歌节奏有变化。……有时候，那些用得恰当的虚字的确有特殊之用，一次递进，一个转折，仿佛使诗人的思绪向深处延伸了好远还拐了几道弯，读者的体验也不得不跟着向前追寻。

多少泪珠何限恨

——南唐中主李璟的人生离愁

李璟（916—961），徐州人，南唐烈祖李昪的长子。是五代十国时期南唐政权的第二个皇帝，公元943年嗣位。后因受到后周威胁，削去帝号，改称国主，史称南唐中主。

即位后开始大规模对外用兵，消灭楚、闽二国。他在位时，南唐疆土最大。不过李璟奢侈无度，导致政治腐败，国力下降。李璟好读书，多才艺，常与宠臣韩熙载、冯延巳等饮宴赋诗。他的词，感情真挚，风格清新，语言不事雕琢，“小楼吹彻玉笙寒”是流芳千古的名句。

山　花　子

菡萏香销翠叶残，西风愁起绿波间。还与韶光共憔悴，不堪看。

细雨梦回鸡塞远，小楼吹彻玉笙寒。多少泪珠何限恨，倚阑干。

注释>>

[1] 山花子：唐教坊曲名，后用为词牌。此调在五代时为杂言《浣溪沙》之别名，即就《浣溪沙》的上下段中，各增添三个字的结句，故又名《摊破浣溪沙》或《添字

浣溪沙》。

[2] 菡萏（hàn dàn）：荷花的别称。

[3] 韶（sháo）光：美好的时光。

[4] 鸡塞：即鸡禄塞，汉朝为北边要塞。东汉和帝永元元年（89）窦宪北击匈奴，即出此塞，获胜后，登燕然山，勒石记功而还。

[5] 吹彻：吹到最后一遍。玉笙寒：玉笙以铜质簧片发声，遇冷则音声不畅，需要加热，叫暖笙。寒，笙吹久了因呼吸带入了水分，所以叫作“寒”。

赏析 >>

上片写秋色凋零之悲感，下片写细雨梦回之远思。

时空交错，境界高远，语言自然沉郁，读之令人凄然欲绝。

上片的秋色凋零是通过极为凝练的语言、典型的景物来表现的。“菡萏”有古雅之意，而“翠叶”含义更丰满。“西风”指秋风，“愁起”二字带有拟人化浓重的感情色彩，“绿波间”是一个反衬，曾经的“绿荷”都已经凋零，只有这水还是永恒的“绿波”。

这样读来，满塘曾经翠绿的荷叶残败了，伴随它们残败的，还有主人公美好的时光，这种残败凋零之景，让人不忍目睹啊！

下片在“细雨梦回”的远思中抒发了无限的悲伤和遗恨。这些悲伤和遗恨让主人公情不能自禁，只能靠“倚阑干”来排遣。

王安石称赞“细雨梦回鸡塞远，小楼吹彻玉笙寒”，盖有感于其刻画人生离恨之凄迷动人。

王国维认为，南唐中主词“菡萏香销翠叶残，西风愁起绿波间”，大有众芳芜秽、美人迟暮之感，乃古今独赏。其“细雨梦回鸡塞远，小楼吹彻玉笙寒”，故知解人正不易得，则是以寄托说词，把它同屈原以美人芳草比喻政治联系起来，便显得更为高远而浑成了。

俞陛云在《唐五代两宋词选释》中写道：荆公尝问山谷曰：“江南词何者最好?”山谷以“一江春水向东流”为对。荆公曰：未若“细雨梦回鸡塞远，小楼吹彻玉笙寒”为妙。冯延巳对中主语，极推重“小楼”七字，谓胜于己作。

链接 >>

想起李商隐的《暮秋独游曲江》

读了南唐中主李璟的“菡萏香销翠叶残，西风愁起绿波间”的诗句，不由自主地想起李商隐的这首催人泪下的《暮秋独游曲江》：“荷叶生时春恨生，荷叶枯时秋恨成。深知身在情长在，怅望江头江水声。”

岁月如水悄然流转，不知这红尘中有多少故事被留在彼岸，而今已无从考据，一千多年前是怎样一场清扬婉兮的邂逅。荷花定是一位娉婷出尘的女子，在那一曲繁弦的锦瑟华年里，或是也曾一起诵读过“我欲与君相知，长命无绝衰”，或是也曾许下过“愿同尘与灰”的誓言。奈何老天总不愿把所有的美好都赋予一人。

钱钟书先生一句“商隐以骈文为诗”道出了李商隐的诗构思精巧，并兼有骈文善于对仗，词藻华美的神韵。如传世名句“身无彩凤双飞翼，心有灵犀一点通”。

没有沧海月明珠有泪的哀艳曲婉，没有蓝田日暖玉生烟的隐晦幽微，没有星沉海底当窗见的壮美斑斓，没有雨过河源隔座看的绮彩深远，“荷叶生时春恨生，荷叶枯时秋恨成”。有的只是六朝民歌般的清新质朴，春也好，秋也罢，这荷叶的荣枯总能令你睹物寄情，而这情已融入血脉，只要此身在便无绝期，像这江水一样日夜不竭。一缕香魂已作无期别，而你却道“深知身在情长在，怅望江头江水声”。

摊破浣溪沙

手卷真珠上玉钩，依前春恨锁重楼。风里落花谁是主，思悠悠。

青鸟不传云外信，丁香空结雨中愁。回首绿波三楚暮，接天流。

注释>>

[1] 真珠：即珠帘。

[2] 青鸟：传说曾为西王母传递消息给汉武帝，这里指带信的人。云外，指遥远的地方。

[3] 丁香结：丁香的花蕾，此处诗人用以象征愁心。

赏析>>

此词是一首伤春词，词中女子手卷珍珠帘，给珍珠帘挂上玉钩的时候，仍然是春恨绵绵紧锁高楼，风里落花无主，云外不见青鸟传来亲人的书信。雨中的丁香花蕾空结在枝头，绝望的愁绪浓得化也化不开。回首三楚大地，天低日暮，长江水滚滚东去，更加映衬了愁思的深广邈远。

有人认为这首词非一般的对景抒情之作，可能是在南唐受后周严重威胁的情况下，李璟借小词寄托其彷徨无措的心情，表达其深重的愁恨与感慨。

下片“青鸟不传云外信，丁香空结雨中愁”，点出了“春恨”绵绵的缘由所在，青鸟是古代传说中传递信息的信使。青鸟不传信，想得到所思念的人的音信而不得，于是有“丁香空结雨中愁”的叹息。至此，词的感情已经十分浓郁、饱满。

古代诗人多以丁香写愁，因为丁香花多成簇开放，好似“结”，称之为“丁结，百结花”。李商隐的《代赠》里有“芭蕉不展丁香结”一句。丁香在文学作品中多象征着高洁、美丽、哀婉的事物。

最后诗人以景语作结：“回首绿波三楚暮，接天流。”楚天日暮，长江接天，这样的背景暗示着愁思的深广。“接天流”三个字让人想起“问君能有几多愁，恰似一江春水向东流”。

王方俊在《唐宋词赏析》评价此作：全词情景融为一体，气象雄伟，意境深沉委婉，留有余韵，可称词中之神品，不为过誉。

阮阅在《诗话总龟》中评价：《翰苑名谈》云李璟“青鸟不传云外信，丁香空结雨中愁”，思清句雅可爱。

链接 >>

摊破浣溪沙

词调名有加“摊破”二字的，意思是将某一个曲调，摊破一二句，增字衍声，另外变成一个新的曲调，但仍用原有调名，而加上“摊破”二字，作为区别。“摊破”是兼文字和音乐而言，如果单从文字方面说，“摊破”就是“添字”。“摊破浣溪沙”，又名“山花子”，在原“浣溪沙”上下片各增三字，韵位不变。

当时明月在，曾照彩云归　汪晓彬 绘

问君能有几多愁

——词帝李煜的泣血之作

李煜（937—978），五代十国时南唐国君，961—975年在位，字重光。彭城（今江苏徐州）人。南唐中主李璟的第六子，于宋建隆二年（961）继位，史称李后主。开宝八年，宋军破南唐都城，李煜降宋，被俘至汴京，封为右千牛卫上将军、违命侯。

虞　美　人

春花秋月何时了？往事知多少！小楼昨夜又东风，故国不堪回首月明中。

雕栏玉砌应犹在，只是朱颜改。问君能有几多愁？恰似一江春水向东流。

注释＞＞

［1］此调原为唐教坊曲，初咏项羽宠姬虞美人，因以为名，又名《一江春水》《玉壶水》《巫山十二峰》等。

［2］了：了结，完结。

［3］雕栏玉砌：指远在金陵的南唐故宫。砌，台阶。

［4］朱颜改：指所怀念的人已衰老。

［5］君：作者自称。

赏析 >>

《虞美人》是李煜的代表作，也是他的绝命词。

此词大约作于李煜归宋后的第三年。相传他于自己生日之夜（七夕），在寓所命故伎作乐，唱新作《虞美人》词，声闻于外。宋太宗闻之大怒，命人赐药酒，将他毒死。

李煜之所以被誉为词帝，他的词之所以被一代代读者喜爱，除了他深厚的艺术功底之外，主要还是因为他的词能“以血书”，是发于生命最深处最真切的声音。这一首《虞美人》就是其典型。

这首词通过今昔交错对比，表现了一个亡国之君无穷的痛苦追悔。

全词以问起，以答结；由问天、问人而到自问，凄楚中不无激越的音调和曲折回旋、流走自如的艺术结构，使作者绵绵不断的愁思贯穿始终，给人以痛彻心扉之感。

上片是在小楼中的故国之思。

下片则是抒写亡国哀愁。

在抒情者李煜的心里，故国的雕栏玉砌应该完美无缺，应该依然还在，但是已经不是南唐的江山了。而且故国的人，那些宫女们，她们经过了这三年的亡国之痛，青春的容颜可能会衰老了。

问君能有几多愁？引发读者的思考和注意，引出千古奇喻句——恰似一江春水向东流。含蓄地显示出愁思的长流不断，无穷无尽。更突出诗人无限的追悔，犹如那滔滔不绝的江水，不能倒流，不能逆转，一切的一切不可重新来过。祖皇、父皇苦心经营的南唐大好河山都在我的手里断送了，如何不让我痛彻心扉！

可以说，李煜这首词所以能引起广泛的共鸣，在很大程度上，正有赖于结句以富有感染力和象征性的比喻，将愁思写得既形象化又抽象化，得以千古传诵。

定都于南京的朝代，对于长江东流去的感觉特别明显。在文学当中，李后主把这个意象用到最丰富的状态。

唐圭璋在《唐宋词简释》中说：此首感怀故国，悲愤已极。起句，追维往事，痛不欲生！满腔恨血，喷薄而出：诚《天问》之遗也。“小楼”

句承起句，缩笔吞咽；“故国”句承起句，放笔呼号。一“又”字惨甚。东风又入，可见春花秋月一时尚不得遽了。罪孽未满，苦痛未尽，仍须偷息人间，历尽磨折。下片承上，从故国月明想入，揭出物是人非之意。末以问答语，吐露心中万斛愁恨，令人不堪卒读。通首一气盘旋，曲折动荡，如怨如慕，如泣如诉。

链接 >>

以流水喻愁的诗句

抽刀断水水更流，举杯消愁愁更愁。——李白《宣州谢朓楼饯别校书叔云》

花红易衰似郎意，水流无限似侬愁。——刘禹锡《竹枝词》

汴水流，泗水流，流到瓜洲古渡头，吴山点点愁。——白居易《长相思》

花自飘零水自流，一种相思两处闲愁。——李清照《一剪梅》

相见欢

林花谢了春红，太匆匆。无奈朝来寒雨晚来风。

胭脂泪，留人醉，几时重？自是人生长恨水长东。

注释 >>

[1] 此调原为唐教坊曲，又名《乌夜啼》《秋夜月》《上西楼》。

[2] 春红：春天的娇艳之色。

[3] 胭脂泪：指女子的眼泪，女子脸上搽有胭脂，泪水流经脸颊时，沾上胭脂的红色，故云。

赏析 >>

此词将人生失意的无限怅恨寄寓在对暮春残景的描绘中，是即景抒情的典范之作。

起句“林花谢了春红”，即托出作者的伤春惜花之情；“太匆匆”，则使这种伤春惜花之情得以强化。同时也糅合了人生苦短、来日无多的喟叹。

“无奈朝来寒雨晚来风”一句点出林花匆匆谢去的原因是风雨侵袭，而作者生命之春的早逝也是因为过多的“风刀霜剑严相逼”所致吧。所以，此句同样既是叹花，亦是自叹。“无奈”一词，充满不甘听凭外力摧残而又自恨无力改变的悲怆。

下片是表现作者与林花的依依惜别之情。“胭脂泪”有的版本写作“林花着雨胭脂湿”，理解为林花为风侵欺，状如胭脂。但花木本无泪，实际上是惯于“以我观物”的作者移情于彼，使之人格化——作者身历世变，泪尽继之以血，不亦色若胭脂？

“留人醉”，花固怜人，人亦惜花；泪眼相向之际，究竟是人留花抑或花留人，已惝恍难分。而“几时重”则吁出了人与花共同的希冀和自知希冀无法实现的怅惘与迷茫。

结句“自是人生长恨水长东”，一气呵成益见悲慨。“人生长恨”似乎不仅仅是抒写一己的失意情怀，而涵盖了整个人类所共有的生命缺憾，是一种融会和浓缩了无数痛苦的人生体验的浩叹。

俞陛云在《唐五代两宋词选释》中说：“后主为樊若水所卖，举国与人。词借伤春为喻，恨风雨之摧花，犹逆臣之误国，迨魁柄一失，如水之东流，安能挽沧海尾闾，复鼓回澜之力耶！”

唐圭璋在《屈原与李后主》中说：“以水必然长东，以喻人之必然长恨，沉痛已极。”

链接 >>

千古词帝的泣血真情感动我们

李煜虽不通政治，但其艺术才华非凡，精书法，善绘画，通音律，诗和文均有一定造诣，尤以词的成就最高。千古杰作有《虞美人》《浪淘沙》《乌夜啼》等词。在政治上失败的李煜，却在词坛上留下了不朽的篇章，被称为“千古词帝”。

可以说，绝大部分的唐宋词读者都喜欢读李煜的词作，都会被他字字泣血的真情所打动。他的词，像是一把柔韧的利剑，剑锋可以轻易穿透你的胸膛，却难以快速地拔出。那种韧性，似藤，扎进心里，还会攀爬，直至最后，紧紧地将你包裹。他的词，从开始的风格绮丽，到后来的泣血绝唱，是因为江山的沦丧。因为痛入骨髓，才会用情真挚，写出意境深远的悲凉之词。你只能看着它流血、看着它疼，却无可奈何。

历史上有许多亡国之君，但是可以让人这样温柔地记住，唯独南唐后主。这些记住他的人，没有过多地指责他的误国误民，断送江山。

很多读者只记得，他是一个词客，一个用江山换来千古绝唱的词客。他的王冠上写着耻辱，文学史册里却给他戴上美丽的光环。台湾学者蒋勋说，在文化上，没有李后主或许就没有宋朝的词。

王国维在《人间词话》第十五则中说：

词至李后主而眼界始大，感慨遂深，遂变伶工之词而为士大夫之词。周介存置诸温韦之下，可为颠倒黑白矣。“自是人生长恨水长东”“流水落花春去也，天上人间”，《金荃》《浣花》，能有此气象耶？

王国维在《人间词话》第十六则中说：

词人者，不失其赤子之心者也。故生于深宫之中，长于妇人之手，是后主为人君所短处，亦即为词人所长处。故后主之词，天真之词也。他人，人工之词也。

王国维在《人间词话》第十七则中说：

客观之诗人，不可不多阅世。阅世愈深，则材料愈丰富，愈变化，《水浒传》《红楼梦》之作者是也。主观之诗人，不必多阅世。阅世愈浅，则性情愈真，李后主是也。

相　见　欢

无言独上西楼，月如钩。寂寞梧桐深院锁清秋。

剪不断，理还乱，是离愁。别是一般滋味在心头。

注释 >>

[1] 锁清秋：深深被秋色所笼罩。

[2] 离愁：指去国之愁。

[3] 别是一般：亦作“别是一番”，另有一种之意。

赏析 >>

词牌“相见欢”和词的内容“离愁”形成一个极大的反差。

起句“无言独上西楼”，摄尽凄婉之神。“无言”者，并非无语可诉，而是无人共语。由作者“无言”“独上”的沉重步履和凝重神情，可见其孤独之甚、哀愁之甚。本来，作者深谙“独自莫凭栏”之理，因为栏外景色往往会触动心中愁思，而今他却甘冒其“险”，又可见他对故国（或故人）怀念之甚、眷恋之深。

“月如钩”，是作者西楼凭栏之所见。一弯残月映照着作者的孑然一身，也映照着他视线难及的“三千里地山河”（《破阵子》），引起他多少遐想、多少回忆？而俯视楼下，但见深院为萧瑟秋色所笼罩。“寂寞梧桐深院锁清秋”，这里，“寂寞”者究竟是梧桐还是作者，已无法、也无须分辨，因为情与景已妙合无隙。

过片后“剪不断”三句，以丝喻愁，将抽象的情感加以具象化，历来为人们所称道，但更见作者独诣的还是结句：“别是一般滋味在心头。”

沈际飞在《草堂诗余续集》中评价说：“七情所至，浅尝者说破，深尝者说不破。破之浅，不破之深。‘别是一般滋味在心头’句妙。”

链接 >>

千古愁情载以物

诗词家借助鲜明生动的艺术形象来表现离愁时，往往以物载之。

或写愁之深，如李白的《远别离》："海水直下万里深，谁人不言此离苦。"

或写愁之长，如李白的《秋浦歌》："白发三千丈，缘愁似个长。"

或写愁之重，如李清照的《武陵春》："只恐双溪舴艋舟，载不动许多愁。"

或写愁之多，如秦观的《千秋岁》："春去也，飞红万点愁如海。"

愁如长江之水，李煜的《虞美人》："问君能有几多愁，恰似一江春水向东流。"

剪不断，理还乱，是离愁，别是一般滋味在心头。李煜此句则写出愁之味：其味在酸咸之外，却根植于作者的内心深处。

子 夜 歌

人生愁恨何能免？销魂独我情何限！故国梦重归，觉来双泪垂。

高楼谁与上？长记秋晴望。往事已成空，还如一梦中。

注释 >>

[1] 何限：无限。

[3] 秋晴：晴朗的秋天。

赏析 >>

这是后主入宋后的作品，表达了亡国的悲痛和对故国的无限思念。

开篇言愁，直抒胸臆。

上片中先用一个反问句和一个感叹句，抒发自己极为强烈的满腔悲愤之愁情。这无限的愁情遗恨从何而来？乃是因为故国之思。

下片忆起故国往事，用设问引起，忘不了在晴朗的秋日登高望远的情景，这些美好的往事都已经逝去了，如虚幻的梦境一般。直白不假修饰，悲苦之情倾泻而出。

起笔即言愁恨，可见内心之苦恨，难以抑制。独我，只有我，给人一种无人能解的悲苦和绝望。

文中两个“梦”字，一是回到故国往事之中，是对往事的依恋和对现实的无奈。二是诗人认识到“往事已成空”以后，故国的一切美好和繁盛都已经烟消云散了，成了飘忽的、虚幻的、不真实的梦。

唐圭璋在《唐宋词简释》中说：此首思故国，不假采饰，纯用白描。但句句重大，一往情深。起句两问，已将古往今来之人生及己之一生说明。“故国”句开，“觉来”句合，言梦归故国，及醒来之悲伤。换头，言近况之孤苦。高楼独上，秋晴空望，故国杳杳，销魂何限！“往事”句开，“还如”句合。

链接 >>

李煜和大小周后的爱情

李煜在文学上的成功，不能离开一个被他迷恋着的女人——周后。

周后，名娥皇，生于936年，比后主大一岁。在文史记载中，她是个多情而贤惠的女人。因为古代帝王们，多是后宫佳丽三千人，很少能将全部感情寄托在一个后妃身上的，移情别恋是常事。周后能得到一个多情帝王的专宠，且将爱情流露于文学，当然因为她是一个资质佳丽多才的女子。

人生没有不散的筵席，不幸的事有一天降临到最幸福的人身边。28岁那年，周后生病了，后主朝夕视食，药非亲尝不进，衣不解带者累夕，如侍父母。然而，周后终被秋风吹去了，其时，后主哀苦骨立，杖而后起，如丧考妣，且将投井以殉，赖救之获免。又自制诔词数千言，皆极酸楚。

周后生前能使后主作香艳之词，死后又影响后主作感伤悲切之词，这种功绩，后人是应该感谢她的。

自古文人与美人，是结着不解之缘的。多少伟大的文艺作品，都是以香草美人为题材、为背景的。《红楼梦》中“金陵十二钗”和“金陵十二副钗”都是写绝代佳人。周后去世后，李煜又娶了周后之妹小周后为皇后。的确，美人的魔力，足以触动文人的心灵，而使之写出感天动地的文字。后主不会做皇帝，而无意中做了词中之帝，谁说这不是大小周后的爱情力量呢？

望　江　南

多少恨，昨夜梦魂中。还似旧时游上苑，车如流水马如龙，花月正春风。

注释 >>

[1] 上苑：古代皇帝的花园。

[2] 车如流水马如龙：极言车马众多。

赏析 >>

这首词是作者归宋后的作品，书写梦中重温旧时游娱生活后的悲恨。其内容虽无可取之处，但从艺术上看，却颇可玩味。

词的一开始“多少恨”让人颇感突兀，有什么恨呢？又为何而恨呢？读了下一句，我们才能明白，原来是来源于“昨夜梦魂中”。

可是，梦中故国昔日的繁华，游娱活动的盛况，何以引发其“恨”呢？联系词人由帝王变为“臣虏”，“日夕只以泪水洗面”的境况，可知其所“恨”者当然不是“昨夜梦魂中”的事情，而是昨夜这场梦本身。

梦中情事固然是他时时眷恋着的生活，但梦醒后所面对的残酷现实却令他倍感悲怆，他怎能不产生无限的悲恨呢？“车如流水马如龙，花月正春风”的盛况是一去而不复返了，让他深感痛惜，那种境况越是气派，越是辉煌，今天的失落感越是大。正如王夫之所言“以乐景写哀，以哀景写乐”，可取得“以倍增其哀乐”的艺术效果。这首词可说是成功运用“正面不写写反面”的艺术手法的范例。

《唐宋词鉴赏集》中说：李煜笔下这个欢乐而又使他悲苦的梦，可以使作品置身于唐宋诗词作家创造的形形色色的“梦”的画廊之中。

俞陛云在《唐五代两宋词选释》中说：“车水马龙”句为时传诵。当年之繁盛，今日之孤凄、欣戚之怀，相形而益见。

链接 >>

成语“车水马龙”

车如流水，马像游龙，形容来往车马很多，络绎不绝的热闹情景。

《后汉书·明德马皇后纪》：“前过濯龙门上，见外家问起居者，车如流水，马如游龙，苍头绿衣，领袖正白，顾视御者，不及远矣。”

东汉章帝刘炟继位后，封其父王明帝刘庄的皇后马氏为太后。马太后亲自撰写《显宗起居注》，丝毫不提及父亲马援及兄长马防的功劳，还要章帝不要听从大臣给马家封侯的建议，说：“我回家看他们门前车水马龙的，不能再封了。”

清　平　乐

别来春半，触目愁肠断。砌下落梅如雪乱，拂了一身还满。

雁来音信无凭，路遥归梦难成。离恨恰如春草，更行更远还生。

注释 >>

[1] 春半：春天已经过去了一半。

[2] 雁来音信无凭：古人常以鸿雁传书，此处为雁来信不来。凭，依据，依靠。

赏析 >>

公元 971 年秋，李煜派弟弟李从善去宋朝进贡，从善被扣留在汴京。974 年，李煜请求宋太祖让从善回国，未获允许。据说李煜非常想念他，常常痛哭。这首词有可能是从善入宋的第二年春天，李煜为思念他而作的。

如其可信，则上片不妨可视为就己方落笔，点出其弟相别时间，那拂了一身还满的雪梅正像愁之拂去还来；而下片可看作由彼方措意，说从善留宋难归，托雁捎信无凭，心中所怀的离恨，就好比越走越远还生的春草那样无边无际。两者相形，倍觉愁肠寸断的凄苦和离恨常伴的幽怨。从动态写出离恨的随人而远，尤显生动，为人所称道。

这首词后面四句全部是堆叠，词人把自己的阻碍、困顿、一步一停的感觉全部表现出来，这个形式完全因为是歌曲才能够做到。

俞平伯（路遥归梦难成句）："梦的成否原不在乎路的远近，却说路远以至归梦难成，语婉而意悲。"

另有：于愁则喻春水，于恨则喻春草，颇似重复，而"恰似一江春水向东流"，以长句一气直下，"更行更远还生"，以短语一波三折，句法之变换，直与春水春草之姿态韵味融成一片，外体物情，内抒心象，岂独妙肖，谓之入神也。虽同一无尽，而千里长江，滔滔一往，绵绵芳草，寸接天涯，其所以无尽则不同尽也。词情调情之吻合，词之至者也。（《论诗词曲杂著》）

链接 >>

描写春草的诗句

仅唐诗中，描写春草的诗句，就有很精彩的名句，分别表达不同的情意。

1.（唐）李白《春思》——引人相思的绿草

燕草如碧丝，秦桑低绿枝。

当君怀归日，是妾断肠时。

春风不相识，何事入罗帏？

2.（唐）杜甫《春望》——乱世败城的荒草

国破山河在，城春草木深。

感时花溅泪，恨别鸟惊心。

烽火连三月，家书抵万金。

白头搔更短，浑欲不胜簪。

3.（唐）白居易《赋得古原草送别》——生命力极旺盛的荒草

离离原上草，一岁一枯荣。

野火烧不尽，春风吹又生。

远芳侵古道，晴翠接荒城。

又送王孙去，萋萋满别情。

4.（唐）韩愈《早春呈水部张十八员外》——溢满春意若隐若现的初春小草

天街小雨润如酥，草色遥看近却无。

最是一年春好处，绝胜烟柳满皇都。

5.（唐）白居易《钱塘湖春行》——初春特有的浅草

孤山寺北贾亭西，水面初平云脚低。

几处早莺争暖树，谁家新燕啄春泥。

乱花渐欲迷人眼，浅草才能没马蹄。

最爱湖东行不足，绿杨阴里白沙堤。

浪淘沙令

帘外雨潺潺，春意阑珊。罗衾不耐五更寒。梦里不知身是客，一晌贪欢。

独自莫凭栏，无限江山，别时容易见时难。流水落花春去也，天上人间。

注释 >>

[1] 潺潺：形容雨声。

[2] 阑珊：衰残。

[3] 罗衾：绸被子。不耐：受不了。

[4] 身是客：指被拘汴京，形同囚徒。

[5] 无限江山：指原属南唐的大好河山。流水落花：落花随流水而去。

赏析 >>

这首词上片用倒叙手法，帘外雨，五更寒，是梦后事；忘却身份，一晌贪欢，是梦中事。潺潺春雨和阵阵春寒，惊醒美梦，使抒情主人公回到了真实人生的凄凉境况中来。梦中梦后，实际上是今昔对比。雨夜五更的清冷，让词人从梦中醒来，想到刚才的梦里短暂的欢畅。

下片首句"独自莫凭栏"，为何呢？那是因为梦里忘记了自己现在成了囚徒，还沉迷于往日的欢愉之中；而凭栏遥望故国江山，将引起无限伤感。

"流水落花春去也"，与上片"春意阑珊"相呼应，同时也暗喻来日无多，不久于人世。"天上人间"句，是说梦中的无限江山犹如在天上之感，而眼前的现实让他回到了痛苦屈辱的人间。

《乐府纪闻》记载：后主归家后与故宫人书云："梦里不知身是客，一晌贪欢""流水落花春去也，天上人间"……旧臣闻之，有泣下者。七夕在赐第作乐。太宗闻之怒，更得其词，故有赐牵机药之事。

链接 >>

我看李煜和他的词作

李煜不是一个称职的皇帝，却又坐上了皇帝的宝座，享尽了一个帝王能够享受的一切荣华。作为帝王，我对他是"哀其不幸，怒其不争"。

一个远去的帝王，却有许多的人在怀念、在赞美他。因为，他是那个时代最有才华、最为杰出的文学艺术家。

“落花流水春归去，一种销魂是李郎。”南唐后主李煜，曾有“手提金缕鞋”“教君恣意怜”的缠绵爱情，有“剪不断，理还乱”的离愁别恨，更有“最是仓皇辞庙日”的垂泪呜咽，“小楼昨夜又东风”的故国感念。他跌宕起伏的人生，蜕变而成一首首人间绝唱。

他的词作手法高妙，字字发自肺腑，句句涌自心间，不愧“词帝”称号，后期多泣血之作。

破 阵 子

四十年来家国，三千里地山河。凤阁龙楼连霄汉，玉树琼枝作烟萝。几曾识干戈？

一旦归为臣虏，沈腰潘鬓消磨。最是仓皇辞庙日，教坊犹奏别离歌。垂泪对宫娥。

注释 >>

[1] 四十年：南唐始祖建国至后主为宋所灭，前后三十九年，取其整数而称四十年。

[2] 霄汉：指云天。

[3] 烟萝：云霞草木。

[4] 沈腰：南北朝时诗人沈约在朋友信中有“老病百日数旬，革带常应移孔”的句子，后人用“沈腰”指人瘦。

[5] 潘鬓：晋代文学家潘岳在《秋兴赋序》里说他三十二岁时头发就开始花白。后以“潘鬓”作为中年鬓发初白的代称。

[6] 教坊：古代朝廷中掌管女乐的官署。

赏析 >>

以阶下囚的身份痛思亡国往事，自然不胜感慨。

此词上片回首故国的繁华。四十年来的家国基业，三千里地的辽阔疆域，竟都沉浸在一片享乐安逸之中。上片有自我反思之意，其中隐含着对贪于享乐、不知珍惜帝王基业的痛悔，也点明了沦为臣虏的原因。

下片记叙离别故国时哭辞宗庙的情景，写来尤为沉痛惨怛。其事虽见载于《东坡志林》，但出自后主之手，更觉凄惨苦涩，不失为一个丧国之君内心的痛苦自白。

下片中“一旦”写出亡国后自己饱经的忧虑伤痛，而“最是”则特写了最“仓皇”的情景和感受，那是情不能自禁的高潮——只能“垂泪”离别而已。

毛先舒说：“此词或是追赋。……至若挥泪听歌，特词人偶然语。”

链接 >>

说不尽的“仓皇”

“最是仓皇辞庙日”这一句突出了李后主人生最悲惨的一幕。“仓皇”二字说明了一切。

临别金陵时的情景仍历历在目。当初拥有时觉得平平常常，现在一旦被人夺去，内心的屈辱伤痛可想而知，那是他从天堂坠入地狱的开始。苏轼曾责怪李煜离开金陵时本应该向其国民谢罪，而不是“垂泪对宫娥”。

然而对宫娥垂泪，是李煜当时真情实事的写照，也符合他懦弱的性格。如果在词的末尾来一番政治说教或忏悔，那既不符合李煜的性格，艺术价值上也降低了许多。

不愿为帝，却一直享受着帝位带给他的特权和奢华。即使知道国家危机，知道黎民疾苦，却一直逃避，一直心存侥幸，以为自己委屈一点对宋称臣，就可以稀里糊涂地维持自己皇帝的生涯。

直到宋兵站到面前，他这才知道自己一直不愿面对的这一天终于到来了。

一切都毫无准备，教李煜如何不“仓皇”？

第二编 北宋词

结庐在人境，而无车马喧　汪晓彬 绘

一个文臣最惬意朝代的群体创新

——北宋词

北宋（960—1127）建立，结束了五代十国割据分裂的局面，建立一个经济文化繁荣的朝代。宋太祖赵匡胤即位后通过“杯酒释兵权”，将兵权与财权全部集中于中央，改由文官带兵，避免了藩镇割据现象，但也导致宋朝军事力量严重削弱，北部边患不断。

北宋文人有很大的自信和安全感，因为有所谓的“太祖誓碑”，继位的皇帝都必须遵守，其中一条就是“不杀士大夫”。在这样的环境里，文人的人格得到了充分的尊重，他们的创作热情也空前高涨，因此带来文学的繁荣。

在封建社会历史上，知识分子常常处于战战兢兢的状态中，要么卑微，要么悲壮，能够有宋朝知识分子那么坦荡情怀的是极少数。

北宋也是一个风雅朝代，给予文职官员优厚的俸禄待遇。宋太祖就鼓励文人“歌儿舞女颐养天年”，这样的政策一方面造成文化的繁盛即词作创作的繁盛，另一方面消磨了男人的血性，削弱了边塞军事力量，导致北宋王朝最终灭亡。

梦中犹忆观潮盛

——疏狂潘阆的观潮图

潘阆（làng）（？—1009），宋初著名隐士、文人。性格疏狂，曾两次坐事亡命，真宗时释其罪，任滁州参军。作词很好。

酒泉子(其二)

长忆观潮，满郭人争江上望，来疑沧海尽成空，万面鼓声中。弄潮儿向涛头立，手把红旗旗不湿。别来几向梦中看，梦觉尚心寒。

注释>>

[1] 长：通假字，通“常”，常常、经常。

[2] 郭：外城。

[3] 万面鼓声中：潮将来时，潮声像万面金鼓，一时齐发，声势震人。

[4] 弄潮儿：指钱塘江上执旗泅水与潮相搏的少年。

[5] 心寒：心里感觉惊心动魄。

赏析>>

这首词以豪迈的气势和劲健的笔触，描绘了钱江潮涌的壮美景象。词的上片描写观潮盛况，表现大自然的壮观、奇伟；下片描写弄潮情景，表现弄潮健儿与大自然奋力搏斗的大无畏精神与豪迈气概。

上片起首两句，写杭州人倾城而出，拥挤在钱塘江边，万头攒动，争看江面潮水上涨，为下面潮水的涌现制造气氛，作好铺垫。上片结尾两句，运用比喻、夸张等手法，把钱江潮涌的排山倒海、声容俱壮，渲染得有声有色、惊险生动。

过片转而描写弄潮儿的英勇无畏、搏击风浪、身手不凡和履险如夷。这两句纯用白描手法，写得有声有色，富于动感，炫目惊心。结拍由回忆转为现实，写词人虽离杭已久，但那壮观的钱江涌潮仍频频入梦，以至梦醒后尚感惊心动魄。

据载：石延年获潘阆此词后，“使画工彩绘之，作小景图”，又“钱希白爱之，自写于玉堂后壁”。

链接 >>

周密《观潮》片段欣赏

钱塘江观潮盛况，南宋词人、文学宋周密也有过精彩的描述，可作为欣赏词作的参照。

浙江之潮，天下之伟观也。自既望以至十八日为盛。方其远出海门，仅如银线；既而渐近，则玉城雪岭际天而来，大声如雷霆，震撼激射，吞天沃日，势极雄豪。

……

吴儿善泅者数百，皆披发文身，手持十幅大彩旗，争先鼓勇，溯迎而上，出没于鲸波万仞中，腾身百变，而旗尾略不沾湿，以此夸能。

……

真隐士的离愁别恨

——林逋的《长相思》

林逋（967—1028），北宋著名诗人。幼时刻苦好学，通晓经史百家。性格孤高自好，喜恬淡，不热衷功名利禄。

长 相 思

吴山青，越山青，两岸青山相送迎，谁知离别情？

君泪盈，妾泪盈，罗带同心结未成，江头潮已平。

注释 >>

[1] 同心结：将罗带系成连环回文样式的结子，象征定情。

[2] 潮已平：指江水已涨到与岸相齐。

赏析 >>

此词采用民歌中常见的复沓形式，以回旋往复、一唱三叹的节奏和清新优美的语言，托为一个女子声口，抒写了她因爱情生活受到破坏，被迫与心上人江边诀别的悲怀。

这首小词寄离情别意于山容水态之中，颇有民歌风味。上片写景，景中寓情；下片抒情，以情托景。上下片和谐对称，上片拟人，下片抒情，真实地表达出离愁别恨，是一首明白如画而又含蓄不尽的佳作。

林逋，一个栖居于杭州小孤山上的隐士，一个闲爱孤云静爱僧的独身主义者，写下了这首脉脉含情的歌。但他究竟是为谁写的这首歌，数百年来，一直让人琢磨，却总也捉摸不透。

花自飘零水自流。然而，落花纵有千般意，流水却总是无情。

同心结是一种古老而寓意深长的花结。由于其两结相连的特点，常被作为爱情的象征，取“永结同心”之意。

永结同心成为永远的梦。爱情犹如钱塘江的潮水，潮起潮落，来也匆匆去也匆匆！

方俊在《唐宋词赏析》中说：“将送行妇女的离愁别恨融于对山水无情的怨意之中，别具一格。”

链接 >>

“和靖先生”善咏梅

林逋曾漫游于江淮间，后隐居杭州西湖，在孤山上盖一茅屋。常驾小舟遍游西湖诸寺庙，与高僧诗友相往还。每逢客至，叫门童子纵鹤放飞，林逋见鹤必驾小船归来。一生不娶妻没有子女，种梅养鹤，自称为“梅妻鹤子”。

林逋擅长绘画，长于行草，书法瘦挺劲健。诗自写胸臆，多奇句，风格澄澈淡远。《山园小梅》诗中“疏影横斜水清浅，暗香浮动月黄昏”两句，被誉为千古咏梅绝唱。作诗写完后就丢掉了，从不保留。有人问：“为什么不留下来传给后世?”回答说：“我现在在山林间隐居，根本不想出名，何况后世呢?”有心人暗中给记录下来，得 300 多首传世。

真宗听到他的名气，赐给他绸布和米粟，每年还请地方官去慰问他。林逋曾给自己在草房旁边筑了一座墓。六十二岁去世，州官把消息报告上去，真宗赐其“和靖先生”谥号。

宋代理学家朱熹高度评价林逋：宋亡，而此人不亡，为国朝三百年间第一人！

铁血宰相的常人愁情

——范仲淹的《苏幕遮》和《渔家傲》

范仲淹（989—1052），字希文，苏州人。北宋著名的政治家、思想家、军事家和文学家，世称“范文正公”。他为政清廉，体恤民情，刚直不阿，力主改革，屡遭奸佞诬谤，数度被贬。

苏　幕　遮

碧云天，黄叶地，秋色连波，波上寒烟翠。山映斜阳天接水，芳草无情，更在斜阳外。

黯乡魂，追旅思，夜夜除非，好梦留人睡。明月楼高休独倚，酒入愁肠，化作相思泪。

注释＞＞

[1] 黯乡魂：因思念家乡而心情颓丧。黯，形容心情忧郁。

[2] 追旅思：追忆往事引起了羁旅的愁怀。旅思（sì），旅居在外的愁思。思，心绪，愁思。

[3] 好梦：指回家欢聚的梦。

赏析 >>

苏幕遮，曾经是龟兹国一年一度的盛大节日，又名祈寒节，由祈求冬天寒冷、天降大雪、来年水源充沛而来，每年七月初开始。于唐代传入中原，成为唐和宋时的一个重要节日，曾轰动京城。

唐人写的关于苏幕遮歌舞的诗词，数量繁多。到宋时，“苏幕遮”就成了词牌名。又名：《古调歌》《鬓云松令》《云雾敛》《般涉调》等。

这首词柔情似水，蜜意如绵，却出自一位刚强的名臣之手，让人稍觉诧异。

这首词别本题作《别恨》或《怀旧》，抒写作者秋天思乡怀人的感情。

上片用多彩的画笔绘出绚丽、高远的秋景，意境开阔。这是一幅色调浓烈的画卷，携带着一股强烈的感情扑面而来。我们看到的不仅有浓烈的秋色，更有深挚的怀人之情——在景物中寓含的情感。画面中的芳草不仅仅指自然界的芳草，而且暗指诗人的家乡远在天际，在斜阳之外。

“碧叶天，黄叶地”由此为传诵名句。元剧《西厢记》中就巧妙化用了这两句：“碧云天，黄叶地，西风紧，北雁南飞。晓来谁染霜林醉？总是离人泪。”

词的下片表达客思乡愁带给作者的困扰，极其缠绵婉曲。以夜深人不能寐、楼不能倚、酒不能消解三层刻画，反言愈切。

《左庵词话》解释说：“希文宋一代名臣，词笔婉丽乃尔，比之宋广平赋梅花，才人何所不可，不似世之头巾气重，无与风雅也。”此说可谓得之。

链接 >>

范仲淹轶事三则

断齑划粥

提到范仲淹，我们会想到他的两个事迹，一是他少年苦学的事迹，真的令人感佩不已。他在两岁的时候父亲就去世了，母亲再嫁。他少年读书时有五年不曾解开衣服睡觉，困倦难忍的时候就用凉水扑到脸上。他每天用两升小米煲粥，隔夜粥凝固后便划成四块，早晚就着腌菜各吃两块，苦读成才。

立天下之志

范仲淹少年时有天下之志，后来将其天下之志写在他的散文名篇《岳阳楼记》中：“先天下之忧而忧，后天下之乐而乐。”

仲淹二岁而孤，家贫无依。少有大志，每以天下为己任，发愤苦读，或夜昏怠，辄以水沃面；食不给，啖粥而读。既仕，每慷慨论天下事，奋不顾身。乃至被谗受贬，由参知政事谪守邓州。仲淹刻苦自励，食不重肉，妻子衣食仅自足而已。常自诵：“士当先天下之忧而忧，后天下之乐而乐也。”

——欧阳修《宋名臣言行录》

颜回再世真君子

范仲淹简直是颜回的翻版，是北宋少有的文武双全的真君子。

首先，范仲淹是大宋朝的著名铁血宰相。

范仲淹扭转了文官任边将总打败仗的局面。公元1038年，宋朝与西夏有过较长一段时间的军事争端，在与西夏的对峙中，范仲淹让西夏领教了大宋朝的厉害。当时边境人民中流传着这样一首歌谣可以说明范仲淹当年的威风：“军中有一范（仲淹），西人闻之惊破胆。”

其次，范仲淹是宋代理学的开山祖师。道学宗师朱熹赞范仲淹：“宋朝忠义之风，都是自范文正作成起来也”，并且五体投地推崇范仲淹是“天地间第一流人物也”。

再次，如果要给范仲淹起个绰号的话，有一个词很适合他：“无情”。这样一位国家民族利益至上的英雄人物，必然要在某些方面做出牺牲，至少他不会因为个人的感情问题而耽误正事。

鲁迅先生有言：“无情未必真豪杰，怜子如何不丈夫。”

渔家傲·秋思

塞下秋来风景异，衡阳雁去无留意。四面边声连角起。千嶂里，长烟落日孤城闭。

浊酒一杯家万里，燕然未勒归无计。羌管悠悠霜满地。人不寐，将军白发征夫泪。

注释>>

[1] 塞下：边境险要之地。

[2] 衡阳雁去：即"雁去衡阳"，指大雁离开这里飞往衡阳。衡阳有回雁峰，雁飞至此，便不再继续南飞。

[3] 边声：指各种带有边地特色的声响。

[4] 角：画角。古代乐器，发声哀厉高亢，军中使用，用以报警戒严。因外有彩绘，故名。

[5] 嶂：像屏障一样并列的山峰。

[6] 长烟：即荒漠上的直烟，因少风，烟直而高。

[7] 燕然：山名，即今蒙古境内之杭爱山。

[8] 燕然未勒：指边患未平、功业未成。勒（lè），刻石记功。东汉窦宪追击北匈奴，出塞三千余里，至燕然山刻石记功而还。

赏析>>

1038年西夏元昊称帝后，连年侵宋。宋由于积贫积弱，边防空虚，一败于延州，再败于好水川，三败于定川寨。宋仁宗康定元年（1040），范仲淹自越州改任陕西经略副使兼知延州（今陕西延安）。延州当西夏出入关要冲，战后城寨焚掠殆尽，戍兵皆无壁垒，散处城中。此词即作于知延州时。

上阕描绘边地荒凉的秋景，以显示边地生活的艰苦和军事势态的严重。首句指出"塞下"这一地域性的特点，并以"异"字领起全篇，为下片抒发怀乡思归之情埋下了伏线。“衡阳雁去”是“塞下秋来”的客观现实，“无留意”虽然是北雁南飞的具体表现，但更重要的是这3个字来自戍边将士的内心，它衬托出雁去而人却不得去的惆怅。以下17个字通过“边声”“角起”和“千嶂”“孤城”等具有特征性的事物，把边地的荒凉景象描绘得有声有色，征人见之闻之，又怎能不百感交集？首句中的“异”字通过这17个字得到了具体的发挥。

下阕是作者自抒怀抱，慨叹功业未成和思念家乡的复杂心情，真实而感人。前两句含有三层意思：“浊酒一杯”扑不灭思乡情切；长期戍边而破敌无功；所以产生“归无计”的慨叹。

接下去，“羌管悠悠霜满地”一句，再次用声色加以点染并略加顿挫，此时心情，较黄昏落日之时更加令人难堪。“人不寐”三字绾上结下，其中既有白发“将军”，又有泪落“征夫”。“将军白发征夫泪”一句应是互文见义。意思是将军和征夫白了头发，流下思乡之泪。“不寐”又紧密地把上景下情联系在一起。“羌管悠悠”是“不寐”时之所闻；“霜满地”是“不寐”时之所见，内情外景达到了水乳交融的艺术境界。

按一般人的想象，这样一个立志高远、身负一方安危的朝廷重臣，一定是面目严峻、神态凛然，让人望而生畏的。然而在这首词中，我们看到的是一个血肉丰满的将军形象，他的感情是丰富的、真实的、细腻的，是极具感染力的。他真实地描画出戍边将士们的心理感受。我们读到的是柔肠婉转，千回百结。

全篇造句雄浑有力，情调苍凉悲壮。

魏泰在《东轩笔录》中说：范仲淹守边时，作《渔家傲》歌数阕，皆以“塞下秋来”为首句，颇述边镇之劳苦，欧阳修尝称为“穷塞主”之词云云。

链接>>

衡阳回雁峰

在这首《渔家傲》中有“衡阳雁去无留意”，是说塞下的大雁往南飞，飞到衡阳的回雁峰还不愿停下来，那是因为边塞奇寒。

我们不妨了解下回雁峰。

衡阳回雁峰居八百里南岳衡山七十二峰之首，故称南岳第一峰。峰名传说有二，一曰：北雁南来，至此越冬，待来年春暖而归；二曰：山形似一只鸿雁伸颈昂头，舒足展翅欲腾空飞翔。美丽的古城衡阳也因此峰被冠以“雁城”雅称。

一从恩谴度潇湘，塞北江南万里长。
莫道蓟门书信少，雁飞犹得到衡阳。

（王昌龄《寄穆侍御出幽州》）

盛唐著名边塞诗人王昌龄的好友穆侍御受命离开幽州，将任职于潇湘。为了表达问候，诗人特此作诗，“衡阳雁”在其中也作为了“信使”的形象出现。

北宋政治家、文学家、唐宋八大家之一欧阳修曾在《送廖八下第归衡山》一诗中写道：

曾作关中客，尝窥百二疆。
自言秦陇水，能断楚人肠。
失意倦京国，羁愁成鬓霜。
何如伴征雁，日日向衡阳。

诗人遍游南北，四海为家，深感漂泊之苦。此诗借征雁归衡山表达失意思归之情。

牧童归去横牛背，短笛无腔信口吹　汪晓彬 绘

奉旨填词创慢调

——白衣卿相柳永的世俗画卷

柳永（约987—约1053），北宋著名词人，婉约派最具代表性的人物。崇安（今福建武夷山）人，原名柳三变，后改名柳永，字耆卿，排行第七，又称柳七。宋仁宗朝进士，官至屯田员外郎，故世称柳屯田。他自称“奉旨填词柳三变”，并以“白衣卿相”自诩。

雨　霖　铃

寒蝉凄切，对长亭晚，骤雨初歇。都门帐饮无绪，留恋处，兰舟催发。执手相看泪眼，竟无语凝噎。念去去千里烟波，暮霭沉沉楚天阔。

多情自古伤离别，更那堪，冷落清秋节。今宵酒醒何处？杨柳岸，晓风残月。此去经年，应是良辰好景虚设。便纵有千种风情，更与何人说？

注释>>

[1] 此调原为唐教坊曲。相传玄宗避安禄山乱入蜀，时霖雨连日，栈道中听到铃声。为悼念杨贵妃，便采作此曲，后柳永用为词调。又名《雨霖铃慢》。上下阕，一百零三字。这首词是他离开都城汴京（现河南开封）时写的，抒发了跟情人难分难舍的感情。

[2] 寒蝉：天冷时叫声低微的蝉。

[3] 都门帐饮：在京都郊外搭起帐幕设宴饯行。都门，京城门外。

[4] 去去：重复言之，表示行程之远。烟波：水雾迷茫的样子。

[5] 暮霭：傍晚的云气。

[6] 沉沉：深厚的样子。

[7] 楚天：南天，古时长江下游地区属楚国，故称南天为楚天。

[8] 清秋节：萧瑟冷落的秋季。

[9] 经年：经过一年或多年，此指年复一年。

[10] 千种风情：形容说不尽的相爱、相思之情。风情，情意。

赏析 >>

这首词是柳永的代表之作，也是我国诗词历史上送别词的典范佳作。

它的精彩之处体现在三个方面。

一是将送别过程写得一波三折，曲折回环，动人心扉。我们可以用小学生学到的记叙六要素梳理词的叙事过程。

词中交代送别时间：秋天的一个傍晚，一场凄风冷雨之后（骤雨初歇）。

地点在汴京城都门外，靠近江水码头的长亭边。

人物当然是词人和他的心上人，也许还有心上人的二三个闺中密友，自己的三五个贴心知己。

因为是“帐饮”——心上人可能不是过于文弱的女生，而是一个敢爱敢恨、重情重义的执着者，大不同于今天咖啡馆里那幽静一隅的喁喁情话氛围，也绝不同于韦庄先生的“红楼别夜堪惆怅，香灯半卷流苏帐”那种带有丰厚的物质条件的离别场景。

这里也许是两个青葱少年，也许他们一贫如洗，但是他们有着最纯洁最执着的爱情，他们只为相恋而走到一起，她在用豪情的醉饮为自己心上人送行。

送别的起因，可能是词人因为自己写在词里的一句玩笑话，牢骚话，本来将要到手的功名就白白地葬送了，那就是宋仁宗看了自己的词句“忍把浮名，换了浅斟低唱”一句，把他的名字从榜单上抹去。既然功名无望，只好为了生计而浪迹江湖了。这一次去的目的地是南方的楚地——“暮霭沉沉楚天阔”。

送别的发展，想象许多送别场景，喝得大醉，依依握别，恋恋不舍，上船或者上车或者骑马走了。可是柳先生既然“奉旨填词”了，干脆就把这词的体制给革新了，自创词牌，由五六十字一首的快词发展成一百多字的慢词，尽情地抒写这离别之情。于是把这过程写得极其曲折动人。

请看，正在饮酒，心情很不好，喝得并不畅快。“留恋处”，正在留恋不舍的时候，那边兰舟上船夫又催着要起行了。“执手相看泪眼，竟无语凝噎。”两个人都是泪眼蒙眬，有多少话，欲说而不能。抬头仰望南天——“念去去千里烟波，暮霭沉沉楚天阔。”前路茫然，在一片烟霭笼罩之中。王勃在《送杜少府之任蜀州》诗中也写道：“风烟望五津”，读到此处，读者当然会想到江淹在《别赋》中所说的“黯然销魂者，唯别而已矣”。

这首词的第二个特色是对于送别环境场景的铺叙，极好地营造了离别氛围。在离别人的眼里，一切的景物都会打上离别的印记。这寒蝉在凄切地叫着，这天色就要黑下来，这些景物都渲染了离别的气氛，是在景物中融合了离别者的心情，就如同那“晓来谁染霜林醉，总是离人泪”。物象乃意象，景语实情语，让人为之而感伤。

第三个特色是实景与虚景的巧妙衔接。如果说词的上片是描写送别的实景，那么下片则是合理联想送别后的虚景，把现实与想象巧妙地结合起来，把实景与虚景自然组连起来，增强了词作的感人力量。

“多情自古伤离别，更那堪，冷落清秋节。”这是词人面对此情此景的感叹。词人设想的第一个景象是“今宵酒醒何处”，今晚大醉而起程，那么醒酒的时候会在哪里呢？那一定是在一个长满垂杨柳的江边，一轮残月挂在西天，凉风习习。这是更加清冷的一个时空，离别了心上人的一个时间和地方。这个情景是凄美的，这个想象也是合理的。词人再进一步联想的第二种别后情景是：“此去经年，应是良辰好景虚设，便纵有千种风情，更与何人说？”设想一年或几年以后，自己在异地，有所成就，有了良辰好景之时，又怎么和心上人分享？这又何尝不是让人痛苦的事？

一首词作，能有这三个超出一般词作的特色，它成为千古传唱的佳作，也就不足为奇了。

俞文豹在《吹剑录》中写道：柳郎中词只合十七八女郎，执红牙板，歌“杨柳岸，晓风残月”。这个评价契合此词婉约缠绵的风格。

李攀龙在《草堂诗余隽》中写道“千里烟波”，惜别之情已骋；“千种风情”，相期之愿又赊。真所谓善传神者。

唐圭璋在《唐宋词简释》中写道：“此首写别情，尽情展衍，备足无余，浑厚绵密，兼而有之。”

链接 >>

柳永推动了慢词的发展与词调的丰富

整个唐五代时期，词的体式以小令为主，慢词总共不过十多首。到了宋初，词人擅长和习用的仍是小令。与柳永同时而略晚的张先、晏殊和欧阳修，仅分别尝试写了 17 首、3 首和 13 首慢词，慢词占其词作总数的比例很小，而柳永一人就创作了慢词 87 首，调 125 首。柳永大力创作慢词，从根本上改变了唐五代以来词坛上小令一统天下的格局，使慢词与小令两种体式平分秋色，齐头并进。

小令的体制短小，一首多则五六十字，少则二三十字，容量有限。而慢词的篇幅较大，一调少则八九十字，多则一二百字。柳永最长的慢词《戚氏》长达 212 字。慢词篇幅体制的扩大，相应地扩充了词的内容含量，也提高了词的表现能力。

在两宋词坛上，柳永是创用词调最多的词人。他现存 213 首词，用了 133 种词调。而在宋代所用 880 多个词调中，有一百多调是柳永首创或首次使用。词至柳永，体制始备。令、引、近、慢、单调、双调、三叠、四叠等长调短令，日益丰富。形式体制的完备，为宋词的发展和后继者在内容上的开拓提供了前提条件。如果没有柳永对慢词的探索创造，后来许多词人或许只能在小令世界里左冲右突，而难以创造出像《水调歌头》（明月几时有）、《念奴娇·赤壁怀古》《水龙吟·登建康赏心亭》那样辉煌的慢词篇章。

蝶　恋　花

伫倚危楼风细细，望极春愁，黯黯生天际。草色烟光残照里，无言谁会凭阑意？

拟把疏狂图一醉，对酒当歌，强乐还无味。衣带渐宽终不悔，为伊消得人憔悴。

注释>>

[1] 此词原为唐教坊曲，调名取义简文帝“翻阶蛱蝶恋花情”句。又名《鹊踏枝》《凤栖梧》等。

[2] 拟把：打算。疏狂：粗疏狂放，不合时宜。

[3] 对酒当歌：“对”者，“当”也。痛快饮酒，放声高歌。

[4] 强乐：强颜欢笑。

[5] 衣带渐宽：束衣带逐渐宽松，指人逐渐消瘦《古诗十九首》之《行行重行行》：“相去日已远，衣带日已缓。”

赏析>>

对于这首词，评论家们有不同的理解。有的认为是怀人之作，这是较为普遍的认识。因为词中有个“伊”一般指她，是心上人。也有人认为是怀才不遇之作，因为被宋仁宗打发“且去浅酌低唱，何要浮名”，流落在歌台妓馆之中，终不是男儿事业。

结合作者的生平经历，两种理解都能说得通。

上片写登楼伫望销春愁，其中一个核心词是“春愁”。这春愁，从外形看，黯黯不明，生于天际。词人以细风、草色、烟光、残阳几个事物为其状貌，为其摩形，登高望远（伫倚危楼、凭栏）为舒解其愁，诗人满眼都是这摆脱不尽的春愁，即使把眼光放得很远至于天际，还是难解这春愁。

下片抒情，直抒胸臆，写词人情深志坚，憔悴无悔。这里有一个情感递进过程，本来可凭对酒当歌以解愁，但是作者又清醒地认识到那是“强乐还无味”，那是很多人的做法，那只是短暂的快乐，其结果只能是“举杯消愁愁更愁”，所以干脆放弃。换以旷达乐观的心境，即使憔悴了，为了心上的她或者为了自己的人生追求，也在所不惜，无怨无悔。所以“终不悔”是对“图一醉”在感情和境界上的递进，是词人由想借酒浇愁到情深而志坚无怨无悔的表现。

“衣带渐宽终不悔，为伊消得人憔悴”，这两句词之所以成为千古名句，一方面是因为王国维在他的《人间词话》第二十六则引之作为“治学三境界”中的第二种境界，并称为“专作情语而绝妙者”。更主要的是词人以极为坚决的态度表达了为自己心上的人或自己热爱的事业，奉献自己牺牲自己的决心和勇气，有强烈的感染力量。

最有意思的是，此句分明出自柳永的《蝶恋花》，可能是因为王国维不喜欢柳永，就把它当作欧阳修的《蝶恋花》，可谓标准的张冠李戴了。

读到这里，联想起王菲演唱的歌曲《我愿意》中的两句歌词：“失去世界也不可惜，我愿意为你，我愿意为你，我愿意为你，被放逐天际，只要你真心，拿爱与我回应，什么都愿意。”这是爱的力量啊！

唐圭璋在《唐宋词简释》中写道：此首上片写境，下片抒情。“伫倚”三句，写远望愁生。“草色”两句，实写所见冷落景象与伤高念远之意，换头深婉。“拟把”句与“衣带”两句，更柔厚，与“不辞镜里朱颜瘦”语，同合风人之旨。

链接 >>

成就大事业大学问的三种境界

古今之成大事业、大学问者，必经过三种之境界：“昨夜西风凋碧树，独上高楼，望尽天涯路。”此第一境也。“衣带渐宽终不悔，为伊消得人憔悴。”此第二境也。“众里寻他千百度，蓦然回首，那人却在，灯火阑珊处。”此第三境也。此等语皆非大词人不能道。然遽以此意解释诸词，恐为晏、欧诸公所不许也。

——王国维《人间词话》

望海潮

东南形胜，三吴都会，钱塘自古繁华。烟柳画桥，风帘翠幕，参差十万人家。云树绕堤沙，怒涛卷霜雪，天堑无涯。市列珠玑，户盈罗绮，竞豪奢。

重湖叠巘清嘉，有三秋桂子，十里荷花。羌管弄晴，菱歌泛夜，嬉嬉钓叟莲娃。千骑拥高牙，乘醉听箫鼓，吟赏烟霞。异日图将好景，归去凤池夸。

注释 >>

[1] 形胜：地理条件优越。

[2] 三吴：《水经注》以吴兴、吴郡、会稽为三吴。钱塘，旧属吴郡。

[3] 云树：树木远望似云，极言其多。

[4] 霜雪：比喻浪花。

[5] 天堑：天然的险阻，这里指钱塘江。

[6] 盈：充满，言其多。珠玑：泛指珍宝等珍贵商品。

[7] 重湖：这里指西湖，西湖以白堤为界，分为外湖、里湖，故称重湖。

[8] 叠巘（yǎn)）：重叠的山峰。清嘉：清秀美丽。嘉，一般作“佳”。

[9] 三秋：古时人们将秋季的七、八、九月份分别称为孟秋、仲秋、季秋，合称“三秋”，代指秋天。

[10] 羌管：笛子出自羌族，故称羌管。这里泛指乐器。

[11] 泛夜：指在夜间飞扬。

[12] 嬉嬉：欢乐快活的样子。莲娃：采莲的姑娘。

[13] 千骑：形容州郡长官出行时随从众多。高牙：古代将军旗竿用象牙装饰，故称牙旗。这里指大官高扬的仪仗旗帜。

[14] 烟霞：山水美景。

[15] 图：描绘。

[16] 凤池：即凤凰池，原指皇帝禁苑中的池沼，多代指中书省，这里泛指朝廷。

赏析 >>

这首词，音律协调，情致婉转，是柳永的一首传世佳作。

这首词是柳永呈献给旧友孙何的作品。孙何当时任两浙转运使，驻节杭州。词中“千骑拥高牙”之句，有可能指孙何而言。

这首词的内容比较简单，就是歌咏杭州的繁华和西湖的美丽，用三个字归结就是“钱塘好”。

上片写了四层意思：钱塘形势之盛（东南形胜，三吴都会，钱塘自古繁华）；都市之盛（烟柳画桥，风帘翠幕，参差十万人家）；钱江之壮阔（云树绕堤沙，怒涛卷霜雪，天堑无涯）；士民之殷实（市列珠玑，户盈罗绮，竞豪奢）。

下片特写西子湖湖光山色之美丽和它带给人们的愉悦之情，包括湖光山色之美、歌乐之美、人物之美等。

其中最引人注目的是“有三秋桂子，十里荷花”二句，仔细琢磨一下，其中“三秋桂子，十里荷花”是很好的对仗，“三秋”从时间上写桂子，“十里”从空间上写荷花。“三秋桂子”让人联想到白居易的“山寺月中寻桂子”的诗境，“十里荷花”表现荷花塘境界的广阔，让人联想到皇甫松的“菡萏香连十顷陂”的壮阔荷香，也想到杨万里的“接天莲叶无穷碧，映日荷花别样红”的场景。这样的景物，具有极强的吸引力。至于鼓起了金主完颜亮侵略江南的野心这史实真实与否，并不重要，其词句的艺术感染力是无可置辩的。

这首词一反柳永惯常的风格，以大开大阖、波澜起伏的笔法，浓墨重彩地铺叙展现了杭州的繁荣、壮丽景象，可谓“承平气象，形容曲尽”（见陈振孙《直斋书录解题》）。作者抓住具有特征的事物，用饱蘸激情而又带有夸张的笔调，寥寥数语便笔底风生，迷人的西湖与钱塘胜景便展现在读者面前。

南宋吴自牧在《梦粱录》卷十九中写道：柳永咏钱塘词曰“参差十万

人家”，此元丰前语也。自高庙车驾自建康幸杭驻跸，几近二百余年，户口蕃息，近百万余家。杭城之外城，南西东北，各数十里，人烟生聚，民物阜蕃，市井坊陌，铺席骈盛，数日经行不尽，各可比外路一州郡，足见杭城繁盛耳。

链接 >>

金主完颜亮与“三秋桂子，十里荷花”

《望海潮》是一首艺术感染力很强的词。相传后来金主完颜亮听唱“三秋桂子，十里荷花”以后，便羡慕钱塘的繁华，从而更坚定了他侵吞南宋的野心。其原文是这样的：

> 孙何帅钱塘，柳耆卿作《望海潮》词赠之云“东南形胜”云云。此词流播，金主亮闻歌，欣然有慕于“三秋桂子，十里荷花”，遂起投鞭渡江之志。近时谢处厚诗云：“谁把杭州曲子讴？荷花十里桂三秋。那知卉木无情物，牵动长江万里愁！”余谓此词虽牵动长江之愁，然卒为金主送死之媒，未足恨也。至于荷艳桂香，妆点湖山之清丽，使士夫流连于歌舞嬉游之乐，遂忘中原，是则深可恨耳！
>
> ——宋罗大经《鹤林玉露》卷十三

罗大经认为金主完颜亮动了南下之意，是来送死，其实是过低估计了金主，也过高估计了南宋朝廷的军事力量。

下面的话说对了，柳永笔下的荷艳桂香，将湖山装点得如此美丽，竟让士大夫流连于歌舞嬉游之乐，忘了恢复中原，这就是可恨可悲的了，这认识是极为深刻的。南宋林升不也有讽刺南宋士大夫沉迷于歌舞享乐的诗《题临安邸》吗？

山外青山楼外楼，西湖歌舞几时休？
暖风熏得游人醉，直把杭州作汴州。

八声甘州

对潇潇暮雨洒江天，一番洗清秋。渐霜风凄紧，关河冷落，残照当楼。是处红衰翠减，苒苒物华休。惟有长江水，无语东流。

不忍登高临远，望故乡渺邈，归思难收。叹年来踪迹，何事苦淹留。想佳人、妆楼颙望，误几回、天际识归舟。争知我、倚阑干处，正恁凝愁。

注释 >>

[1] 潇潇：雨声急骤。

[2] 凄紧：寒风疾厉，寒意逼人。

[3] 关河：关山江河。

[4] 是处红翠衰减：是处，到处；红翠衰减，花朵凋零，绿叶枯萎。

[5] 苒苒：渐渐地。

[6] 物华休：美好的景致已不复存在。

[7] 颙：抬头。

[8] 误几回天际识归舟：指多少次将远处来的船误认作是丈夫的归舟，极写思情之深。

赏析 >>

此词写清秋思乡之情，通篇贯穿一个“望”字。

上阕写登楼凝望所见之景。这是深秋里雨后凄清萧瑟的景象。开头起笔写潇潇暮雨，很突兀，动态感很强。接着用霜风、关河、残照等事物特别的状态：凄紧、冷落、当楼，营造一个凄清萧瑟的登楼氛围。在此基础上，再用“红衰翠减”“物华休”自然景物的动态点明秋天已经在渐变中更加萧条。最后用长江水的“无语”表现更大的凄清氛围。

读这篇词让人容易想到杜甫的《登高》，同样的境界阔大，同样的秋景凄清。只是杜诗里秋天景象的变化更为强烈更为急剧罢了。

下阕写望中思念故乡和心上人的愁情。

这里的抒情是双向展开的，一方面自己望故乡思故乡思亲人。一方面拟想心上人在闺中思念自己，和温庭筠在《望江南》中写到的思妇“独倚望江楼，过尽千帆皆不是”的情景极为相似；也和杜甫在《月夜》中的情境相似：“今夜鄜州月，闺中只独看。遥怜小儿女，未解忆长安。香雾云鬟湿，清辉玉臂寒。”词人用双镜头展示自己思乡念亲的强烈感受，一方面直抒胸臆，一方面想象对方，感情至切。

这首词章法结构细密，写景抒情融为一体，以铺叙见长。词中思乡怀人之意绪，展衍尽致，成为词史上的丰碑，得以传诵千古。

东坡云：世言柳耆卿曲俗，非也。如《八声甘州》云“渐霜风凄紧，关河冷落，残照当楼”，此语于诗句不减唐人高处。

链接 >>

八声甘州

《八声甘州》既是词牌名也是曲牌名。词牌《八声甘州》又名《甘州》《潇潇雨》《宴瑶池》，是从唐教坊大曲《甘州》截取一段改制的，后用为词牌。

因全词前后片共八韵，故名八声，慢词。《词语》以柳永词为正体。曲牌《八声甘州》南北曲均有此曲牌，属仙吕宫。

《西域记》云：“龟兹国土制曲，《伊州》《甘州》《梁州》等曲翻入中国。”《伊州》《甘州》《梁州》诸曲，音节慷慨悲壮，柳永精通音律，用来抒写他贫士失意的感慨，有声情并茂的艺术效果。

一蓑烟雨任平生　汪晓彬 绘

造语工巧张三影二首韵高情真之作

张先（990－1078），字子野，乌程（今浙江湖州吴兴）人。北宋时期著名的词人，曾任安陆知县，因此人称“张安陆”。天圣八年进士，官至尚书都官郎中。晚年退居湖杭之间。曾与梅尧臣、欧阳修、苏轼等交游。善作慢词，与柳永齐名，造语工巧，曾因三处善用“影”字，世称“张三影”。

天　仙　子

时为嘉禾小倅，以病眠不赴府会。

《水调》数声持酒听，午醉醒来愁未醒。送春春去几时回？临晚镜，伤流景，往事后期空记省。

沙上并禽池上暝，云破月来花弄影。重重帘幕密遮灯，风不定，人初静，明日落红应满径。

注释>>

[1] 嘉禾小倅：嘉禾，宋时郡名，今浙江嘉兴市。小倅：小官。倅，副职。

[2] 水调：唐代大曲名。凡大曲有歌头，词家截之，另倚新声为词调，名《水调歌头》。

[3] 流景：流年；逝去的光阴。景，日光。

[4] 后期：日后的约会。记省：记得清楚。

[5] 并禽：双栖的鸟儿，这里指鸳鸯。

赏析 >>

这首词是宋词名作，也是张先词作中最负盛名的佳作。

如果仅从词作内容看很平常，写的是作者在嘉禾做小官时的平常生活。

上片写送春伤别、低回往事的心绪。

听歌饮酒欲解愁，愁不可解，而惜春伤别情绪愈益增重，后三句点出“愁未醒”之根源：由伤春而伤自己的青春年华。向晚临镜自照，青丝变白发，又怎能不渐生华年飞逝的怅惘之情呢？最终发出往事不堪回首万事皆成空的慨叹！

下片描绘了庭院池塘之景，并借以烘托伤春伤己之情。

前两句写所见，鸟儿成双是爱情美满的象征。“暝”是暮色，与上片的“午醉”相照应，交代了时间的推移，足见词人惜春恋春之情。“云破月来花弄影”，是千古传诵的名句，一个“弄”字写活了月下之“花”，尽显拟人之妙处。王国维在《人间词话》中写道：此词“着一‘弄’字而境界全出矣”。但是，更重要的是这个“影”字，这才是词中的“词眼”，是这首词中美学境界的焦点之所在。

这一活泼境界的构成，少不了花、月、风，正是在风的吹动下，才有花的翩翩舞动，才有“弄影”的千姿百态。从后四句可以看出，这晚间的风很大，很狂，风向不定，这从“重重帘幕密遮灯”可以看出来。作者由此风，想象到了明天的“落红”，也是依风而作出的判断。我们由此自然想起杜甫在《春夜喜雨》中“晓看红湿处，花重锦官城”，也想起李清照的“知否，知否，应是绿肥红瘦”，这几句对于花在风雨中命运的关注担忧，都表现诗人对自然万物的深情关注。

这首词有两个艺术特点。第一是感情急切，有一种郁结于胸的伤春伤己之情，不吐不快。

第二是“影”字传神。词人善于抓住“影”字来开拓美学境界。张先对“影”字情有独钟。

这首词在写法上不同于大多数词作上片写景下片抒情的思路，而是上片叙事、抒情，下片写景。

唐圭璋在《唐宋词简释》中写道：此首不作发语之语，而自然韵高。中间自午至晚，自晚至夜，写来情景宛然。

链接 >>

同样写春景写得活泼而富为情趣的，如韩愈的《晚春》。

晚　春

草木知春不久归，百般红紫斗芳菲。
杨花榆荚无才思，惟解漫天作雪飞。

花草树木探得春将归去的消息，便各自施展出浑身解数，吐艳争芳，色彩缤纷，繁花似锦，就连那本来乏色少香的杨花、榆荚也不甘示弱，只化作雪花随风飞舞，加入了留春的行列。

木兰花·乙卯吴兴寒食

龙头舴艋吴儿竞，笋柱秋千游女并。芳洲拾翠暮忘归，秀野踏青来不定。

行云去后遥山暝，已放笙歌池院静。中庭月色正清明，无数杨花过无影。

注释 >>

[1]《木兰花》：即《玉楼春》。乙卯，宋神宗熙宁八年（1075），作者86岁。吴兴，今浙江湖州市。

[2] 舴艋：小船，从“蚱蜢”取义，词中指竞赛的龙船。

[3] 笋柱：秋千架的形状。

[4] 芳洲：芳草丛生的小洲。

[5] 拾翠：拾翠鸟的羽毛，以点缀首饰。

[6] 踏青：阴历二、三月出游郊外，以寒食清明为盛。

[7] 行云：指飘动的云彩。

[8] 放：古代歌舞杂戏，呼他们来时，叫“勾队”；遣他们去时，叫“放对”，略如现在放假放学的“放”。

[9]“无数杨花”一句，说飞絮漫天，却不遮明月，说“无影”更无声，极静中有动态。

赏析 >>

此词题为“乙卯吴兴寒食”，既是一幅寒食节日的风俗画，又是一幅静美的风景画。

词的上片极写节日的欢乐，上片从一旁观老翁的眼中写出春日里青年男女们各种活动的热闹景象。这是江南吴兴特有的过寒食节的风俗情景，健壮的青年在赛龙舟，美丽的姑娘们在荡秋千，孩子们在拾翠羽，更多的人在踏青。这些都是充满春天气息的健康、幸福、自由而且富有诗意的生活方式。

今天的时代是一个经济繁荣的时代，人们热衷于自驾游，热衷于去全国各地风景名胜地旅游，但是常常忘记了身边最原始的自然风景，不知那里也有活动的乐趣，比如农田、野树林、小山坡等。

下片写的是傍晚和夜里庭院里的静景。

远山已经昏暗了，池院里笙歌停了，安静下来了。晚上的月亮清澈明亮，无数的杨花纷纷飘飞，无影无踪，幽静的月色下特意写了柳絮暗飘，亦可谓静中有动。

读这首词，我们分明可以发现三点：其一，作者有一双发现美的眼睛和一颗感受美的心灵。从上片所写活动看，作者一定是目睹了以上活动或者自已也在踏青。作为一位 86 岁的老人，还能这样热爱生活、热爱自然、观察生活，这大概是他长寿的秘诀。

其二，这首词几乎没有抒情，好像全词均在记叙和绘景，但是我们在这“暮忘归”“来不定”“正清明”中分明读到了词人对这自然景物、这地方风俗、这静幽月色的喜爱和赞美之情，是寓情于景的。

其三，张先的词很注重时间的过渡和延伸。《天仙子》是从中午写到夜里，以至想象到明日。这首《木兰花》则从上午写到“月色”，随着时间的推移描写景物变化，这一点是所选张先二首词的共同点。

清朱彝尊在《静志居诗话》中写道：子野吴兴寒食词：“中庭月色正清明，无数杨花过无影。”余尝叹其工绝，在世所传“三影”之上。

链接 >>

赛龙舟的风俗

赛龙舟是汉族在端午节最重要的民俗活动之一，在中国的南方普遍存在，在北方靠近河湖的城市也有。

关于赛龙舟的起源，有多种说法。伴有祭曹娥、祭屈原、祭水神或龙神等祭祀活动，起源时间可追溯至原始社会末期。赛龙舟先后传入日本、越南及英国等，是2010年广州亚运会正式比赛项目，已被列入国家级非物质文化遗产名录。

太平宰相的真性情

——晏殊的《珠玉词》三首

晏殊（991－1055）字同叔，北宋著名词人、诗人、散文家，抚州府临川城人。

晏殊以词著称于文坛，尤擅小令，风格含蓄婉丽，与其子晏几道，分别被称为“大晏”和“小晏”，又与欧阳修并称“晏欧”。存世有《珠玉词》《晏元献遗文》《类要》残本。

浣 溪 沙

一曲新词酒一杯，去年天气旧亭台，夕阳西下几时回？

无可奈何花落去，似曾相识燕归来，小园香径独徘徊。

注释＞＞

[1] 似曾相识：好像曾经认识，形容见过的事物再度出现，后用作成语，即出自晏殊此句。

[2] 燕归来：燕子从南方飞回来。

[3] 小园香径：花草芳香的小径，或指落花散香的小径。因落花满径，幽香四溢，故云香径。

赏析＞＞

这是晏殊词中最为脍炙人口的篇章。

按一般理解，太平宰相晏殊的生活应该是十分优裕、无比尊贵的，但是如果词人把自己的圆满写进了词作，那么这首词就缺少了触动人心灵的力量。

像晏殊这样十分得意的人也有些许的缺憾，正是他与普通人共同的缺憾之美感动了我们。

这首词上片，很幸运：一边畅饮美酒，一边作歌，还是去年一样的天气，还是同一座亭台，多有纪念意义！可是有一个小小的遗憾：这夕阳就要逝去了，它何时能再回来呢？这是古今中外诗人墨客共同的叹息：惜时。孔夫子就说过："逝者如斯夫，不舍昼夜。"这里不仅是惋惜时光的匆匆流逝，同时也是慨叹昔日与伊人同乐的情景已一去不返。

下片有一个佳对，就是"无可奈何"二句，属对工切，声韵和谐，一向称为名对。上句对春光的流逝示惋惜之情，下句对巢燕的归来兴怀旧之感。渗透在句中的是一种混杂着眷恋、惆怅、欣喜的感情。前句显得何其无情，后句又是何等有情。一无情，一有情，对照强烈，互相激射，这样便构成此联起伏跌宕的艺术美。

杨慎在《词品》中写道："无可奈何"二语工丽，天然奇偶。

沈际飞在《草堂诗余正集》中写道："无可奈何花落去"，律诗俊语也，然自是天成一段词，著诗不得。

链接 >>

太平宰相晏殊轶事及诗评

聪慧诚实少年

晏殊从小聪明好学，5 岁能诗，有"神童"之称。景德元年（1004），江南按抚张知白闻知，极力举荐进京。次年，14 岁的晏殊与来自全国各地的千名考生同时入殿参加考试，从容应试，援笔立成，受到宋真宗的嘉赏，赐同进士出身。第三天复试"赋"时，晏殊看题后奏道：此赋题自己以前曾做过，请求另改他题。其诚实与才华，更受到真宗的赞赏，授其秘书省正事，留秘阁读书深造。他学习勤奋，交游持重，深得直使馆陈彭年的器重。

无钱宴饮，在家读书

晏殊入朝办事后，当时，天下无事，容许百官各择胜景之处宴饮，当时的朝臣士大夫们各自饮宴欢会，以至于市楼酒馆，都大设帷帐提供宴饮游乐的方便。晏殊当时很穷，没钱出门游玩宴饮，就在家与兄弟们讲习诗书。一天皇宫中给太子选讲官，忽然皇帝御点晏殊上任。执政大臣不知为什么皇上选中晏殊，转天上朝禀报，皇上说："最近听说馆阁大臣们都嬉游宴饮，一天到晚沉醉其中，只有晏殊与兄弟闭门读书，这么谨慎忠厚的人，正可教习太子读书。"晏殊上任后，有了面圣的机会，皇帝当面告知任命他的原因，晏殊语言质朴不拘，说："为臣我并非不喜欢宴游玩乐，只是家里贫穷没有钱出去玩。臣如果有钱，也会去宴饮。"皇上因此更欣赏他，觉得他懂得侍奉君王的大体，对其眷宠日深。仁宗登位后，他得以大用（官至宰相）。

创办教育

天圣五年（1027），以刑部侍郎贬知宣州，后改知应天府。在此期间，他极重视书院的发展，大力扶持应天府书院，力邀范仲淹到书院讲学，培养了大批人才。该书院（又称"睢阳书院"）与白鹿洞、嵩阳、岳麓合称宋初四大书院。这是自五代以来，学校屡遭禁废后，由晏殊开大办教育之先河。庆历三年在宰相任上时，他又与枢密副使范仲淹一起，倡导州、县立学和改革教学内容，官学设教授。自此，京师至郡县，都设有官学。这就是有名的"庆历兴学"。

灵心锐感之诗人

古人常说"诗穷而后工"，如果证之以晏殊的人生和创作，大约是说不太通的。对此，叶嘉莹教授是这么解释的："对于一个真正具有灵心锐感的诗人，纵使没有人事上困穷不幸之遭遇的刺激，而当四时节序推移之际，便也自然可以引起内心中一种鲜锐的感动，而写出富于诗意之感发的优美的诗篇。”晏殊正是这样一位有着灵心锐感的出色诗人。

蝶　恋　花

槛菊愁烟兰泣露，罗幕轻寒，燕子双飞去。明月不谙离恨苦，斜光到晓穿朱户。

昨夜西风凋碧树，独上高楼，望尽天涯路。欲寄彩笺兼尺素，山长水阔知何处。

注释 >>

[1] 槛（jiàn）：栏杆。

[2] 罗幕：丝罗的帷幕，富贵人家所用。

[3] 不谙（ān）：不了解，不知道。谙：熟悉，了解。

[4] 朱户：犹言朱门，指大户人家。

[5] 尺素：书信的代称。古人写信用素绢，通常长约一尺，故称尺素，语出《古诗》：“客从远方来，遗我双鲤鱼。呼儿烹鲤鱼，中有尺素书。”

赏析 >>

上片描写自然景物，包含主人公无限的离恨之苦。

起句写秋晓庭圃中的景物，菊花笼罩着一层轻烟薄雾，看上去似乎脉脉含愁；兰花上沾有露珠，看起来像在默默饮泣。兰和菊本就含有某种象喻色彩（象喻品格的幽洁），这里用“愁烟”“泣露”将它们人格化，将主观感情移于客观景物，透露主人公自己的哀愁。

次句“罗幕轻寒，燕子双飞去”，写新秋清晨，罗幕之间荡漾着一缕轻寒，燕子双双穿过帘幕飞走了。

接下来两句“明月不谙离恨苦，斜光到晓穿朱户”，从今晨回溯昨夜，明点“离恨”，情感也从隐微转为强烈。明月这无情的自然物，它不了解主人公的离恨之苦，而只顾光照朱户。这种仿佛无理的埋怨，却有力地表现了女主人公在离恨煎熬中彻夜无眠的情景。

“昨夜西风凋碧树，独上高楼，望尽天涯路”，写昨夜的西风摧落碧绿的树叶，今晨起来极目远眺，视野更为开阔。“西风凋碧树”，不仅是登楼即目所见，而且包含着对昨夜通宵不寐卧听西风摧落叶的回忆。碧树因一夜西风而尽凋，足见西风之劲厉肃杀，“独上高楼，望尽天涯路”，这里固然有凭高望远的苍茫之感，也有不见所思的空虚怅惘，但这所向空阔、毫无窒碍的境界却又给主人公一种精神上的满足，使其从狭小的帘幕庭院的忧伤愁闷转向对广远境界的骋望。这三句尽管包含望而不见的伤离意绪，但感情是悲壮的，没有纤柔颓靡的气息；语言也洗净铅华，纯用白描。这三句是此词中流传千古的佳句。

《宋词名篇赏析》中写道：这首《蝶恋花》写闺中人秋日怀人，而没有堆金垛玉，铺排锦绣，是他深婉含蓄、“风流蕴藉”（王灼《碧鸡漫志》）词风的一首代表作。

链接 >>

一书之中三致意焉

“昨夜西风凋碧树，独上高楼，望尽天涯路”，这一名句，近代国学大师王国维在他的《人间词话》正稿中就连续三次引用，并从不同的角度加以评价和赞扬。

第二十四则这样评论：《诗·蒹葭》一篇，最得风人深致。晏同叔之“昨夜西风凋碧树，独上高楼，望尽天涯路”，意颇近之。但一洒落，一悲壮耳。

第二十五则中这样评论：“我瞻四方，蹙蹙靡所骋”，诗人之忧生也。“昨夜西风凋碧树，独上高楼，望尽天涯路”似之。“终日驰车走，不见所问津”，诗人之忧世也。“百草千花寒食路，香车系在谁家树”似之。

第二十六则：古今之成大事业、大学问者，必经过三种之境界：“昨夜西风凋碧树。独上高楼，望尽天涯路。”此第一境也。

破　阵　子

燕子来时新社，梨花落后清明。池上碧苔三四点，叶底黄鹂一两声，日长飞絮轻。

巧笑东邻女伴，采桑径里逢迎。疑怪昨宵春梦好，原是今朝斗草赢，笑从双脸生。

注释>>

[1] 破阵子：词牌名，原为唐教坊曲名。

[2] 新社：社日是古代祭土地神的日子，以祈丰收，有春秋两社。新社即春社，时间在立春后、清明前。

[3] 碧苔：即绿苔或青苔。

[4] 巧笑：形容少女美丽的笑。

[5] 斗草：古代妇女的一种游戏，也叫“斗百草”。其玩法大抵如下：比赛双方先各自采摘具有一定韧性的草，然后相互交叉成“十”字状并各自用劲拉扯，以不断者为胜。

赏析>>

在《珠玉词》中，这是一首清新活泼的作品，具有淳朴的乡间生活气息。

上阕写自然景物。“燕子”“梨花”“碧苔”“黄鹂”“飞絮”，众多意象秀美明丽，足见春色之美好。

下阕写乡间天真无邪的少女们。“巧笑”已闻其声，见其容；“逢迎”更观其形，察其色。“疑怪”两句通过观察者的心理活动，用虚笔再现“女伴”的生活细节，将村姑的天真可爱一笔点活，与上阕生机盎然的春光形成十分和谐的画面美与情韵美。“笑从双脸生”一句特写，收束全篇。这里人物的活动构成一幅充满生机的乡间嬉戏图。

词中有几个表示时间的词语点明时令和景序，如“来时”“落后”，把时间的变化抓得很确切。更有几个数量词，点明景物特色，如“三四点”“一两声”更准确把握清明前后初春特有的景象。

此词通过清明时节的一个生活画面，表现出乡村少女身上显示的青春活力，充满欢乐的气氛。全词纯用白描，笔调活泼，风格朴实，形象生动，展示了乡村少女纯真可爱。

这首词黄升《花庵词选》题作“春景”。胡云翼说，后段特别生动：采桑少女斗草的兴高采烈和她天真无邪的笑声，划破寂静的春的田野，格外使人感到生活的温馨和美丽。

链接 >>

听听王筝在唱《越单纯越幸福》

你说起那条回家的路，路上有开满鲜花的树……越单纯越幸福，心像开满花的树，努力地深爱过，就不苦，越单纯，越幸福，心像开满花的树。大雨中期待着有彩虹，越单纯，越幸福，心像开满花的树。

读这首洋溢着田间泥土气息的词作，听这首纯美的歌曲，你的心是否由浮躁而变得平静了呢？你是否可以在物欲泛滥的当下让自己的心宁静下来，选择一种单纯的生活方式，并在这单纯的生活中享受幸福呢？

多少六朝兴废事

——张昪的《离亭燕》

张昪（992—1077），多年做参知政事、枢密使等官职。他的词仅存二首，笔法冷峻，格调悲凉。今选其一首。

离亭燕·怀古

一带江山如画，风物向秋潇洒。水浸碧天何处断？霁色冷光相射。蓼屿荻花洲，掩映竹篱茅舍。

云际客帆高挂，烟外酒旗低亚。多少六朝兴废事，尽入渔樵闲话。怅望倚层楼，寒日无言西下。

注释 >>

[1] 潇洒：爽朗萧疏。

[2] 霁色：雨后初晴的景色。

[3] 蓼屿：长有蓼草的小岛。

[4] 渔樵：渔人和樵夫。

赏析 >>

这首宋词最初是在上海古籍出版社出版的《唐宋词一百首》中读到的，从那时起到如今已过去36年了，我被这首词的意境和氛围深深打动，一幅淡墨山水画清晰地挂在心中，闲来无事时，时常会在白纸上默写这首词。

词的上片描写秋天如画的自然风光。这风光美啊，在这秋天里更加显得疏朗。词人用了一个设问句引起描写，写水天，写雨色和冷光，写长满蓼草和荻花的水中陆地，写竹篱茅舍。特别表现这些景物在深秋里营造的寂寞和凄凉氛围，给人萧条孤单的感觉。

这些山水景物，仿佛国画大师笔下的写意山水，古香淡雅，也能唤起人们对历史往事的联想。

词的下片描述自然和人文交融的情景：远处江上行驶着帆船，风帆高高挂起；江边小酒店的酒幌低垂。作者怀古伤感之情由此而生，在这江南六朝兴废之地，曾诞生多少传奇故事，金戈铁马，才子佳人，皆成后人茶余饭后的谈资。江山无限好，人生苦短暂。惆怅地倚在望江楼上，望着江尽头，无言的寒日慢慢西坠，心情是何等的落寞啊！

下片是面对眼前景色，生出怀古之情。“多少六朝兴废事”，如今物是人已非，往事已被雨打风吹去，留下多少感叹啊！

薛砺若在《宋词通论》评论此词云：“此词于冷隽中寓悲凉之感，阕中如‘霁色冷光相射’‘寒日无言西下’句，尤觉冷艳触人心目，而语意无穷。”

链接>>

耳边响起《滚滚长江东逝水》和《历史的天空》

读这首怀古词，我们不由自主地会想起长篇小说《三国演义》开篇处的一首词，也是电视剧《三国演义》的片头曲——杨慎的《临江仙》：

滚滚长江东逝水，浪花淘尽英雄，是非成败转头空。青山依旧在，几度夕阳红。

白发渔樵江渚上，惯看秋月春风，一壶浊酒喜相逢。古今多少事，都付笑谈中。

还有电视剧《三国演义》的片尾曲，毛阿敏演唱的经典名曲《历史的天空》：

黯淡了刀光剑影，远去了鼓角铮鸣。
眼前飞扬着一个个鲜活的面容。
淹没了黄尘古道，荒芜了烽火边城。
岁月啊，你带不走那一串串熟悉的姓名。

兴亡谁人定啊，盛衰岂无凭啊！
一页风云散啊，变幻了时空，
聚散皆是缘哪，离合总关情啊！
担当了生前事啊，何计身后评？

长江有意化作泪，长江有情起歌声。
历史的天空闪烁几颗星，
人间一股英雄气在驰骋纵横。

同样的历史感慨，同样的沧桑之叹！

浮生长恨欢娱少

——“红杏尚书”的及时行乐

宋祁（998—1061），北宋文学家，字子京，安州安陆（今湖北安陆）人，与欧阳修等合修《新唐书》，拜翰林学士承旨。卒谥景文，与兄宋庠并有文名，时称“二宋”。诗词语言工丽，因其《玉楼春》词中有“红杏枝头春意闹”句，世称“红杏尚书”。

玉 楼 春

东城渐觉风光好，縠皱波纹迎客棹。绿杨烟外晓寒轻，红杏枝头春意闹。

浮生长恨欢娱少，肯爱千金轻一笑。为君持酒劝斜阳，且向花间留晚照。

注释>>

[1] 縠（hú）皱：即皱纹状的纱，喻水的波纹。

[2] 浮生：《庄子刻意》：“其生若浮，其死若休。”认为人生虚浮不定，后称人生为浮生。

[3] 肯爱：怎肯吝啬。

赏析 >>

上阕写的是初春时节绚丽的景色，向人们展示了一幅生机勃勃、色彩鲜艳的画面。

起句“东城渐觉风光好”，以一个“好”字点对春天的赞美之情。以下再具体发挥。首先是“縠皱波纹迎客棹”，把人们的注意力引向盈盈春水，那一条条荡漾着的波纹，仿佛是在向客人招手表示欢迎。接着又要人们随着他去观赏“绿杨”，“绿杨”句点出“客棹”来临的时光与特色。“晓寒轻”写的是春意，也是作者心头的情意。“波纹”“绿杨”都象征着春天。但是，更能象征春天的却是春花，所以，上片最后一句终于咏出了“红杏枝头春意闹”这一绝唱。与其说这一句是画面上的点睛之笔，还不如说是词人心中绽开的感情花朵。“闹”字不仅形容出红杏的众多和纷繁，而且，它把生机勃勃的大好春光全都点染出来了，有色有声。

王国维在《人间词话》中说：“红杏枝头春意闹”，着一“闹”字，而境界全出。

沈雄在《古今词话》中说：人谓“闹”字甚重，我觉全篇俱轻，所以成为“红杏尚书”。

下阕写的是诗人的内心感受。诗人抒写了人生如梦，应及时行乐的愿望。然而在写法上却是有意从主观情感上对美好的春光再一次做了生动的烘托。

“浮生长恨欢娱少，肯爱千金轻一笑”二句，是从功名利禄这两个方面来衬托春天的可爱与可贵。词人身居要职，官务缠身，很少有时间从春光里寻取人生的乐趣，故引以为“浮生”之“长恨”。于是，就有了宁弃“千金”而不愿放过从春光中获取短暂“一笑”的感慨。既然春光如此可贵可爱，词人禁不住“为君持酒劝斜阳”，明确提出“且向花间留晚照”的强烈主观要求。这要求是“无理”的，因此也是不可能的，却充分地表现出词人对春天的珍视，对光阴的爱惜。

唐圭璋在《唐宋词简释》中评价道：此首随意落墨，风流娴雅。起两句，虚写春风春水泛舟之适。次两句，实写景物之丽。绿杨红杏，相映成趣。而“闹”字尤能摄出花繁之神，宜其擅名千古也。下片一气贯注，亦是动人轻财寻乐之意。

链接 >>

春光中的欢娱

宋祁的《玉楼春》实际上写的是一次“夜以继日”“日费万金”的“冶游”活动。

欧阳炯撰写的《花间集序》有一段文字可以移用至此：“有绮筵公子，绣幌佳人，递叶叶之花笺，文抽丽锦；举纤纤之玉指，拍按香檀。不无清绝之词，用助娇娆之态。”

绮筵、佳人、词客，是当时文化娱乐的品位；歌舞、美酒、夜深的灯火，是汴京当时文人墨客夜生活的真实写照。

人生自是有情痴

——文坛盟主欧阳修的真情抒写

欧阳修（1007－1073），字永叔，号醉翁，又号六一居士。吉安永丰（今属江西）人，自称庐陵人。谥号文忠，世称欧阳文忠公。北宋卓越的文学家、史学家。唐宋散文八大家之一。他是一个才华横溢的人，又是一个正直无私的官员，曾经是北宋文坛盟主，倡导诗文革新运动。他曾经发现并提携了苏轼兄弟。

采桑子(其一)

轻舟短棹西湖好，绿水逶迤，芳草长堤，隐隐笙歌处处随。
无风水面琉璃滑，不觉船移，微动涟漪，惊起沙禽掠岸飞。

注释＞＞

[1] 西湖：指颍（Yǐng）州西湖，在今安徽省太和县东南，是颍水（淮河最大的支流）和其他河流汇合处。宋时属颍州。晏殊、欧阳修、苏轼都在颍州做过太守。欧阳修晚年住在颍州，写了一组《采桑子》（十首）。

[2] 逶迤（wēi yí）：蜿蜒曲折的样子。

[3] 笙歌：吹笙歌唱，也泛指奏乐歌唱。

[4] 琉璃：是中国古代对玻璃的称呼，其色彩流云漓彩，其品质晶莹剔透、光彩夺目。

[5] 涟漪：水的波纹。

赏析 >>

这首词是作者晚年写的《采桑子》十首组词中的第一首。它以轻松淡雅的笔调，描写泛舟颍州（今安徽阜阳）西湖时所见的美丽景色。全词色调清丽，风格娟秀，充满诗情画意，读来清新可喜。

词的上片，写主人公悠然自在地在美丽的西湖划船的愉快感受。

轻舟短棹，可见主人的悠然自在，没有心事烦扰。词人点明“西湖好”，好在何处呢？环境秀美，仿佛一幅淡远的山水画：碧绿的湖水绵延不断，长堤上花草散发出阵阵芳香。隐隐传来的笙乐歌唱，随着船儿在湖上飘荡。

心情好，景物美丽，笙歌惬意。这怎能不让词人由衷地赞叹“西湖好”呢？读到此处，我们不禁为之神往。

下片着重描写湖上行舟、波平如镜的景色。前三句以静写动，写风平浪静时水面晶莹澄澈，如同琉璃，平滑似镜，因为船行得轻快平稳，游人不觉船移，只是看到船桨轻划，水上形成细小的波纹时，方感船身滑动。结句以动衬静，写涟漪微动难免惊动沙滩上的水鸟，使之掠过湖岸飞去，而西湖却愈显其幽静。此句与王维笔下的“空山不见人，但闻人语响”意境相似，有异曲同工之妙。

这首词如同一幅清丽活泼、空灵淡远的风景画，美不胜收，清新可爱，令人神往，从中足见欧阳公乃词坛写景高手。

这组《采桑子》从不同侧面描写了“水深莫测，广袤相齐”的西湖美景，从中折射出欧阳修挂冠退隐后从容自适的娴雅心理。

链接 >>

天下“西湖”知多少

天下西湖究竟有几多？据史料记载，在明朝永乐年间，天下就有 36 处西湖。

36 处西湖分布在我国 14 个省，其中浙江省就有 9 处以“西湖”命名的湖泊，即杭州、温州、宁波、湖州、龙游、严州（今建德梅城镇）、寿昌（今建德寿昌镇）、新定（今淳安）、新城（今富阳）。时至今日，除了杭州西湖、严州西湖尚有些名气，其余各个西湖，已很少为人所知。

36处西湖除浙江省外，还有广东的惠州、潮州、雷州，广西桂林，江西南昌、婺源，海南琼州（今海口），福建福州，四川成都、汉州（今广安）、蜀州（今崇州）、邛州（今邛崃），河南许州（今许昌），安徽颍州（今阜阳），湖南宝庆（今邵阳）、来阳，湖北郧县，陕西华县，云南昆明以及昌平、铅山、大名、吉水等地西湖。而36处西湖中人文繁盛，景观秀丽，名声广传的杭州西湖、福州西湖、惠州西湖、潮州西湖、南昌西湖、颍州西湖、桂林西湖、扬州瘦西湖又合称为“八大西湖”。其中尤为盛名的杭州西湖、惠州西湖、颍州西湖又有“三大西湖”之称。

在全国各地，称西湖的还有辽宁的沈阳西湖、鞍山西湖，山西的运城西湖、闻喜西湖，江西的都昌西湖，湖北的天门西湖，湖南的衡阳西湖、津市西湖，河南的商丘西湖（今睢县），云南的洱源西湖，甘肃的兰州西湖，广东的揭阳西湖以及近几年新辟的大埔西湖、五华西湖等。

选自2006－07－06《梅州日报》

踏 莎 行

候馆梅残，溪桥柳细，草薰风暖摇征辔。离愁渐远渐无穷，迢迢不断如春水。

寸寸柔肠，盈盈粉泪，楼高莫近危阑倚。平芜尽处是春山，行人更在春山外。

注释＞＞

［1］候馆：接待宾客的馆舍。暗用南北朝陆凯的诗《赠范晔》：“折梅逢驿使，寄与陇头人。江南无所有，聊赠一枝春。”驿路梅花正含有怀人之意。

［2］草薰风暖：从江淹《别赋》“闺中风暖，陌上草薰”两句而来。薰，香气。即草香风暖。

［3］辔：马缰，代指马。征辔：远行之马的缰绳，代指远行的马。

［4］盈盈：泪水满眼的样子。

［5］平芜：原野。

［6］行人：此指心上人。

赏析 >>

这首词的上片抒写行人远离故乡和心上人的无限离愁。

前三句从表达方式看既是对其行程经过的记叙：在候馆住宿过，路经几处溪桥，正是春风和煦青草散发清香的时候，在草香风暖中抖动征辔催马前行。同时也可以看作描写环境以渲染离别氛围和感受：馆舍梅花凋残，溪桥边柳枝抽新芽，小草茂盛，散发清香，暖风吹拂，这正是最易使人动情的季节。春光越美好，行人的离思越深重！

后二句巧借比喻以抒胸臆：大好春光，我却不能和心上人共度，要去戍防，这离别故乡和心上人的愁绪，源源不断，迢迢不尽啊。

我们能由此想起李煜的词“离恨恰如春草，更行更远还生”，“问君能有几多愁，恰似一江春水向东流”，均巧借比喻写离愁。

词的下片写思妇对行人的无尽思念及词人对思妇的劝慰。

对于行人的远离，那思妇早已是柔肠寸断，负疚的词人劝慰她莫倚阑。

这个劝慰，应该是有说服力的，因为空间的阻隔太遥远了，眼力无法抵达，所以不要登楼以惹愁思。

作为一首抒写男女离别之情的词作，这首词有三个特色：

一、强烈的空间阻隔意识和气氛渲染，烘托了男女主人公的离别相思之苦。宋代交通极不发达，最快的交通工具也只是快马，所以人的空间阻隔意识极为强烈。

二、精妙的比喻，把抽象的离别之情比作迢迢不断的春水，表达得更为生动形象。

三、上下片叙述角度的自然转换，其实也和离别的过程是吻合的。因为先有离别，而后才有痛苦的相思。

链接 >>

北宋名家评欧阳修

如公器质之深厚，知识之高远，而辅学术之精微，故充于文章，见于议论，豪健俊伟，怪巧瑰琦。其积于中者，浩如江河之停蓄；其发于外者，烂如日月之光辉。其清音幽韵，凄如飘风急雨之骤至；其雄辞闳辩，快如轻车骏马之奔驰。世之学者，无问识与不识，而读其文，则其人可知。天下之无贤不肖，且犹为涕泣而嘘唏，而况朝士大夫平昔游从，又予心之所向慕而瞻依。

王安石《祭欧阳文忠公文》

三过平山堂下，半生弹指声中。十年不见老仙翁，壁上龙蛇飞动。欲吊文章太守，仍歌杨柳春风。休言万事转头空，未转头时皆梦。

苏轼《西江月·平同堂》

论大道似韩愈，论事似陆贽，记事似司马迁，诗赋似李白。

苏轼《叙欧阳修文》

生查子·元夕

去年元夜时，花市灯如昼。月上柳梢头，人约黄昏后。

今年元夜时，月与灯依旧。不见去年人，泪湿春衫袖。

注释 >>

[1] 元夜：农历正月十五夜，即元宵节，也称上元节。

[2] 花市：繁华的街市。

赏析 >>

上片写去年的约会，下片写今年的花市，上下两片形成鲜明的对比。

上片里主人公满怀着兴奋与激动，和心仪的人在花市上约见，美好的环境，衬托了人物兴奋的心情。只可惜这是去年的经历了。

下片叙写今年的经历和心情。去年见证情事的灯、月虽依旧，但去年约见之人却杳无踪影。空有缠绵难忘之旧情，却无相对可诉之人，不禁泪湿青衫。

从去年到今年，仅仅一年之隔，为什么自己心仪的人见不到了？这期间发生了什么事情？主人公因为见不到心上人而异常痛苦。同样的明月和亮如白昼的热闹花市，但“不见去年人”，主人公在失落中已是泪眼蒙眬。这相约，已成过往，再不可复制矣！

这首词的特色在于巧妙地使用对比手法，把去年的情事和今年的遭遇作一个对比，在对比中表现主人公内心的感受，真切动人。

徐士俊在《古今词统》中说：元曲之称绝者，不过得此法。

这首词与唐朝诗人崔护的名作《题都城南庄》（去年今日此门中，人面桃花相映红。人面不知何处去？桃花依旧笑春风。）有异曲同工之妙。同样的爱情题材，同样的物是人非，同样的去年和今年的鲜明对比，同样的由兴奋到失落。

链接 >>

欧阳修轶事四则

幼年勤学

欧阳修四岁丧父，随叔父在现湖北随州长大，幼年家贫无资，母亲郑氏用芦苇在沙地上教他写字、画画。欧阳修自幼喜爱读书，常从城南李家借书抄读，他天资聪颖，又刻苦勤奋，往往书不待抄完，已能成诵；少年习作诗赋文章，文笔老练，有如成人，其叔由此看到了家族振兴的希望，曾对欧阳修的母亲说：“嫂无以家贫子幼为念，此奇儿也！不唯起家以大吾门，他日必名重当世。”十岁时，欧阳修从李家得《昌黎先生文集》六卷，甚爱其文，手不释卷，这为日后北宋诗文革新运动播下了种子。

提携后生

欧阳修对有真才实学的后生极尽赞美，竭力推荐，使一大批当时还默默无闻的青年才俊脱颖而出，名垂后世，堪称千古伯乐。不但包括苏轼、苏辙、曾巩等文坛巨匠，张载、程颢、吕大钧等旷世大儒的出名与欧阳修的学识、眼光和胸怀亦密不可分。他一生桃李满天下，包拯、韩琦、文彦博、司马光，都得到过他的激赏与推荐。“唐宋八大家”，宋代五人均出自他的门下，而且都是以布衣之身被他相中、提携而名扬天下。

欧阳修“三上”作文

钱思公[①]虽生长富贵，而少所嗜好。在西洛时尝语僚属言：平生惟好读书，坐则读经史，卧则读小说，上厕则阅小辞，盖未尝顷刻释卷也。谢希深亦言：“宋公垂同在史院，每走厕，必挟书以往，讽诵之声，琅然闻于远近，其笃学如此。”余因谓希深曰：“余平生所作文章，多在三上，乃马上、枕上、厕上也。盖惟此尤可以属思[②]尔。”

（选自欧阳修《归田录》）

① 钱思公：即钱惟演，吴越国王钱俶的第二字，后随父降宋。

② 属思：构思。

晚号“六一居士”

欧阳修晚年自号六一居士，他说：集三代以来金石刻为一千卷（《集古录》一千卷），藏书一万卷，藏金石文一千卷，有琴一张，有棋一局，而常置酒一壶，吾老于其间，是为六一。

（《三朝言行录》）

玉 楼 春

尊前拟把归期说，欲语春容先惨咽。人生自是有情痴，此恨不关风与月。

离歌且莫翻新阕，一曲能教肠寸结。直须看尽洛城花，始共春风容易别。

注释 >>

[1] 尊前：宴席上。

[2] 春容：女子的容颜。

[3] 惨咽：悲伤得说不出话来。

[4] 情痴：因情感执着而使世俗人以为是发痴的行为。

[5] 翻新阕：另谱新的曲子。

赏析 >>

欧阳修对情感有非凡的洞察力，爱得越深沉，越会故作不在乎，内里早已柔肠寸结，泣涕涟涟，而脸上嘴上依然是轻松愉悦，谈笑风生。那似不经意间的一瞥，一语，一揉眼，全透露出了浓浓深深的思念！恰是爱到极致的表现。欧阳修的这首词，非常精准地表现出这种情态！

词先是描写了那份浓浓的无法融化的深情，“尊前拟把归期说，未语春容先惨咽”，这两句，如果容许插入几个字来补充，应该是“（我在）尊前拟把归期说（与对方，不料）未语（之先），（她的）春容先（已）惨咽”，心上人还没有开口说话，她就已经哽咽了——她在用眼睛告诉你，你不用说不必说归期不归期，我知道你的忐忑不安，知道你的依依不舍，你的一切我心知肚明了！这情，在开篇第一句里就已经描写得非常深沉了，即王国维说的“沉著”。接着，词人笔锋一转，“人生自是有情痴，此恨不关风与月”，把自己从那缠绵的情感中硬生生地拉了出来！劝慰自己，这便是豪放。其实，此刻，越是豪放，越反衬出情的深浓！

下阕，词人运用同样的手法，先写情感的深浓，继之以洒脱烘衬。谁不想追寻人生的完美幸福，痴痴迷迷的，可是，人生能完美吗？人生的不圆满是痛苦的根源。人的感情是脆弱的，经不起挫折和伤害。怎么办呢？就让感情尽兴地抒发，充分地满足，这样人生才能减少一些遗憾。正如把洛阳城里城外的牡丹花看到酣足以后，人就容易同洛阳城的春风分手了。

王国维看重欧词的是：在豪放中有深沉的情致，情真。描写手法精准，准确把握了人物的心理世界。语言清新明快，不假雕琢。

王国维在《人间词话》第二十七则中说：永叔"人生自是有情痴，此恨不关风与月""直须看尽洛城花，始共春风容易别"，于豪放之中有沉著之致，所以尤高。

链接 >>

欧词学柳词

欧阳修欣赏柳永的原因，源于他与柳永有着较为类似的人生态度。北宋中前期，享乐成风，士大夫生活条件优越，文化环境空前宽松，花间樽前，饮美酒、听艳曲、写艳词，成为士大夫生活中不可或缺的重要组成。

叶梦得在《避暑录话》中称晏殊"未尝一日不宴饮"，而且，"必以歌乐相佐"，虽然如此，晏殊却始终不肯跌份儿，所以其词渗透着台阁体的味道。他们虽然热心于宴饮填词的生活，但始终不肯完全沉迷其中。像柳永完全不管不顾，混迹于娱乐舞场，则为大多数士大夫所不能接受。而欧阳修则两面兼顾：一方面，他是一代宗师，文坛领袖，又是与范仲淹等人并称的政治家、思想家；另一方面，有些被时人目为"有才无行"，这就在私人生活的取向上接近了柳永。较之晏殊"闲雅有情思"的宰相雍容，欧阳修则是个很有个性的人，这种个性，在他的政治生活和私生活两个方面，都有非常鲜明的表现。

蝶恋花

庭院深深深几许？杨柳堆烟，帘幕无重数。玉勒雕鞍游冶处，楼高不见章台路。

雨横风狂三月暮，门掩黄昏，无计留春住。泪眼问花花不语，乱红飞过秋千去。

注释 >>

[1] 堆烟：形容杨柳浓密。

[2] 玉勒：玉制的马衔。

[3] 雕鞍：精雕的马鞍。

[4] 游冶处：指歌楼妓院。

[5] 章台：汉长安街名，为歌妓聚居之地。

[6] 乱红：凌乱的落花。

赏析 >>

解读一首词比解读一首诗相对来说要困难些，因为古诗有题目可以作为参考。五代北宋的词，绝大多数没有题目或者小序，一般只有词牌。而词牌只规定了词的格律音韵形式，和词的内容没有任何关系，所以对一首词的解读可能会产生歧义。

直到苏轼以至南宋诸词人，他们的词作大多有题目和小序，如苏轼的《念奴娇·赤壁怀古》《江城子·密州出猎》，辛弃疾的《摸鱼儿·暮春》《水龙吟·登建康赏心亭》《青玉案·元夕》《破阵子·为陈同甫赋壮词以寄之》等，大多有题目和小序，这样的词作在解读时就减少了产生歧义的可能。

欧阳修的这首《蝶恋花》就是产生了不同理解的词。清代张惠言在《词选》中说它是一首政治诗，他说："庭院深深""闺中既以邃远"也，

“楼高不见”“哲王又不悟”也。

这很显然是牵强附会。王国维在《人间词话》里就批驳他，认为欧阳修这首词只是“兴到之作”，别无寓意。我很赞同王大师这一见解。

很有意思的是，这首词也见于冯延巳的《阳春集》。因为两人都曾官至宰执，政治地位和文化素养基本相似，所以两人词风大同小异，有些作品往往混淆。这首词据李清照《临江仙》词序云：“欧阳公作《蝶恋花》，有‘深深深几许’之句，予酷爱之，用其语作‘庭院深深’数阕。”李清照离欧阳修的时代相隔较近，当可作为此词为欧阳公作品的证据。

要正确解读这首词，就要注意把握词中直抒胸臆句和关键词。比如从上阕我们能看到“楼高不见”，从下阕我们能看到“无计留春住”。

上阕写深宅大院中少妇登高怅望之痛苦。

闺中少妇生活在一座深深的庭院中，“杨柳堆烟”，已是暮春时节，柳絮飘飞。在这里生活的少妇应该是最幸福的，因为在这样的深宅大院中，一定不会有经济上的困窘。可是她们却不会想到，这里的少妇是有苦恼的。

这少妇为何要登上高楼，向着远处的豪华公子寻欢作乐的场所章台路那里眺望不已呢？一定是她的丈夫，那个曾经信誓旦旦要对她负责一辈子的人，此刻正在那秦楼楚馆里寻花问柳寻欢作乐呢！

下阕写少妇在风雨中叹春伤春。

已是黄昏时分，雨横风狂，这暮春三月的风摧残了片片花朵。在少妇眼里，无法留住眼前这美好的春天，如同无法留住自己美好的青春时光一样。她流着眼泪和花对话，问问花的感受，可是花儿们没有回答她。片片落花在狂风中飞到高大的秋千架那边去了。

唐代诗人严恽写过一首《落花》诗：“春光冉冉归何处？更向花前把一杯。尽日问花花不语，为谁零落为谁开？”看来欧阳修是巧妙化用这首诗的，但是悲凉的情味却远远超出。

清人毛先舒评曰：“‘泪眼问花花不语，乱红飞过秋千去’，此可谓层深而浑成。”他的意思是说语言浑成与情意层深往往是难以兼具的，但欧词这两句却把其统一起来。

女主人公因花而有泪。忆念走马章台（汉长安章台街，后世借以指游冶之处）的丈夫，却望而不可见，不禁伤心泪下。泪眼问花。花儿缄默，无言以对。而且故意抛舍她似的纷纷飞过秋千那边去了。有情之人、无情之物对她都同样冷漠，怎不让她伤心欲绝！这种借客观景物的“反应”来衬托人物感情的写法，正是为了深化感情。

读这“泪眼问花”的句子，我们不禁想起《红楼梦》里黛玉葬花的情节，也是那样催人泪下：

尔今死去侬收葬，未卜侬身何日丧？
侬今葬花人笑痴，他年葬侬知是谁？
试看春残花渐落，便是红颜老死时。
一朝春尽红颜老，花落人亡两不知！

王国维在《人间词话》中说：“有我之境：‘泪眼问花花不语，乱红飞过秋千去。’……有我之境，以我观物，故物皆著我之色彩。”

链接 >>

男子为何作闺音？

在中国古代文学作品中，有两类题材是不容忽视的，那就是宫怨和闺怨题材。宫怨诗专写古代帝王宫中的失宠后妃宫女的怨情；闺怨诗则主要抒写古代民间的弃妇和思妇（包括征妇、商妇、游子妇等）的忧伤，或者写少女怀春、思念情人的感情。这两类诗都起源于周代，到了汉魏晋南北朝时期，闺怨诗又获得了长足的发展，到了唐代，这两类诗与田园、山水、行旅、游侠、边塞等题材的诗歌一道步入了一个发展的鼎盛时期，名家杰作，层见叠出。

从内容上看，这两类诗都在围绕一个“怨”字做文章，集中反映了封建宗法制度下皇权至上、男尊女卑的社会现象和古代女性对待婚姻问题的种种复杂心态。中国古代的诗人为何对“宫怨”“闺怨”“春怨”这几类题材情有独钟呢？为什么能够把这类诗写得如此真切感人呢？因为他们与那些怨郁的女子具有同样的遭遇，同样的情绪。

司马迁曾经说过：士为知己者死，女为悦己者容。良禽择木而栖，猛兽择穴而居。中国古代的文人与妇女一样从来就没有过独立的人格，始终是皇权与权贵的附庸，他们的生与死、喜与悲、升与降、浮与沉，自己都无法掌握。于是，也就形成了中国文人的依附性和软骨症。学成文武艺，货与帝王家。“沽之哉，沽之哉，吾待价而沽”，如果能够卖一个好价钱，也就是得到统治阶级的赏识重用，那么就欣欣然；如果没能卖一个好价钱，或者卖不出去，不被赏识重用，则怨恨忧伤。明白这些道理，那么就不难读懂中国文人的宫怨诗和闺怨诗了，也就不难明白为什么古时的文人在文学创作中，男子为何热衷于作闺音了。

斜阳正在烟柳断肠处　汪晓彬 绘

政治改革家的怀古情结

——王安石的《桂枝香》

王安石（1021－1086），字介甫，号半山，谥文，封荆国公，世人又称王荆公。北宋抚州临川人，中国历史上杰出的政治家、思想家、学者、诗人、文学家、改革家，唐宋八大家之一。北宋丞相，新党领袖。

欧阳修称赞王安石："翰林风月三千首，吏部文章二百年。老去自怜心尚在，后来谁与子争先。"其诗文各体兼擅，词虽不多，却极精美，且有名作《桂枝香》等。王荆公最脍炙人口的诗句莫过于《泊船瓜洲》中的"春风又绿江南岸，明月何时照我还"。

桂枝香·金陵怀古

登临送目，正故国晚秋，天气初肃。千里澄江似练，翠峰如簇。征帆去棹残阳里，背西风，酒旗斜矗。彩舟云淡，星河鹭起，画图难足。

念往昔、繁华竞逐，叹门外楼头，悲恨相续。千古凭高，对此漫嗟荣辱。六朝旧事随流水，但寒烟、衰草凝绿。至今商女，时时犹唱，《后庭》遗曲。

注释 >>

[1] 登临送目：登山临水，举目望远。

[2] 故国：旧时的都城，指金陵。

[3] 千里澄江似练：形容长江像一匹长长的白绢。语出谢朓《晚登三山还望京邑》："余霞散成绮，澄江静如练。"澄江，清澈的长江。练，白色的绢。

[4] 如簇：这里指群峰好像丛聚在一起。簇，丛聚。

[5] 去棹：停船。棹，划船的一种工具，形似桨，也可引申为船。征帆去棹，"征""去"在此对文互训。

[6] 星河鹭起：白鹭从水中沙洲上飞起。星河，本指银河，在此指夜晚映出繁星的长江。

[7] 画图难足：用图画也难以完美地表现它。

[8] 繁华竞逐：（六朝的达官贵人）争着过豪华的生活。

[9] 门外楼头：指南朝陈亡国惨剧。语出杜牧《台城曲》："门外韩擒虎，楼头张丽华。"韩擒虎是隋朝开国大将，他已带兵来到金陵朱雀门（南门）外，陈后主尚与他的宠妃张丽华于结绮阁上寻欢作乐。

[10] 悲恨相续：悲哀与遗恨连续不断，即感叹那门外楼头之事，令我悲恨交加呀。

[11] 漫嗟荣辱：空叹什么荣耀耻辱，这是作者的感叹。

[12] 商女：歌女。

[13]《后庭》遗曲：指歌曲《玉树后庭花》，传为陈后主所作。

赏析 >>

怀古题材在此之前的词中并不多见，此词一扫当时绮靡婉弱的词风，使在填词上大胆闯新路的苏轼也佩服不已。

此词抒发金陵怀古之情，为作者别创一格、非同凡响的杰作，大约写于作者再次罢相、出知江宁府之时。

词作开门见山，写作者在南朝古都金陵胜地，于一个深秋的傍晚，临江览胜，凭高吊古。他虽以登高望远为主题，却是以故国晚秋为眼目。"正""初""肃"三个字逐步将其主旨点醒。

以下两句，点化六朝谢朓名句"余霞散成绮，澄江静如练"之句，如同己出。即一个"似练"，一个"如簇"，形胜之概已赫然而出。然后专写江色，纵目一望，只见斜阳映照之下，数不清的帆风樯影，交错于闪闪江波之上。细看凝眸处，却又见西风紧处，那酒肆青旗高高挑起，因风飘拂。帆樯为广景，酒旗为细景，词人之意乃以风物为导引，而以人事为着落。

写景至此，全是白描，下面有所变化。“彩舟”“星河”两句一联，顿增明丽之色。然而词拍已到上片歇处，故而笔亦就此敛住，以“画图难足”一句，抒赞美嗟赏之怀，“彩舟云淡”，写日落之江天，“星河鹭起”，状夕夜之洲渚。

此词结构合乎规矩。上片写登临所见景物，下片兴感，抒吊古情怀。

下片另换一种笔墨，感叹六朝皆以荒淫而相继亡覆的史实。“门外楼头”，空贻后人凭吊之资；往事无痕，唯见秋草凄碧，触目惊心而已。“门外楼头”，截用杜牧《台城曲》句简净凝练。

词至结语，更为奇妙。词人写道：时至今日，六朝已远，但其遗曲，往往犹似可闻，此处用典。“商女不知亡国恨，隔江犹唱《后庭花》”，此唐贤杜牧于《泊秦淮》所吟之名句，词人在此复加运用，便觉尺幅千里，饶有不尽之情致，嗟叹之意，千古弥永。

《古今词话》评：金陵怀古，诸公寄调《桂枝香》者三十余家，惟王介甫为绝唱。东坡见之，叹曰：“此老乃野狐精也！”

链接 >>

说说“六朝”

六朝，指的是中国历史上三国至隋朝均以金陵（今南京）为都城的六个朝代，即三国吴（或称东吴、孙吴）、东晋、南朝宋（或称刘宋）、南朝齐（或称萧齐）、南朝梁、南朝陈（或称南陈）这六个朝代。唐朝人许嵩在《建康实录》一书记载了这六个朝代，故而得名。

琵琶弦上说相思

——摇动人心的小晏词

晏几道（1038－1112），字叔原，号小山，著名词人，抚州临川人，晏殊第七子。曾经担任过许田镇监、乾宁军通判、开封府判官等地方小官。一般说到北宋词人时，称晏殊为大晏，称晏几道为小晏，父子二人合称为“大小晏”。

临　江　仙

梦后楼台高锁，酒醒帘幕低垂。去年春恨却来时，落花人独立，微雨燕双飞。

记得小蘋初见，两重心字罗衣。琵琶弦上说相思，当时明月在，曾照彩云归。

注释 >>

［1］词的前两句写眼前实景，“梦后”“酒醒”互文。

［2］却来：又来，再来。“去年春恨却来时”是和去年一样的春恨又来袭时。“落花人独立，微雨燕双飞”是今春眼前景象。

［3］小蘋：当时歌女名。

［4］心字罗衣：杨慎在《词品》卷二中评析：“心字罗衣”则谓心字香薰之尔，或谓女人衣曲领如心字。

[5] 彩云：比喻美人。

赏析 >>

晏几道在他的《〈小山词〉自序》中说：始时，沈十二廉叔、陈十君宠家，有莲、鸿、蘋、云，品清讴娱客。每得一解，即以草授诸儿。吾三人持酒听之，为一笑乐。已而君宠疾废卧家，廉叔下世，昔之狂篇醉句遂与两家歌儿酒使俱流传于人间。……感光阴之易迁，叹境缘之无实也。

从他的自序看，小蘋是他早年歌舞欢聚生活享受中一个相好的歌舞女子。这首词是怀旧忆人之作，是对过去欢乐生活的回忆，所忆的是作者倾心爱慕、至老不能忘情的一位少女。此词代表了晏几道深婉精美的艺术风格，代表了他的最高水平，被誉为婉约词的绝唱。

词的上阕写春恨。

开始两句六字句，很工整的对偶句，也是修辞中的互文，应该是梦后之时，酒醒之后，楼台高锁帘幕低垂。词人在梦中又回到了从前，酒醒后又回到了现实。楼台可能是当年和好朋友沈十二廉叔、陈十君宠等当年经常酒宴欢聚观赏歌舞的地方，现在已经物是人非，人去楼空了。面对此景，只有怅惘。帘幕低垂，是因为不想回到现实，还想用帘幕遮住刚才的梦境。

微雨中，落花纷纷，燕子双飞相随，人却茕茕孑立。后两句对仗工整。这里“春恨”和后面的“落花”是自然照应的，恰是因为落花才勾起春恨之愁。所以任凭自己站在微雨中也不肯回到室内，就是要真切感受到这点伤春的凉意。“人独立”和“燕双飞”又是绝妙的对仗，以“燕双飞”更衬托自己的孤独感受。为何而伤心孤独呢？上阕没有给出答案，但是后面两句已经提供了线索——忆人：花时将逝，春已阑珊，燕尚有伴，自己伴侣今在何处？

下阕开头写和歌女小蘋第一次见面的情景，不知道爱情研究专家们有无这样的研究结果，对自己深爱的人，第一次的见面往往会在心里烙下深刻的印记，以后即便阅人无数也再无此感觉。所以当青年男女要第一次约见时，有经验的人会提醒说，好好准备一下，给对方留一个好印象，真是至理名言。

作者在这里着重描写的是小蘋的衣着情况，作者记忆犹新，“两重心字罗衣”，有美意有爱意，仿佛二人一见倾心、心心相印。当时的经过，是小蘋在弹奏的琵琶声中表达了相思之情，作者感觉，美人已经芳心暗许了。最美的是当时的环境，“当时明月在，曾照彩云归”，在皎洁的明月映照下，小蘋，像一朵彩云飘然归去，多么美好的回忆！那时皎洁的明月今天依然高挂在天际！这三个细节，美妙之打扮，含情之弹奏，月光之下飘然归去，深印脑海，终生难忘，可惜这一切现在只有到记忆中去搜寻了。

读了下阕，我们自然会明白作者在上阕中为何那般伤心。

清陈廷焯在《白雨斋词话》中说：“既闲婉，又沉着，当时更无敌手。”

冯煦在《六十一家词选例言》中评价说：“淮海小山，古之伤心人也。其淡语皆有味，浅语皆有致，求之两宋词人，实罕其匹。”

链接 >>

走入小山词的钥匙：梦、酒、歌

小山大部分词都与“梦”“酒”“歌”有关，因而，对这三种意象的把握也成为打开小山词的一把钥匙。

小山特别喜欢写梦。写梦，成为小山抒发情感的主要方式。在《小山词》里，“梦”字竟出现60余次。小山还直言不讳地说：“所记悲欢合离之事，如幻、如电、如昨梦前尘。”应当说，小山是一个沉溺在梦中的词人。这句话有两层意思：一是说他的词内容题材比较狭窄，除极少数作品具有某种社会历史内容外，其余大部作品均未离开恋情相思与别恨离愁范围，他把自已封闭在一个脱离当时社会现实的狭小空间；二是说他的词执着于梦境描写，热衷于梦境的开拓，他自始至终在编织着缤纷多彩的梦。

为了能做更多的好梦，小山往往要借助醉酒的力量。在他的词中，“酒”字出现达50多处，而且，“酒”与“醉”常常同“梦”紧密联系在一起，似孪生姊妹。带有“梦”的词中，几乎均有“酒”字或“醉”字，甚至“酒”“醉”“梦”三者齐全。

“梦”“酒”“歌”三者构成了小山词特有的人生内容。由酒到梦，由梦到歌，是诗人由被动到主动，由压抑到释放，由彷徨于现实世界到飞翔于理想世界，走过艰难坎坷的精神之旅。小山终其一生都在痴狂、欢乐、失落、哀伤、相思、别离等种种情绪的漩涡中挣扎。或许在世人看来，他是失败的，但从另一种角度看，作为一个文学的人，他无疑是成功的。

鹧　鸪　天

彩袖殷勤捧玉钟，当年拚却醉颜红。舞低杨柳楼心月，歌尽桃花扇底风。

从别后，忆相逢，几回魂梦与君同。今宵剩把银缸照，犹恐相逢是梦中。

注释 >>

[1] 鹧鸪天：词牌名，一名《思佳客》，一名《于中好》。内容写与相熟的歌子久别重逢。

[2] 彩袖：代指穿彩衣的歌女。

[3] 玉钟：珍贵的酒杯。

[4] 拚却：甘愿，不顾惜。却，助词，用在动词后，相当于“了”。

[5] 舞低杨柳楼心月：歌女舞姿曼妙，直舞到挂在杨柳树梢照到楼心的一轮明月低沉下去；歌女清歌婉转，直唱到扇底儿风消歇（累了停下来），极言歌舞时间之久。桃花扇，歌舞时用作道具的扇子，绘有桃花。

[6] 剩把：尽把。剩，更，一而再，再而三地。

[7] 银缸：银灯。

赏析 >>

这首词描写了与久别佳人重逢时的惊喜和追忆别后对佳人的苦苦相思

之情。

上片写往日的欢聚。“彩袖”代指佳人，“当年”点明是往事，“殷勤”“拚却”，见情意之笃。当年一见钟情，心心相印，歌女尽情歌舞，通宵达旦，甚至唱到没有举扇之力，其多情、兴奋，可以想见。

这是很美的豪华富足的歌舞享乐场景，非一般读书人能涉足享受的。那彩袖，那玉钟，那楼心月，那扇底风，处处散发着富贵荣华气。

下片写久别重逢的惊喜。包含两层意思：前三句写分别后对佳人的苦苦相思之情，后两句写重逢时的惊喜。前一层是为后一层蓄势铺垫，后一层将前一层思念之情的表现推向高潮。

不期重逢，似信非信，再而三地举灯相照，仔细端详，疑在梦中，十分生动地刻画出双方惊喜交集的心理状态。

杜甫早就有过这样的诗句“夜阑更秉烛，相对如梦寐”，这情景在小晏笔下，却生出更动人的光彩。这正是一个深情的、勇于打破贫贱之分的贵公子，一个感情深挚而又忠贞不渝的青年人，一个使“天地为之久低昂”的诗人。

全词言情婉丽，空灵雅致，足见小山本色。

晁补之称其词“不蹈袭人语，风度闲雅，自是一家。如‘舞低杨柳楼心月，歌尽桃花扇底风’知此人必不生三家村中者”。

链接 >>

毛晋评小晏词

毛晋《跋小山词》：“小晏词字字娉婷，如揽嫱、施之袂，恨不能起莲、鸿、苹、云，按红牙板，唱和一过。”

毛晋说，小晏的词，字字娉娉婷婷，给人感觉宛如拉着美女之衣袖，让人恨不能唤醒地下沉睡的莲、鸿、苹、云，让她们按着红牙板，一首一首地唱过去。

由此可见毛晋对小山词可谓倾倒之至。

鹧　鸪　天

醉拍春衫惜旧香。天将离恨恼疏狂。年年陌上生秋草，日日楼中到夕阳。

云渺渺，水茫茫。征人归路许多长。相思本是无凭语，莫向花笺费泪行！

注释>>

[1] 惜旧香：惜，怜惜。旧香，指过去欢乐生活遗留在衣衫上的香泽。

[2] 恼疏狂：恼，撩拨，逗引。疏狂，即狂放不羁，此指醉酒行为。

[3] 无凭语：没有根据的话。

[4] 花笺：信纸的美称。

赏析>>

此词在对往日欢歌笑乐的回忆中，流露出他对落拓平生的无限感慨和微痛纤悲。离愁噙在痴情人的唇齿间，是什么样的滋味？

是借酒消愁后依然忘不了的刻骨铭心，是消失踪影的恋人留在衣衫上的淡淡香味。一个“惜”字道尽千回百转欲罢不能的牵挂。

他不禁质问上天：我本是性情疏狂的人啊，为什么偏偏摆脱不了离愁别恨？疏于世事、狂放不羁的小山偏偏是个多情人，所以，他注定无法摆脱烦恼和痛苦。

那个让我念念不忘的人儿在哪里呢？

她在云水渺茫的天边，在远得看不到尽头的路上。相逢无期，那就让鱼雁来传递我满怀的思恋吧。可是，满腹的相思，我该从何说起？思量再三，又不禁感叹：既然相思本就无法用文字来表达，既然“长情短恨难凭寄，枉费红笺”，那就不要重展花笺，枉流几行清泪了！

此词上阕是男子口吻，下阕是女子口吻（从词中“征人”“花笺”可知)。

一生都活在爱情里的小山真是把恋爱中小儿女的情态描写得惟妙惟肖。“相思本是无凭语，莫向花笺费泪行”不仅是万般无奈中的绝望之语，分明也是恋人之间负气的话。只有置身在恋爱中的人，才会这样患得患失，自寻烦恼，折腾自己也折腾爱着的那个人。

可是，真的不想重展彩笺，真的不再盼望看到他的笔迹了吗？

佛家说，才说无便是有。那丝丝缕缕的牵绊，从来都剪不断，理还乱。在别后的日日年年，小山依然会一次次“泪弹不尽临窗滴，就砚旋研墨”，把相思写满红笺。

小山把词与痴都献给了那些惊鸿照影般的女孩儿。曾有人说，小山词从未离开相思恋情与离愁别恨的范畴，题材未免狭窄。这样说话，可知是不懂小山，亦不懂词。要知道，小山所有的词都是用来抚慰和温暖自己的灵魂和生命的，那些旖旎的句子都是小山不得不说的话。词之于小山，纯是用来宣己而非为了娱人。

夏敬观云：“叔原以贵人暮子，落拓一生，华屋山丘，身亲经历，哀丝号竹，寓其微痛纤悲，宜其造诣又过于父。”

链接 >>

莲的心事

听听乌兰托娅《莲的心事》，你会理解痴心人的执着。

只为你转身的一个凝视，我就为你祈盼一辈子；只为你无心的一句承诺，我就成了你的影子。幸福为何总是点到为止，想念就从那一天开始，每天仰望你绿色的窗子，无声地呼唤你名字，我是你五百年前失落的莲子，每一年为你花开一次，多少人赞美过莲的矜持。

谁能看懂莲的心事，我是你五百年前失落的莲子，每一年为你心碎一次，多少人猜测过莲的心事，慢慢风干变成唐诗宋词。

千万和春住

——王观的惜春词

王观（1035—1100），如皋（今江苏如皋）人。王安石为开封府试官时，科举及第，官至翰林学士。高太后对王安石等变法不满，认为王观属于王安石门生，就以其《清平乐》亵渎了宋神宗为名，在其就任的第二天便将其罢职。王观于是自号“逐客”，潜心文学，布衣而不失风流。

卜算子·送鲍浩然之浙东

水是眼波横，山是眉峰聚。欲问行人去那边，眉眼盈盈处。
才始送春归，又送君归去。若到江南赶上春，千万和春住。

注释 >>

[1] 卜算子：词牌名。
[2] 鲍浩然：诗人的朋友。
[3] 水是眼波横：水像美人流动的眼波。
[4] 山是眉峰聚：山如美人蹙起的眉毛。
[5] 眉眼盈盈处：山水交汇的地方。

赏析 >>

这是一首送别词，词中以轻松活泼的笔调，巧妙别致的比喻，风趣俏皮的语言，表达了作者送别友人鲍浩然时的心绪。

上片写友人一路山水行程，含蓄地表达了惜别深情。

起首两句，运用风趣的笔墨，把送别时所见自然山水化为有情之物。那些清澈明亮的江水，仿佛变成了美人流动的眼波；那些青葱丛聚的山峰，也似乎是美人颦蹙的眉峰了。在王观这个有情人笔下，山水都变成了有感情之物。

三、四两句点出行人的去处——眉眼盈盈处。“眉眼盈盈”四字有两层意思：一指江南的山水，清丽明秀，犹如女子的秀眉和媚眼；二可暗指有着盈盈眉眼的那个人。此两句写送别时的俏皮调侃，语带双关。

下片则直抒胸臆，兼写离愁别绪和对友人的深情祝愿。“才始送春归”，点明这里春刚逝去，说明词人心中满怀着伤春之愁，“又送君归去”则又添了别恨，心情就更低落了。最后两句是词人对鲍浩然的祝愿：希望他生活在“春”里。这个“春”既是指鲜花如锦的春天季节，也喻指他春景般美丽的温柔爱人。

这首词构思新巧，词语明丽，很有表现力，且俏皮话说得新鲜不俗，比起那些敷衍应酬的窠臼之作，显然有死活之别。

《唐宋词鉴赏集》中说：诗贵缘情。这首小词正是用它所表现的真挚感情拨动读者心弦的。它那从民间汲取来的健康情调、鲜活语言、表达技巧引起读者的美感和共鸣，使它臻于词的上乘。

链接 >>

惜春是人世间永恒的感情

谈到春天，我们都会背诵朱自清先生的散文《春》。说到惜春，这可是人世间共同的永恒的感情。我们还不妨读一读李国文的《惜春小札》的开头和结尾。

春天是不知不觉来的，她走的时候，也是悄没声儿地离去。既不像秋天落下那么多的黄叶，“无边落木萧萧下”，造下满天声势；也不像冬天，一阵烂雪、一阵冻雨。典型的春天，应该在长江以南度过。没有阴霾的天气、泥泞的道路、苍绿的苔痕、淅沥的雨声，能叫春天吗？没有随后的天淡风轻、煦阳照人、莺歌燕舞、花团锦簇，能叫春天吗？只有在雨丝风缕、春色迷人的江南，在秧田返青、菜花黄遍的水乡，在牧童短笛、渔歌唱晚的情景之中，那才是杜牧脍炙人口的《清明》诗中的缠绵的春天、撩人的春天。

……

人的一生，何尝不如此呢？也有其春华秋实的生命过程。那么青春年少的日子，也就是最美好的春天了。然而，一生中的这个春天，似乎比北方真正的春天还要短促得多。

人，有各式各样的活法，这是每个人的选择。无论怎样的一生，你千万要珍惜你生命中属于春天的那一瞬即逝的岁月。因为，青春只有一次，一去便不复返。使你的青春放出光华，享受青春的美，那才是生命最大的欢乐。

（选自《中华美文》）

文坛全才豪士的倾情奉献

——豪放词创立者苏轼的十篇佳作

苏轼（1037—1101），北宋文学家、书画家。字子瞻，人称其“大苏”，号东坡居士。眉州眉山（今属四川）人。与父苏洵、弟苏辙合称“三苏”。

水龙吟·次韵章质夫杨花词

似花还似非花，也无人惜从教坠。抛家傍路，思量却是，无情有思。萦损柔肠，困酣娇眼，欲开还闭。梦随风万里，寻郎去处，又还被莺呼起。

不恨此花飞尽，恨西园落红难缀。晓来雨过，遗踪何在？一池萍碎。春色三分，二分尘土，一分流水。细看来，不是杨花，点点是离人泪。

注释>>

[1] 次韵：用原作之韵，并按照原作用韵次序进行创作，称为次韵。章质夫：名楶（jié），浦城（今福建蒲城）人，当时正任荆湖北路提点刑狱，经常和苏轼诗词酬唱。

[2] 从教：任凭。

[3] 无情有思（sì）：言杨花看似无情，却自有它的愁思。韩愈《晚春》：“杨花榆荚无才思，惟解漫天作雪飞。”这里反用其意。

[4] 萦：萦绕、牵念。

[5] 困酣：困倦之极。娇眼：美人娇媚的眼睛，以柳叶比喻美人娇眼。古人诗赋中常称初生的柳叶为柳眼。

[6]“梦随”三句：化用唐代金昌绪《春怨》诗：“打起黄莺儿，莫教枝上啼。啼时惊妾梦，不得到辽西。”

赏析 >>

读苏轼词，似走进一个有着无限才情、慷慨豪迈、乐观旷达、极为聪慧、溢满了美意和智慧的大观园。

王国维在《人间词话》第三十八则中说“咏物之词，以东坡《水龙吟》为最工”，是慧眼独具的。

此词约作于元丰四年（1081），苏轼 45 岁，正谪居黄州。当时其好友章质夫写《水龙吟》一首，内容是咏杨花的。因为该词写得笔触细腻、形神兼备、轻灵生动，达到了相当高的艺术水平，因而受到当时文人的赞誉，盛传一时。

苏东坡很喜欢章质夫的《水龙吟》，于是和了这首《水龙吟·次韵章质夫杨花词》寄给章质夫，还特意告诉他不要给别人看。章质夫慧眼识珠，赞赏不已，也顾不得苏东坡的特意相告，赶快送给他人欣赏，才使得这首千古绝唱得以传世。

对于咏物诗词的写作，有人说过，要“物物而不物于物”，意思是要能准确抓住事物特征，描绘出事物精妙之处，而又不局限于此，要能让事物染上人的主观色彩，更多地显示人的性情品格。根据这个标准，这首咏物词是高于章质夫原作的。

本词构思巧妙，刻画细致，咏物与拟人浑然一体，把杨花比喻为一个想离家出走、万里寻郎的思妇。杨花没有鲜艳的色彩，没有美丽的姿质，没有人怜惜，任凭东风吹落。它离开枝头，好似孩子离开了家，它傍在路旁，像是无家可归的流浪儿。看上去杨花似乎对杨树无情无义，实际上却是含有深情。

上片以花为人，以人写花，杨花美人，契合为一。

下片抒发伤春惜花之愁。一夜风雨，早晨雨停时，落花散在泥地，漂在水中，已难以拾起。末以点点杨花与离人珠泪浑融为一。融情于物，以物体情，神来之笔，令人叫绝。

细细品赏此词构思，我们可以发现词中把杨花比作思妇有八个妙点：一是从其外形看"似花还似非花"，思妇和杨花既有相似点也有不同处；二是不被人重视"也无人惜从教坠"；三是活动方式"抛家傍路"，随处飘散；四是"无情有思"，还有思想感受；五是从其外形神态看仿佛思妇的神态"萦损柔肠，困酣娇眼，欲开还闭"；六是其活动方式也似思妇情思"梦随风万里，寻郎去处，又还被莺呼起"；第七个妙点是寻找它在雨后的踪迹"晓来雨过，遗踪何在"用设问，后面回答"一池萍碎"已化为水上浮萍；第八点妙处是"细看来，不是杨花，点点是离人泪"，把点点杨花比作离人眼泪。

看看这八个妙点，其中第一个、第三个、第七个共三个妙点是"物物"的，其余五个是"不物于物"的，这么轻柔的杨花被诗人赋予那么巧妙的比喻，真是妙点迭出，不愧为大家手笔。

刘熙载评此词第一句"似花还似非花"说："此句可作全词评语，盖不离不即也。"

王国维在《人间词话》中说："东坡杨花词，和韵而似元唱；章质夫词，元唱而似和韵。才之不可强也如是!"

链接 >>

赏读章质夫《水龙吟·杨花》

燕忙莺懒芳残，正堤上柳花飘坠。轻飞乱舞，点画青林，全无才思。闲趁游丝，静临深院，日长门闭。傍珠帘散漫，垂垂欲下，依前被风扶起。

兰帐玉人睡觉，怪春衣雪沾琼缀，绣床渐满，香球无数，才圆却碎。时见蜂儿，仰粘轻粉，鱼吞池水。望章台路杳，金鞍游荡，有盈盈泪。

① 雪沾琼缀：落满了柳絮。

② 章台路杳：汉代长安有章台街。后人常以“章台”为歌伎聚居所。这三句是说，闺中人看不见丈夫游荡的章台路，独居寂寞，只有暗自流泪。

薛砺若在《宋词通论》中说：《水龙吟》为吟柳花绝唱，最为东坡所称赏。

词中如“傍珠帘散漫，垂垂欲下，依前被风扶起。……绣床渐满，香球无数，才圆却碎。时见蜂儿仰粘轻粉，鱼吞池水”刻画柳絮，可谓工细委婉之至。

《诗人玉屑》中评析：余以为质夫词中所谓“傍珠帘散漫，垂垂欲下，依前被风扶起”，亦可谓曲尽杨花妙处。东坡所和虽高，恐未必能及。

水调歌头

丙辰中秋，欢饮达旦，大醉，作此篇，兼怀子由。

明月几时有，把酒问青天。不知天上宫阙，今夕是何年？我欲乘风归去，又恐琼楼玉宇，高处不胜寒。起舞弄清影，何似在人间！

转朱阁，低绮户，照无眠。不应有恨，何事长向别时圆？人有悲欢离合，月有阴晴圆缺，此事古难全。但愿人长久，千里共婵娟。

注释>>

[1] 丙辰：熙宁九年（1076）。

[2] 子由：苏轼弟弟苏辙的字。

[3] 天上宫阙：指月中宫殿。阙，古代皇宫、城门外左右相对的高建筑物，中间有通道。借指宫殿。

[4] 归去：回到天上去。

[5] 琼楼玉宇：美玉砌成的楼宇，指想象中的仙宫。

[6] 不胜：胜（shēng）：承担、承受。不胜，经受不住。

[7] 转朱阁，低绮户，照无眠：朱阁，朱红的华丽楼阁。绮（qǐ）户，雕饰华丽的门窗。月儿转过朱红色的楼阁，低低地垂照在雕花的门窗上，照着因相思辗转难眠的人。

[8] 不应有恨，何事长向别时圆：（月儿）不该（对人们）有什么怨恨吧，为什么偏在人们分离时圆呢？何事，为什么。

[9] 此事：指人的悲欢离合和月的阴晴圆缺。

[10] 千里共婵娟：共，共享。婵娟指月亮。虽然相隔千里，也能一起欣赏这美好的月光。

赏析 >>

这首词是宋神宗熙宁九年（1076）中秋作者在密州时所作。这一时期，苏轼因为与变法的当权者王安石等人政见不合，自求外放，辗转各地为官。他要求调任到离苏辙较近的地方为官（此时苏辙在齐州任职），以求兄弟多多聚会。

这一年的中秋，皓月当空，银辉遍地，与胞弟苏辙七年未得团聚了。此刻，词人面对一轮明月，心潮起伏，于是趁酒兴正酣，挥笔写下了这首《水调歌头》。

词前的小序交代了写词的时间和事由：“丙辰中秋，欢饮达旦，大醉。作此篇，兼怀子由。”

简单梳理一下这首词，得出如下理解。

上片：词人醉中问月，存在出世与入世的思想矛盾。

思想感情：表达了词人由心有郁结到心胸豁达的乐观旷达情怀。

上片对月作出两次设问：明月几时有？今夕是何年？是对浩瀚青天、对皎洁明月产生的情感喷发，并非真的是有疑而问，而是一种跨越时间和空间长河的浩叹。自屈原在《天问》中对天发出一系列设问以后，唐代诗人张若虚在《春江花月夜》中也曾问过：江畔何人初见月？不知江月待何人？李白也曾写过“青天有月来几时”，而以天问进入词中，苏轼为首创。

作者为何“欲乘风归去”，想回到自己应该生活的清静的天上去，显然是因为对于现实的不满，“又恐”二句表示他在入世还是出世上思想是矛盾的，纠结的，在这纠结之中做了选择，最终还是要留在人间。

下片：对月怀人，表达对天下人的美好祝愿。

前三句写月亮的移动过程：转、低、照。中秋的明月仿佛有情有义，光洒人间每个角落。此时的词人是无眠的，接下来两句向月亮提出疑问。“人有”三句，作者由矛盾、由愁苦经一番思考后而达观了。人的悲欢离合，好比月亮的阴晴圆缺，谁也改变不了，谁也无法求得完满，这是富有哲理的认识。既然人无法改变，也无法扭转，那就只能祝愿：希望相互牵挂之人都能健康长久，远隔千里共享这一轮明媚的月亮。

上片的矛盾，在下片得到了解决，词人的心情变得平静了。

这是智慧的胜利，这是词人心态调整的结果。

苏轼一生中经历的不平和困难何其多也，然而他都以达观的心态化解了。这是因为苏轼不仅有积极入世的儒家思想，也有清静无为的道家思想和达观通脱的佛教思想，这些杂糅百家的思想精华帮助他实现人生境界的升华。

一代伟人毛泽东有诗曰：“牢骚太盛防肠断，风物长宜放眼量”，也是说在遭遇困难和挫折时，不必牢骚满腹，要放开心胸，达观面对。

孔子云：“六十而耳顺，七十而从心所欲，不逾矩。”六十岁为何能耳顺？不也是因为达观吗？

胡仔在《苕溪渔隐丛话》中说：“中秋词，自东坡《水调歌头》一出，余词尽废。”

链接>>

月亮的别称

在这首词里，婵娟代指月亮，好像有些令人不解。婵娟为何能代指月亮呢？那是因为婵娟是嫦娥的别称，而嫦娥奔月的中国古代神话故事是很多人知道的，因此嫦娥代指月亮就顺理成章了。

其实月亮不仅有这一个别名，还有很多的别称和美称。

与兔有关

1. 玉兔：神话里月中有玉兔，代指月亮。如唐代韩琮《春愁》：“金乌长飞玉兔走，青鬓长青古无有。”

2. 顾兔：月亮的别名。南朝梁何逊《七召·神仙》：“顾兔才满，庭英纷而就落。”

3. 冰兔：指月亮。如唐代李绅《奉酬乐天立秋夕有怀见寄》：“冰兔半升魄，铜壶微滴长。”

4. 桂兔：指月亮。唐代韩偓《元夜即席》：“桂兔韬光云叶重，烛龙衔耀月轮明。”

5. 蟾兔：旧说两物为月中之精，因代指月。《古诗十九首》：“三五明月满，四五蟾兔缺。”

与桂树有关

1. 桂月：传说月中有树曰桂，故称。《乐府诗集·东飞伯劳歌》：“南窗北牖桂月光，罗帷绮箔脂粉香。”

2. 桂花：亦称桂华，指月。韩愈《明水赋》：“桂华吐耀，兔影腾精。”

3. 桂枝：指月亮。唐太宗《辽城望月》：“魄满桂枝圆，轮亏镜彩缺。”

4. 桂轮：唐代李涉《秋夜题夷陵水馆》：“凝碧初高海气秋，桂轮斜落到江楼。”

5. 桂丛：指月宫。清代洪升《长生殿·重圆》：“听何处奏钧天，想近着桂丛边。”

6. 桂宫：指月亮。南朝梁沈约《登台望秋月》：“桂宫袅袅落桂枝，露寒凄凄凝白露。”

7. 桂窟：指月宫。元代郝经《三汊北城月榭玩月醉歌》：“露华涨冷濯桂窟，氛露洗尽豁四旁。”

8. 桂魄：指月亮。唐骆宾王《伤祝阿王明府》：“轮销桂魄，骊珠毁贝阙之前。”

9. 桂蟾：指月亮。唐卢照邻《赠益府裴录事》：“朝看桂蟾晚，夜闻鸿雁度。”

与蟾蜍有关

1. 蟾蜍：指传说月中有蟾蜍，指代月亮。如李白《雨后望月》：“四郊阴霭散，开户半蟾生。”

2. 玉蟾蜍：省称为“玉蟾”或“玉蜍”。如唐代褚载《月诗》：“星斗离披烟霭收，玉蟾蜍耀海东头。”

3. 蟾轮：喻圆月。唐代元凛《中秋夜不见月》：“蟾轮何事色全微，赚得佳人出绣帏。”

4. 冰蟾：指月亮。明代汤显祖《牡丹亭·闹殇》：“海天悠，问冰蟾何处涌？”

5. 蟾钩：月牙。唐夏侯审《咏被中绣鞋》：“云里蟾钩落凤窝，玉郎沉醉也摩挲。”

6. 蟾宫：月宫，月亮。唐代许昼《中秋月》：“应是蟾宫别有情，每逢秋半倍澄清。”

7. 蟾盘：喻圆月。唐代曹松《中秋对月》：“无云世界秋三五，共看蟾盘上海涯。”

8. 蟾窟：月宫，月亮。宋代张先《少年游漫》词：“昼刻三题彻，梯汉同登蟾窟。”

9. 蟾魄：月亮的别名。唐元稹《纪怀，赠李六户曹、崔十二功曹五十韵》：“华表当蟾魄，高楼挂玉绳。”

与月亮的形状有关

1. 玉轮：圆月如轮，故成月之别名。宋代卢炳《水龙吟》：“素娥睡起，玉轮稳驾，初离海表。”

2. 玉环：喻圆月。白居易《和栉沐寄道友》：“高星粲金粟，落月沉玉环。”

3. 冰镜：指月亮。宋代孔平仲《八月十六日玩月》：“团团冰镜吐清辉，今夜何如昨夜时。”

4. 玉钩：新月如钩，故有此喻。李白《挂席江上待月有怀》：“倏忽城西郭，青天悬玉钩。”

5. 玉镜：玉磨成的镜子，比喻明月。如宋代杨万里《月夜观雪》：“游遍琼楼霜欲晓，却将玉镜挂青天。”

6. 玉弓：比喻弯月。唐李贺《南园》：“寻章摘句老雕虫，晓月当帘挂玉弓。”

7. 冰轮：指明月。苏轼《宿九仙仙》：“夜半老僧呼客起，云峰缺处涌冰轮。”

8. 冰壶：指月亮或月光。元稹《献荥阳公诗五十韵》：“冰壶通皓雪，绮树眇晴烟。”

9. 冰盘：指月亮。宋代高观国《齐天乐》词：“素景中分，冰盘正溢，何啻婵娟千里。”

与嫦娥有关

1. 嫦娥：月宫女神，借指月亮。明唐寅《掬水月在手》：“玉纤弄水金钿湿，要捧嫦娥对面看。”

2. 素娥：嫦娥的代称，亦用作月的代称。李商隐《霜月》：“青女素娥俱耐冷，月中霜里斗婵娟。”

其他方式

1. 夜光：指月亮。如《楚辞·天问》：“夜光何德，死则又育？”

2. 玉宫：指月宫。唐代李贺《天上谣》：“玉宫桂树花未落，仙妾采香垂佩缨。”

3. 玉娇：指明月。宋代晏几道《清平乐》词：“恰是可怜时候，玉娇今夜初圆。”

念奴娇·赤壁怀古

大江东去，浪淘尽、千古风流人物。故垒西边，人道是、三国周郎赤壁。乱石穿空，惊涛拍岸，卷起千堆雪。江山如画，一时多少豪杰。

遥想公瑾当年，小乔初嫁了，雄姿英发。羽扇纶巾，谈笑间、樯橹灰飞烟灭。故国神游，多情应笑我，早生华发。人生如梦，一尊还酹江月。

注释 >>

[1] 大江：指长江。

[2] 故垒：黄州古老的城堡，推测可能是古战场的陈迹，过去遗留下来的营垒。

[3] 周郎：周瑜（175—210）字公瑾，庐江舒县（今安徽省庐江县西南）人。东汉末年东吴名将，因其相貌英俊而且年轻有为，故有“周郎”之称。周瑜精通军事，又精于音律，当时江东有“曲有误，周郎顾”之语。公元 208 年，孙、刘联军在周瑜的指挥下，于赤壁以火攻击败曹操的军队，此战也奠定了三分天下的基础。公元 210 年，周瑜因病去世，年仅 36 岁。

[4] 雪：比喻浪花。

[5] 小乔：乔玄的小女儿，琴棋书画样样精通，周瑜之妻；姐姐大乔为孙策之妻。两人均相貌娇美。

[6] 英发：英俊勃发。

[7] 羽扇纶（guān）巾：手摇羽扇，头戴纶巾。这是古代儒将的装束，词中形容周瑜从容儒雅。纶巾，古代配有青丝带的头巾。

[8] 樯橹：这里代指曹操的水军战船。樯，挂帆的桅杆。橹，划船工具，比桨大长，装在船尾或船边。

[9] 故国：这里指旧地，当年的赤壁战场。

[10] 华发：即“花发”，花白的头发。

[11] 尊：通“樽”，酒杯。

[12] 酹（lèi）：（古人祭奠）以酒浇在地上祭奠，这里指洒酒酬月，寄托自己落寞的心情。

赏析 >>

黄州城外的赤壁（鼻）矶风景优美，是文人凭吊之地。

这首《念奴娇》词作于神宗元丰五年（1082），苏轼时因“乌台诗案”

被贬黄州已三年。

咏史之词立足点能如此之高，写历史人物又如此之精妙，在诗词国度确实罕见。

词的上片抒发了词人对昔日英雄人物的无限怀念和敬仰之情，下片表达词人对自己坎坷人生的感慨之情。

起笔就高视阔步，气势沉雄。

站在大江边上的赤壁旧址前，看到滚滚东去的流水，当然想到了千古英雄，他们叱咤风云烜赫一时，俨然时代的骄子。但是英雄总被雨打风吹去。说“浪淘尽”，一语双关，这“浪”也是历史之浪。

故垒西边，交代地理位置。为何要说“人道是”？原来长江上赤壁遗址不止一处，对哪一处是真的一直存有争议。有黄冈县的赤壁，有蒲圻县的赤壁，据说武昌县东南也有赤壁，汉阳县有个地方也叫赤壁。诗人不同于考证家，也不需要繁琐的考证，所以用这三个字轻轻带过了。“三国周郎赤壁”，诗人对历史人物的关注集中在一个点上——周瑜。

接着写乱石仿佛要穿破天空，惊涛猛烈地拍击江岸，乱石和惊涛展开搏斗，卷起了堆堆雪浪花，忽起忽落，此起彼伏，蔚为壮观。

再由眼前之景象展开想象，这如画江山，在那个风起云涌的三国时代有多少俊杰之士在此纵横驰骋啊，这自然引起诗人的怀古幽情，尤其是对周郎的仰慕。

风度娴雅，胸有韬略，指挥若定。

再然后转入对自己身世的感慨。多情应笑我，是应笑我多情，嘲笑自己自作多情。且因多情而早生了白发。想起周瑜当年在这里建功立业时只有 34 岁，而自己已经 46 岁了，只能在赤壁矶头怀古高歌，空发议论，使人不禁悲从中来，感慨万端了。

结句语调相当低沉、感伤，人生如梦般虚幻，不是么？开头说的“浪淘尽、千古风流人物”，连周郎般风流人物都免不了被“浪淘尽”，自己又何必过分执着呢？语虽消沉，却是苏轼当时内心世界的真实流露。“一尊还酹江月”，借酒浇胸中块垒，与己为伴的却只有映在江中的冷月啊！东坡当时心中的凄凉可想而知。

胡仔在《苕溪渔隐丛话》中说：东坡“大江东去”赤壁词，语意高妙，真古今绝唱。

后山诗话谓：“子瞻佳词最多，其时杰出者，如“大江东去，浪淘尽千古风流人物。”——赤壁词，……凡此十馀词，皆绝去笔墨畦径间，直造古人不到之处，真可使人一唱而三叹。

链接>>

苏轼词风的变化

苏轼词风可分三类：

(1) 豪放风格。这是苏轼早年因为政治理想而故意追求的风格，他以充沛激昂抑或悲凉的感情融入词中，写人状物以慷慨豪迈的形象和阔大雄壮的场面取胜，代表作有《江城子·密州出猎》，《水调歌头》(明月几时有）等。

(2) 旷达风格。这是最能代表苏轼思想和性格特点的词风。

(3) 婉约风格。苏轼婉约词的数量在其词的总数中占多数，这些词感情纯正深婉，格调清新高迈，是对传统婉约词的继承和发展。

苏轼创作出现明显变化是从“乌台诗案”开始的，这种变化又表现在两个方面。

首先，在题材上，前期的作品主要反映了苏轼的“具体的政治忧患”，而后期作品则将侧重点转移到“宽广的人生忧患”。被贬到黄州后，他作品题材变得异常广泛，内容极其丰富，反映地方人情风貌，抒发许多人生感悟等。他前期崇尚儒家所提倡的社会责任，关心民生疾苦，经受挫折之后，又融入道家、佛教思想，过上真正的乡居生活，且乐趣无穷。

其次在词作风格上，前期的作品大气磅礴、豪放奔腾如洪水破堤一泻千里；而后期的作品则逐渐磨平了青年与壮年时的锐气，变得沉静平和、空灵隽永、朴质清淡、智慧超脱。

临江仙·夜归临皋

夜饮东坡醒复醉，归来仿佛三更。家童鼻息已雷鸣。敲门都不应，倚杖听江声。

长恨此身非我有，何时忘却营营？夜阑风静縠纹平。小舟从此逝，江海寄余生。

注释 >>

[1] 临皋：在湖北黄冈市南江边，苏轼曾寓居于此。

[2] 东坡：苏轼在黄州城东开垦的一片荒坡地，后又据此自号东坡居士。

[3] 营营：为生计劳碌奔忙，引申为钻营追逐。

[4] 縠（hú）纹：形容水波微细。縠，有皱纹的纱，此处比喻细微的水波。

[5] 宋叶梦得在《避暑录话》中说：苏轼在黄州"与数客饮江上，夜归。江面际天，风露浩然，有当其意，乃作歌词，所谓'夜阑风静縠纹平。小舟从此逝，江海寄余生'者，与客大歌数过而散。翌日喧传子瞻夜作此词，挂冠服江边，拏舟长啸而去矣。郡守徐君猷闻之，惊且惧，以为州失罪人。急命驾往谒，则子瞻鼻鼾如雷，犹未兴也。然此语卒传至京师，虽裕陵（神宗）亦闻而疑之"。

赏析 >>

此词以夜饮醉归这件生活小事为由，即兴抒怀，表现了作者谪居黄州时期旷达而又感伤的复杂心境。

上片叙写于东坡豪饮后醉归临皋的经过。

前两句点明了词人夜饮的地点和醉酒的程度，醉而复醒，醒而复醉，可见是一醉方休的畅饮了，"仿佛"二字，刻画出词人醉眼蒙眬之态，真切传神。回到寓所连连敲门，然小童因等不及主人夜深归来，酣睡已久，鼾声如雷，于叩门声全然不觉。于是，词人索性不再敲门，当此万籁俱寂的深夜，转而拄杖临江，细听涛声。

这一生活细节，是词人独特个性和旷达人生态度的又一次显现。

下片写词人面对平静的江面，幻想着能如范蠡一样，驾一叶扁舟，远离尘世喧嚣，在江湖深处安闲地度过自己的余生。此即孔子“道不行，乘桴浮于海”（《论语・公冶长》）之意，体现了作者当时渴望得到精神自由和灵魂解脱的心境。

在电视剧《苏东坡》中，一向达观的苏轼经历了乌台诗案，戴罪被贬黄州还要遭受吴判官诬陷，他借酒浇愁，情不能自已，作此词，一夜未归，不见踪影，家人和州府到处寻找，生死不明，很多人判定他已经投水自尽了，只在地上留下他用树枝写的两句诗：小舟从此逝，江海寄余生。看到这里观者禁不住泪流满面……

李泽厚先生在解读此词时说：苏轼一生并未退隐，也从未真正归田，但他通过诗文所表达出来的那种人生空漠之感，却比前人任何口头上或事实上的退隐归田遁世要更深刻更沉重。因为，苏轼诗文中所表达出来的这种退隐心绪，已不只是对政治的退避，而是一种对社会的退避。无论是人间天上，抑或是廊庙江湖，对于苏轼来说均是外部世界，本无区别；他最后的归宿只能是自己的内心世界，所谓“小舟从此逝，江海寄余生”，实际只是词人希望获得精神解脱的一种象喻。（《美的历程》）

胡仔在《苕溪渔隐丛话》中云：东坡词皆绝去笔墨畦径间，直造古人不到处，真可使人一唱而三叹。

链接＞＞

全才豪士轶事及评价六则

不慕名利，谦虚做人——名字由来

兄弟俩为什么叫苏轼和苏辙呢？根据他们的字来解释，应该是，苏轼，字子瞻，轼者，为瞻之有凭。苏辙，字子由，辙者，为由之有据。

也有这样的传说解释此事——

他们的父亲苏洵性格非常豪爽，但他感到这种性格不适应当时的社会，他希望儿子们不要像自己。比如一辆车，其轮子、车辐、顶棚、车体都很有用处，只有“轼”就是车厢前面用作扶手的横木，虽然实用性不强，但少了它车子就不完整了。他给长子取名“轼”，是希望他收敛锋芒，做一个对国家对社会有用的普通人，不要追求高官厚禄，扬名天下；而“辙”是指车轮留下的痕迹，车的功劳永远记不到辙的头上，意思也是要儿子不慕名利，谦虚谨慎地做人做事。

年少轻狂

苏东坡少年时读了一些书，因为聪慧，常得到师长赞扬。他颇为自负地在自己房前贴了一副对联：“识遍天下字，读尽人间书。”后一白发老妪持一深奥古书拜访苏轼，苏轼不识书中的字，老妪借此婉转批评了苏轼，于是苏轼把对联改为“发愤识遍天下字，立志读尽人间书”，用以自勉，被传为美谈。

东坡肉

苏轼被贬黄州的时候，有著名的《猪肉颂》打油诗：“黄州好猪肉，价钱等粪土。富者不肯吃，贫者不解煮。慢著火，少著水，火候足时它自美。每日起来打一碗，饱得自家君莫管。”这里的“慢著火，少著水，火候足时它自美”，就是著名的东坡肉烹调方法了。苏东坡后来任杭州太守深受百姓爱戴，而这“东坡肉”也跟着沾光，名噪杭州，成了当地的一道名菜。

用林徽因诗句赞颂苏轼三位夫人

你是爱——第一任夫人王弗；
你是暖——第二任夫人患难之妻王闰之；
你是希望，你是人间四月天——红颜知己第三位夫人王朝云。

文坛全才

他在文学艺术方面堪称全才。其文汪洋恣肆，明白畅达，与欧阳修并称“欧苏”，为“唐宋八大家”之一；诗清新豪健，善用夸张比喻，在艺术表现方面独具风格，与黄庭坚并称“苏黄”；其词开豪放一派，对后代有很大影响，与辛弃疾并称“苏辛”；书法擅长行书、楷书，能自创新意，用笔丰腴跌宕，有天真烂漫之趣，与黄庭坚、米芾、蔡襄并称“宋书四家”；画学文同，喜作枯木怪石，论画主张神似。

很多男词人情感空间和他的婚姻空间常常会分离开来。苏轼试图把情感空间和婚姻空间做某种程度的结合，他是从真情上去描述的。

他著有《苏东坡全集》和《东坡乐府》等。其文 4800 多篇，诗 2700 首，词 362 首。

开创豪放词风

在他之前，词坛上已经硕果累累：晚唐的温庭筠、韦庄；五代以来，工于感慨的李后主，善探幽窈的冯延巳，都不愧为一代大家。入宋以后，词学大兴，范仲淹的边塞之作，晏殊的人生几何之叹，欧阳修的婉转言情，柳永的长篇铺叙，个个都达到高度成就。可以说，词坛的正宗——婉约派，在一百多年的发展演化中，群芳竞放，各擅胜场，称得上“蔚为壮观”。

苏轼独树一帜，开一派先河，他所创立的豪放派词风，全面拓宽了词的疆域，使得之前不被文坛重视的词可以登上大雅之堂，和古体诗、近体诗分庭抗礼了。

国学大师王国维对苏轼的词作推崇备至，在其《人间词话》中就曾多次评价苏轼的词作和成就。

在第四十四则中：东坡之词旷，稼轩之词豪。无二人之胸襟而学其词，犹东施之效捧心也。

在第四十五则中：读东坡、稼轩词，须观其雅量高致，有伯夷、柳下惠之风。白石虽似蝉蜕尘埃，然终不免局促辕下。

定　风　波

三月七日，沙湖道中遇雨。雨具先去，同行皆狼狈，余独不觉。已而遂晴，故作此词。

莫听穿林打叶声，何妨吟啸且徐行。竹杖芒鞋轻胜马，谁怕？一蓑烟雨任平生。

料峭春风吹酒醒，微冷，山头斜照却相迎。回首向来萧瑟处，归去，也无风雨也无晴。

注释>>

[1] 芒鞋：草鞋。

[2] 一蓑烟雨任平生：披着蓑衣在风雨里过一辈子也处之泰然。一蓑，蓑衣，用棕制成的雨披。

[3] 料峭：形容风冷，寒凉，多形容早春微寒。

[4] 萧瑟：凄冷。

赏析>>

此词作于苏轼黄州之贬后的第三个春天。纵观全词，一种超脱喜悲成败的人生哲学和处世态度呈现在我们面前。读罢此词，人生的沉浮、情感的忧乐，在我们的心中自会有一番全新的体悟。

它通过野外途中偶遇风雨这一生活中的小事，表现自己对待命运穷达任其自然、旷达乐观的情怀。于简朴中见深意，表现出旷达超脱的胸襟，寄寓着超凡脱俗的人生理想。

词中“莫听”“何妨”“谁怕”“任平生”是关键词，写出独立的人格精神，而风雨则暗喻生活中的苦难。

郑文焯在《手批东坡乐府》中写道：此足征是翁坦荡之怀，任天而动，琢句亦瘦逸，能道眼前景。以曲笔直写胸臆，倚声能事尽之矣。

链接>>

康震评苏轼：被贬黄州时潇洒在何处

黄州的东坡居士虽然经受着物质与精神生活的煎熬，但他对黄州赤壁的三次咏唱却带给我们美的享受、真的思考与善的情怀。

被贬黄州是苏轼政治生涯中的一个低谷，却也是他精神历程中的一次升华。在这座远离政治中心东京（今河南开封）的江边小城里，苏轼一方面积极解决生活中的困难，一方面认真反思性格上的弱点，闭塞的环境反而成就了伟大的心灵，黄州也成为苏轼文学创作的一个圣地。面对滚滚东逝的长江水，回想世事变迁、宦海沉浮的人生历程，苏轼把对历史和人生的感悟都凝聚在了长江边的赤壁，发出了响彻千古的旷达之音。东坡、雪堂、赤壁是苏轼在黄州的三个精神象征。东坡代表苏轼自耕自给的务实精神，雪堂代表苏轼勤奋著述的思想境界，而赤壁则代表他超逸洒脱的文学风采。

苏轼在黄州的所言所思、所作所为，都会令我们情不自禁地思考这样一个问题：黄州的苏轼到底潇洒在何处？他耕种土地、走进厨房、广交朋友、慈悲为怀；他撰写著作、勤奋读书、强身健体、反躬自省。黄州的苏轼没有颓废，没有在黑暗的角落里独自咬牙切齿，而是尽可能地反思自己的过去，充分适应现实的处境，努力创造生活的乐趣，积极探求生命的意义与价值，他要努力使自己成为艰苦生活的主人而不是奴隶，这也许就是我们所说的黄州苏轼的潇洒与成熟。

卜算子·黄州定慧院寓居作

缺月挂疏桐，漏断人初静。谁见幽人独往来，缥缈孤鸿影。
惊起却回头，有恨无人省。拣尽寒枝不肯栖，寂寞沙洲冷。

注释>>

[1] 卜算子：词牌名。

[2] 漏断：即指深夜。漏，指古人计时用的漏壶。幽人：指隐者，作者自指。

[3] 省（xǐng）：了解。

赏析>>

这首词是元丰五年（1082）十二月苏轼初贬黄州寓居定慧院时所作。词人借月夜孤鸿这一意象，表现自己孤高自许、蔑视流俗的心境。

结合苏轼被贬黄州以后的处境，一举一动都要受到监视，谈不到什么言论自由。这时的他忧谗畏讥而又不肯屈志随俗，又感到自己像屈原一样“系心君国，不忘欲返”的矛盾心理，是难以自制而又无从声诉的，也就只能托物寓兴，借以稍抒其抑塞不平之气。

上阕前两句营造了一个夜深人静、月挂疏桐的孤寂氛围，为幽人、孤鸿的出场作铺垫。这两句出笔不凡，渲染出一种孤标出尘的氛围。接下来的两句，先是点出一位独来独往、心事浩茫的“幽人”形象，随即轻灵飞动地由“幽人”而孤鸿，让人联想到：“幽人”那孤冷的心境，不正像缥缈若仙的孤鸿之影吗？这两句，既是实写，又通过人、鸟形象的对应、嫁接，极富象征意味地强化了“幽人”的超凡脱俗。

下阕便专写孤鸿遭遇。心怀幽恨，惊恐不已，高枝惧寒，无法托身，只好落宿于寂寞荒冷的沙洲。词人匠心独运地通过鸿孤独缥缈，惊起回头、怀抱幽恨和选求宿处，表达了作者贬谪黄州时期的孤单凄冷的处境和高洁自许、不愿随波逐流的心境。作者与孤鸿已经物我合一，词人采用拟人化的手法表现孤鸿的心理活动，从而使自己的主观感情得以物象化，显示了高超的艺术技巧。

此词备受后人推崇，如《山谷题跋》有云，“语意高妙，似非吃烟火食人语”，而“非胸中有数万卷书，笔下无一点俗气”则不能到。

链接>>

东坡赋词悼痴女

据《宋六十名家词·东坡词》载，此词还有一序，讲的是一个凄美的故事。

惠州有温都监女，颇有色。年十六，不肯嫁人。闻坡至，甚喜。每夜闻坡讽咏，则徘徊窗下，坡觉而推窗，则其女逾墙而去。坡从而物色之曰："当呼王郎，与之子为姻。"未几，而坡过海，女遂卒，葬于沙滩侧。坡回惠，为赋此词。

原来，惠州兵马督监温某有一女，颇有姿色，及笄后，犹不肯嫁人。东坡居惠州后，其女私心窃许："此吾夫婿也。"东坡对此并不知晓，但辄见一女子徘徊于居处附近，有时猛一推窗，其女则匆遽离去，翩若惊鸿；有时月下吟咏，亦似觉有人在旁。东坡始觉蹊跷，明察暗访，方知其女心思。遂多次好言劝慰，得其女首肯，为她择一佳婿。未几，东坡贬至琼州，此事亦不了了之。待东坡返回惠州时，其女业已亡故。遗体埋葬在沙洲之畔。只见黄土一堆，个中幽怨可想而知。于是，东坡为其作《卜算子》(缺月挂疏桐）一词，以寄托哀思。

这是目前词坛对这首《卜算子》的另一种解读，有传奇色彩，但其实不太能令人信服，聊作一解吧。

江城子·密州出猎

老夫聊发少年狂。左牵黄，右擎苍。锦帽貂裘，千骑卷平冈。为报倾城随太守，亲射虎，看孙郎。

酒酣胸胆尚开张。鬓微霜，又何妨！持节云中，何日遣冯唐？会挽雕弓如满月，西北望，射天狼。

注释 >>

[1] 老夫：作者自称，时年三十九岁。聊：姑且。狂：豪情。

[2] 左牵黄，右擎苍：左手牵着黄狗，右臂擎着苍鹰，形容围猎时用以追捕猎物的架势。

[3] 锦帽貂裘：名词作动词使用，头戴着华美鲜艳的帽子。貂裘，身穿貂鼠皮衣，是汉羽林军穿的服装。

[4] 千骑卷平冈：千骑奔驰，腾空越野。千骑（jì），形容从骑之多。平冈，指山

脊平坦处。

[5] 为报倾城随太守，亲射虎，看孙郎：为了酬答满城人都随同去看打猎的太守，我要亲自射虎，英姿壮似当年射虎的孙郎。倾，全部。亲射虎，看孙郎，为“看孙郎，亲射虎”的倒装句。孙郎，孙权，这里作者自喻。

[6] 持节云中，何日遣冯唐：是说朝廷何日派遣冯唐去云中郡赦免魏尚的罪呢？苏轼此时因政治上处境不好，调密州太守，故以魏尚自许，希望能得到朝廷的重用。

[7] 节：兵符，带着传达命令的符节。持节，是奉有朝廷重大使命。云中：汉时郡名，今内蒙古自治区托克托县一带，包括山西省西北一部分地区。

[8] 会挽雕弓如满月：会，会当，将要。挽，拉。雕弓，弓背上有雕花的弓。满月，圆月。

[9] 天狼：星名，一称犬星，旧说指侵略，这里引指西夏。词中以之隐喻侵犯北宋边境的辽国与西夏。

赏析 >>

这首词是苏轼较早的豪放词，作于熙宁八年（1075）冬，当时苏轼知密州。据《东坡纪年录》记载：“乙卯冬，祭常山回，与同官习射放鹰作。”

苏轼在此词写就后数日给他的朋友鲜于子骏的信中说：“近却颇作小词，虽无柳七郎风味，亦自是一家，呵呵。数日前猎于郊外，所获颇多。作得一阕，令东州壮士抵掌顿足而歌之，吹笛击鼓以为节，颇壮观也。”

上阕着力描写出猎的阵势，豪兴勃发，气势恢宏。“狂”字是核心，虽是聊发，却缘自真实。苏轼外任或谪居时期常常以“疏狂”“狂”“老狂”自况。

他写这首词时仅 39 岁，却自称“老夫”，此中意味，需要特别体会。

“为报”句写出太守与密州百姓的亲切关系和颇为自负的豪情。

下阕抒写为国效力的愿望。

从熙宁三年到七年，辽和西夏数次南侵，北宋政府割地赔银，丧权辱国，令许多爱国之士义愤难平。故苏轼借出猎的豪兴，将深隐心中的夙愿和盘托出，其“狂”字下面潜涵的赤诚令人肃然起敬。

词中一连串表现动态的词如发、牵、擎、卷、射、挽、望等，都十分具有表现力。

在这首词中，苏轼抒发了为国效力的强烈愿望。庆幸的是，元祐七年(1092)，在他五十七岁的这年七月，苏轼担任了兵部尚书，指挥抗击西夏，大获全胜，证明了他在军事指挥上的才能。

这首词在偎红倚翠、浅斟低唱之风盛行的北宋词坛可谓别具一格，对南宋爱国词有直接影响。

高原教授说：凡是可以写诗的内容，无一不可以入词。词王东坡，其体始尊，从此词与诗并驾齐驱的地位逐渐得到了确认。从这个角度看，东坡这首《江城子》在词的发展史上有着里程碑的意义。

链接>>

"持节云中，何日遣冯唐"典故

典出《史记·冯唐列传》。汉文帝时，魏尚为云中（汉时的郡名，在今内蒙古自治区托克托县一带，包括山西西北部分地区）太守。他爱惜士卒，优待军吏，匈奴远避。匈奴曾一度来犯，魏尚亲自率车骑出击，所杀甚众。后因报功文书上所载杀敌的数字与实际不合（虚报了六个），被削职。经冯唐代为辩白后，认为判得过重，文帝就派冯唐"持节"（带着传达圣旨的符节）去赦免魏尚的罪，让魏尚仍然担任云中郡太守。

江　城　子

乙卯（mǎo）正（zhēng）月二十日夜记梦。

十年生死两茫茫，不思量，自难忘。千里孤坟，无处话凄凉。纵使相逢应不识，尘满面，鬓如霜。

夜来幽梦忽还乡，小轩窗，正梳妆。相顾无言，惟有泪千行。料得年年肠断处，明月夜，短松冈。

注释 >>

[1] 乙卯：公元 1075 年，即北宋熙宁八年。

[2] 十年：指结发妻子王弗去世已十年。

[3] 千里：王弗葬地四川眉山与苏轼任所山东密州，相隔遥远，故称“千里”。

[4] 孤坟：指其妻王氏之墓。

[5] 幽梦：梦境隐约，故云“幽梦”。

[6] 小轩窗：此指小室的窗前，轩，门窗。

[7] 短松冈：长满矮松的山冈，苏轼葬妻之地。短松，矮松。

赏析 >>

苏轼 19 岁时，与 16 岁的王弗结婚。王弗娇美温柔，且侍亲甚孝，二人恩爱情深。可惜天命无常，王弗 26 岁就去世了。这对苏轼是莫大的打击，其心中的沉痛，精神上的痛苦，是不言而喻的。

苏轼在《亡妻王氏墓志铭》里说：“治平二年（1065）五月丁亥，赵郡苏轼之妻王氏（名弗），卒于京师。六月甲午，殡于京城之西。其明年六月壬午，葬于眉之东北彭山县安镇乡可龙里，先君、先夫人墓之西北八步。”于平静语气下，寓绝大沉痛。

熙宁八年（1075），东坡来到密州，正月二十日夜晚，苏轼做了一个梦，梦见与亡妻往日的缠绵，醒来不禁泪下，作了这首有名的《江城子·乙卯正月二十日记梦》，追念亡妻。

这首词明白晓畅，一读就懂，于是近千年来，感动了一代又一代读者，让人读之泪下。

词前小序写道：乙卯正月二十日夜记梦。从他记下明确的时间，我们也可以看出苏轼对亡妻的怀念之深，亡妻在苏轼心中的地位之重。

茫茫十年，生死两隔，害怕追想，依然难忘。魂牵梦萦，挥之不去。痛定思痛，痛何如哉？

鲁迅说过，长歌当哭，是须在痛定之后的；苏轼的丧妻之痛，在他的心里苦苦积郁了十年。没有十年的积郁，我们能看到“十年生死两茫茫”这首让铁石心肠的人也要落泪的词吗？

逝者留给生者的是永恒不变的回忆，而岁月却不住地给活着的人添加着憔悴与衰老，“纵使相逢应不识”，这真是生者的悲剧。所以在梦中见到一如当年临轩梳妆的倩影，词人只有百感交集，泪眼相对了。而“相顾无言”“话凄凉”，错过了如此短暂而珍贵的机会，词人醒后，又该是何等的惆怅！

词人梦醒，肝肠寸断，但词人却反从亡妻着笔：“料得年年肠断处，明月夜，短松冈”，伉俪情深，缠绵悱恻，悲凉之气侵人毛骨。

唐圭璋在《唐宋词简释》中说：此首为公悼亡之作。真情郁勃，句句沉痛，而音响凄厉，陈后山（陈师道）所谓“有声当彻天，有泪当彻泉”也。

王方俊在《唐宋词赏析》中说：此词通篇采用白描手法，娓娓诉说自己的心情和梦境，抒发自己对亡妻的深情。情真意切，全不见雕琢痕迹；语言朴素，寓意却十分深刻。

复旦大学教授王水照先生评这首词：“含悲带泪，字字真情，将满腔思念倾注于笔端，创造出缠绵悱恻浓挚悲凉的感人意境。”

链接 >>

深情难忘糟糠妻——王弗

王弗，四川眉山青神人，乡贡进士王方之女。皇祐六年（1054），19岁的苏轼迎娶了16岁的王弗。

嘉祐元年（1056），婚后二年的苏轼与弟苏辙随父出川进京赶考，夫人留家。嘉祐二年（1057）苏轼与弟苏辙同获进士及第后奔母丧回蜀，夫妇重见。嘉祐六年（1061）苏轼带王弗进京，又同赴凤翔任职。凤翔任满后于治平二年（1065）正月回到京城，当年5月8日，王弗去世，年仅26岁，遗有一子苏迈，年方六岁。其时，苏轼29岁。

满打满算，两人共同生活不足十年。未到中年已丧妻，心中哪有不痛之理？哀痛及思念之情向谁诉？子年幼，母已逝，父垂老，远离家乡，苏轼只能将其诉诸笔端。

王弗逝后，进士及第的苏轼已官至六品，名气颇大，续娶官宦之女根本不成问题，但是他却偏偏娶了一名村姑——王闰之，而她，又恰恰是王弗的堂妹，这难道不是为王弗的孩子苏迈着想和对王弗的另一方式的怀念吗？

在王弗的墓旁，苏轼“手植青松三万栽”这需要多少的耐力与心血啊？用情之深，莫过如此！他是想用他亲手栽种的这些松树代替自己静静守候在爱妻的身边！晚年苏轼决定定居常州时，更是让人不远万里从家乡眉州移植了一棵酷似梅树的铁海棠种在自己的书房前，以便每日出门都能看到，这其中的深意，能有几人心领神会呢？这棵铁海棠正是他的爱妻王弗的象征啊！诚如安意如所言：“不是，每个人，在蓦然回首时，都有机会看见灯火阑珊处等候的那个人。于是，只能在回忆里众里寻他千百度。相爱亦如造梦，死去的或者离开的，梦醒不醒都万事皆休。活着的，留在梦境里走不出来的那个人才是最痛苦的。被回忆留下来回忆两个人的一切……”

蝶　恋　花

花褪残红青杏小。燕子飞时，绿水人家绕。枝上柳绵吹又少，天涯何处无芳草！

墙里秋千墙外道。墙外行人，墙里佳人笑。笑渐不闻声渐悄，多情却被无情恼。

注释>>

［1］花褪残红：褪，脱去。花褪残红即花瓣落尽。青杏：未熟的杏子，因颜色青绿，俗称青杏。杏树一般四月上旬萌芽，中旬开花，至五月上旬，杏花凋谢，青杏结于枝头。

［2］柳绵：即柳絮。

［3］“何处无芳草”句：谓春光已晚，芳草长遍天涯。

赏析 >>

以豪放著称的苏轼，也常有清新婉丽之作，这首《蝶恋花·春景》就比较典型。

我们在生活中常听到有人劝慰处于青春苦闷期的少男少女们：不要愁，正当青春年华，天涯何处无芳草！这里“芳草”指的是心中的佳人，这句诗能给处于爱情苦闷期的青年很好的安慰。

现在读这首词，我们分明看到一出有意思的闹剧。

上片写初夏景物，春天已逝，花朵褪去，结出的青杏还很小，正当燕子飞来飞去之时，一条绿水绕着村舍流过，柳枝上柳绵还在飘着，纵使走遍天涯，哪里没有茂盛的芳草呢？主人公已经出现了。

下片在写如此清丽环境中的一个小闹剧，那路上的多情人反被无情人撩拨起来。

原来在那一堵墙之隔的两边，里面的秋千架上，几个少女在荡着秋千，清纯和喜悦洋溢在她们的脸上，串串银铃般的笑声随着秋千的升落在空中飞扬，走在墙外边行人道上的青年当然看得见她们。看着看着，情不自禁地就叫了起来：嗨，美女你好！

按一般道理来说，女孩子当然希望别人夸奖自己青春美貌，当今不是有很多美女注重街上的回头率吗？可是，这一次喊她们“美女”的青年书生并非自己心仪的那一种，而且这个喊了一声的青年还给她一种轻浮之嫌。所以被称赞的少女收敛起笑声，和她的女友们一起小声私语，笑声自然听不到了，那飘飘荡起的美丽倩影也看不到了。

想来墙外路上的那个青年情思被撩拨起来。也许此时，与他同行的老兄会劝他：“老弟莫为情烦恼，天涯何处无芳草？”

台湾学者蒋勋认为下片写一个男子几乎是以偷窥的方式去看女子荡秋千，大概是中国文学里少有的一种活泼俏皮的美学经验。

观赏电视剧《苏东坡》知道，原来苏轼的侍妾、红颜知己王朝云也特别喜欢这首词，而且对其中的“枝上柳绵吹又少，天涯何处无芳草”二句有特别的感悟。

王士禛所说的“枝上柳绵，恐屯田缘情绮靡，未必能过”。《花草蒙拾》指出本词与风格婉约的柳永词不相上下。

链接 >>

悲秋与伤春

《词林纪事》卷五引《林下词谈》云：子瞻在惠州，与朝云闲坐。时青女（指秋霜）初至，落木萧萧，凄然有悲秋之意。命朝云把大白，唱“花褪残红”。朝云歌喉将啭，泪满衣襟。子瞻诘其故，答曰：“奴所不能歌，是‘枝上柳绵吹又少，天涯何处无芳草’也。”子瞻翻然大笑曰：“是吾正悲秋，而汝又伤春矣。”遂罢。朝云不久抱疾而亡。子瞻终身不复听此词。

浣　溪　沙

游蕲水清泉寺，寺临兰溪，溪水西流。

山下兰芽短浸溪，松间沙路净无泥，潇潇暮雨子规啼。
谁道人生无再少？门前流水尚能西，休将白发唱黄鸡。

注释 >>

[1] 蕲（qí）水：县名，今湖北省浠水县。苏轼此时与医人庞安时（字安常）同游。

[2] 无再少：不能再回到少年时代。

[3] 白发：老年。

[4] 唱黄鸡：感慨时光的流逝，因黄鸡可以报晓，表示时光的流逝。

赏析 >>

这首词被选入初中语文课本，是因为构思的别出心裁，借自然现象写出了人生新意。表达作者热爱生活、旷达乐观的人生态度。整首词如同一首意气风发的生命交响乐，一篇老骥伏枥、志在千里的宣言书，流露出对青春活力的召唤，对未来的向往和追求，读之令人奋发自强。

上阕写暮春三月兰溪幽雅的风光和环境：山下小溪潺湲，岸边的兰草刚刚萌生娇嫩的幼芽。松林间的沙路，仿佛经过清泉冲刷，一尘不染，异常洁净。傍晚细雨潇潇，寺外传来了杜鹃的啼声。作者选取几种富有特征的景物，描绘出一幅明丽、清新的风景画，令人若身临其境，心旷神怡。

下阕迸发出使人感奋的议论。这种议论不是抽象的、概念化的，而是即景取喻，以富有情韵的语言，表达相关的人生哲理。"谁道"两句，以反诘唤起，以借喻回答。结尾两句以溪水西流的个别现象，即景生感，借端抒怀，自我勉励，表达出词人穷且益坚、自强不息的精神。

陈廷焯在《白雨斋词话》中谓："愈悲郁，愈豪放，愈忠厚，令我神往。"

链接 >>

流向奇特的"蕲水"

蕲水，黄冈境内五水（古称西阳五水）之一，又称蕲河。如果把蕲春县地图比作一片树叶，那蕲河就是这片叶上的主脉，大大小小的支流布满全境。蕲河水犹如甘甜的乳汁，滋润了蕲春这片热土，养育了世世代代蕲春人。蕲河是蕲春人的母亲河。

蕲水自东北向西南流贯全县，长 117.8 公里，接纳大小支流 550 条，其中 10 公里以上的支流 13 条，5～10 公里 49 条，5 公里以下 488 条。较大支流西岸有狮子河、株林河、许家河、沙河；东岸有檀林河、孙冲河、白水河、桐梓河、莲花河。全县除彭思河、关沙河、邓信河等少数几条河的水不流入蕲河外，其他均属蕲河水系。

中国河流因地势西高东低而大多由西向东流，也有河流由北向南流，却极少有河流呈东北向西南流，所以蕲水的流向是奇特的。

正是基于这奇特的流向，词人才能从中发现人生也能"再少"，进而生发出老当益壮、自强不息的新意。

墙里秋千墙外道，墙外行人，墙里佳人笑　汪晓彬 绘

借水寄情唤新爱

——李之仪《卜算子》

李之仪（1038—1117），字端叔，北宋词人。哲宗元祐初为枢密院编修官，通判原州。徽宗初年，以文章获罪，被贬到太平州（今安徽当涂）。他的词以小令见长，有《姑溪词》。

卜　算　子

我住长江头，君住长江尾。日日思君不见君，共饮长江水。
此水几时休？此恨何时已？只愿君心似我心，定不负相思意。

注释 >>

[1] 长江头：指长江上游。

[2] 长江尾：指长江下游。

赏析 >>

借水寄情，始于建安诗人徐幹的《室思》：“思君如流水，何有穷已时。”

词的抒情主人公是一位深于情、专于情的人。其芳心早已有所属，但心上人却与她天各一方，别多会少。

“我住长江头”二句便揭示他们之间的地理距离，言外颇有憾恨之意。

“日日思君不见君”句则将这种憾恨之意和盘托出，令人想见女主人公徒自伫立江头，翘首企盼的怨望情态。“共饮长江水”句复作自我慰藉：两地情思，一水相牵；既然同饮长江之水，自必心息相通。

“此水几时休”二句仍旧寄情江水，却又推进一层，以江水之永无竭时，比喻离恨之永无绝期。“只愿君心似我心”二句是主人公对心上人的期望，期望他像自己一样心无旁骛，守情不移。“只愿”二字，既表明主人公别无所求，但求两情天长地久，也透露出其内心唯恐对方负心的隐忧。

全词围绕着长江水，表达男女相爱的思念和分离的怨愁，上片写相离之远与相思之切。下片写女主人公对爱情的执着追求与热切期望。

全词是一首情意绵绵的恋歌，开头以长江之水起兴，抒恋情，构思新颖，比喻巧妙，明白如话，深得民歌神韵。

毛晋在《姑溪词跋》中推许作者“长于淡语、景语、情语”，并称赞此词“真是古乐府俊语矣”，堪称中的之论。

薛砺若在《宋词通论》中说：李之仪的词，很隽美俏丽，另具一个独特的风调。他的《卜算子》，写得极质朴精美，宛如《子夜歌》与《古诗十九首》的真挚。

链接 >>

关于此词的写作背景

丧妻失子，特别是妻子胡文柔的病逝，让李之仪伤心欲绝，因为她是伴随李之仪走过坎坷岁月的忠实伴侣，通经史、精算数，连北宋著名学者、科学家沈括每每遇到数学难题都要向她请教的才女。妻子死了，李之仪的精神垮了。

但是，苍天有眼，偏偏不让他就此消沉。就在这个时期，当涂一位名叫杨姝的绝色歌妓闯入了他的生活。对诗词共同的爱好，对时局共同的看法，使他们互为知己，心心相印，他偕杨姝游青山、游藏云山、游凌云山、游姑溪河，相互唱和，互赠诗文，“以诗文自娱”。新的爱情之光，照亮了他的生命，给了他重新生活的动力。但是，这样的爱情能够长远吗？他可是一个戴罪之臣啊！一个晚风轻拂的黄昏，他独自来到钓鱼台，近看春水如蓝的姑溪河，远眺暮色苍茫的长江，一股酸楚袭上心头，诗情萌动胸中，他吟出了这首《卜算子》。这是具有当涂民歌风味的经典爱情诗词，这是在极度痛苦中对爱情的深切呼唤。磨难出诗人，正如南宋女词人李清照在极度孤寂和痛苦的境遇中，吟出了千古绝唱《声声慢》一样，李之仪也以这首词成了词坛翘楚。

唤春惜春见童趣

——黄庭坚的《清平乐》

黄庭坚（1045－1105），字鲁直，自号山谷道人，洪州分宁（今江西修水）人。北宋诗人、词人、书法家，为盛极一时的“江西诗派”开山之祖，诗歌方面，他与苏轼并称为“苏黄”；书法方面，他则与苏轼、米芾、蔡襄并称为“宋代四大家”；词作方面，与秦观并称“秦黄”。

清　平　乐

春归何处？寂寞无行路。若有人知春去处，唤取归来同住。

春无踪迹谁知？除非问取黄鹂。百啭无人能解，因风飞过蔷薇。

注释＞＞

[1] 黄鹂：鸟，也叫仓鹒，黄莺，黄鸟，体羽一般由金黄色的羽毛组成，叫声清脆悦耳。

[2] 啭：鸟婉转地鸣叫。

[3] 蔷薇：是一种蔓藤爬篱笆的小花，花盘环绕萼筒口部，有红色、白色、黄色等多种颜色。

赏析＞＞

这首小词情趣盎然，以自问自答的方式，表达一种惜春恋春的痴痴深情，富有奇思妙想。

上片要唤取春归来同住，表达惜春恋春之情。词人巧用设问：绚丽多彩的春天又回去了，它回到哪里去了？大地一片寂静，春去毫无踪影。

最奇妙的想象是，如果有人知道它到了哪里，就把它唤回来和我们同住。这是惜春到了痴迷时的追求，也是奇思妙想。这是诗人的希望吧，充满童稚的天真，正因其“稚”，故艺术地强化了诗意的穿透力。

下片写向黄鹂询问，而黄鹂百啭，无人能解，随风飞去。一个永无答案之谜。暗示伤春的永无慰藉，表现了伤春是人类永远无法解脱的烦恼这一主题。

薛砺若在《宋词通论》中说：山谷词尤以《清平乐》为最新，通体无一句不俏丽，而结句“百啭无人能解，因风飞过蔷薇”，不独妙语如环，而意境尤觉清逸，不着色相。为山谷词中最上上之作，即在两宋一切作家中，亦找不着此等隽美的作品。

虢寿麓在《历代名家词百首赏析》中说：这是首惜春词。耳目所触，莫非初夏景物，而春实已去。飘然一结，淡雅饶味。通首思路回环，笔情跳脱，全以神行出之，有峰回路转之妙。

链接 >>

黄庭坚与苏轼

苏门四学士

庭坚学问文章，天成性得，陈师道谓其诗得法杜甫，学甫而不为者。善行、草书，楷法亦自成一家。与张耒、晁补之、秦观俱游苏轼门下，天下称为苏门四学士，而庭坚于文章尤长于诗，蜀、江西君子以庭坚配轼，故称“苏、黄”。

——《宋史·黄庭坚传》

与苏轼共沉浮

苏轼第一次在孙觉（黄的外舅）座上见到黄庭坚的诗文，惊其超逸绝尘，孙觉便请苏轼为其扬名，苏轼大笑："此人如精金美玉，不去接近别人，别人也会主动接近他，逃名而不可得，何须扬名？"

黄庭坚 34 岁时，写了两首诗寄给苏轼，苏轼回书《答黄鲁直》："我一直诚恐不能与君结交，而君今日不惜辱没才华，如此礼待我，喜愧之怀，几乎难以承受。"当时苏轼已经名动四海，黄庭坚不过是暂露头角，可见苏轼何等赏识黄庭坚，自此二人惺惺相惜。也正因为苏轼的赏识，带累黄庭坚一生坎坷。

一年后，苏轼因"乌台诗案"入狱，差点被杀头，政敌王安石抛开宿怨上书："安有圣世而杀才士乎？"因太祖有约不杀士大夫，神宗又惜苏轼才华，苏轼总算逃脱一死，黄庭坚虽然与苏轼未曾谋面，但与其酬来唱往，被罚了二十斤铜。

多情谁似秦淮海

——秦观爱情词作二首

秦观（1049—1100），北宋词人，字少游、太虚，号淮海居士，高邮（今属江苏）人。曾任秘书省正字，兼国史院编修官等职。文辞为苏轼所赏识，是“苏门四学士”之一。词多写男女情爱，也有感伤身世之作，风格委婉含蓄，清丽淡雅。有《淮海集》《淮海居士长短句》。

鹊 桥 仙

纤云弄巧，飞星传恨，银汉迢迢暗度。金风玉露一相逢，便胜却人间无数。

柔情似水，佳期如梦，忍顾鹊桥归路。两情若是久长时，又岂在朝朝暮暮。

注释>>

[1] 鹊桥仙：此调专咏牛郎织女七夕相会事。始见欧阳修词，中有“鹊迎桥路接天津”句，故名。又名《金风玉露相逢曲》《广寒秋》等。

[2] 纤云弄巧：是说纤薄的云彩，变化多端，呈现出许多细巧的花样。

[3] 飞星：流星。一说指牵牛、织女二星。

[4] 银汉：银河。迢迢：遥远的样子。暗度：悄悄渡过。

[5] 金风玉露：指秋风白露。金风，秋风，秋天在五行中属金。玉露，秋露。这句是说他们七夕相会。

[6] 忍顾：怎忍回视。

赏析 >>

七月七日之夜叫七夕，传说是牛郎织女鹊桥相会的日子，七夕被定为中国的情人节。

仰观夏夜星空，看到牛郎织女星，我们都会油然想起这个古老浪漫的民间传说。

从《古诗十九首》起，历代不知多少诗人词客吟咏过牛郎织女的爱情，如《古诗十九首》里写道“终日不成章，泣涕零如雨”“盈盈一水间，脉脉不得语”，再如柳永的《二郎神》中有“愿天上人间，占得欢娱，年年今夜”。这也只是表达一种美好的愿望。张先的《菩萨蛮》“牛星织女年年别，分明不及人间物”，也是表达对牛郎织女不能团聚的遗憾。

秦观这首《鹊桥仙》，可以说在牛郎织女这一题材上写得空前绝后。

上片写佳期相会的盛况。

纤云弄巧，飞星传恨——天上美丽的云朵是织女织就的锦缎，两颗遥遥相望的星传达着离情别恨，美丽的云朵为牛郎织女相会渲染了氛围。

银汉迢迢暗度——写双方的相会。“暗”字突出悄无声息，不引人注目，而“迢迢”里透着遗憾。

金风玉露一相逢——秋天特有的金风、玉露，富有诗情画意的场景，牛郎织女在这美好的秋天傍晚相聚，紧紧相拥，互诉衷肠。

便胜却人间无数——虽然相会只此一年一度，但爱情真挚，忠贞不渝，远胜过人间那无数的貌合神离、同床异梦的夫妻。

下片则是写依依惜别之情。

柔情似水，佳期如梦——就眼前取景，形容牛郎织女相会时无比缠绵，情深无限！然而幸福时光如梦似幻，极其短暂。

忍顾鹊桥归路——写牛郎织女临别前的无限依恋与怅惘。

两情若是久长时，又岂在朝朝暮暮？——这是传诵千古的名句，这是爱情含义的升华，也是在感情格调上高出以往牛郎织女诗词的新意。退一步说，也可以看作是对普天下难以团聚有情人的劝慰。

两情相悦的时光是快乐的，而快乐的时光往往又是短暂的。快乐中的人会觉得时日如飞，哪里有长久。正好，没有了朝朝暮暮的相对，有的只是早早晚晚的相思，想着他的好，念着她的温柔，在想象中不断为对方涂抹亮丽的色彩。

张燕瑾在《唐宋词选析》中说：秦观的这首《鹊桥仙》独具风采，是富有创造精神的好作品。它既没有慨叹会少离多，也没有抒发脉脉的相思，却自出机杼，歌颂坚贞不渝、诚挚不欺的爱情。

沈祖棻在《宋词赏析》中说：这首词上、下片的结句，都表现了词人对于爱情的不同一般的看法。他否定了朝欢暮乐的庸俗生活，歌颂了天长地久的忠贞爱情。这在当时，是难能可贵的。

链接 >>

有很多古代诗词写七夕佳节的情事，可以欣赏并积累。

迢迢牵牛星

迢迢牵牛星，皎皎河汉女。
纤纤擢素手，札札弄机杼。
终日不成章，泣涕零如雨。
河汉清且浅，相去复几许。
盈盈一水间，脉脉不得语。

七夕（节选）

〔唐〕崔颢

长安城中月如练，家家此夜持针线。
仙裙玉佩空自知，天上人间不相见。

长恨歌（节选）

〔唐〕白居易

七月七日长生殿，夜半无人私语时。
在天愿做比翼鸟，在地愿为连理枝。
天长地久有时尽，此恨绵绵无绝期。

秋　夕

〔唐〕杜牧

银烛秋光冷画屏，轻罗小扇扑流萤。
天阶夜色凉如水，卧看牵牛织女星。

鹧　鸪　天

〔宋〕晏几道

当日佳期鹊误传，至今犹作断肠仙。桥成汉渚星波外，人在鸾歌凤舞前。

欢尽夜，别经年，别多欢少奈何天。情知此会无长计，咫尺凉蟾亦未圆。

踏莎行·郴州旅舍

雾失楼台，月迷津渡，桃源望断无觅处。可堪孤馆闭春寒，杜鹃声里斜阳暮。

驿寄梅花，鱼传尺素，砌成此恨无重数。郴江幸自绕郴山，为谁流下潇湘去？

注释 >>

[1] 可堪：那堪，即哪堪。

[2] 驿寄梅花：请邮差寄送梅花，比喻向远方友人表达思念之情。引用陆凯寄赠范晔的诗："折梅逢驿使，寄与陇头人。江南无所有，聊赠一枝春。"

[3] 鱼传尺素：成语，指传递书信。最早出自古乐府《饮马长城窟行》中："客从远方来，遗我双鲤鱼。呼儿烹鲤鱼，中有尺素书。"

[4] 郴（chēn）：郴州，今湖南郴县。

[5] 幸自：复词词义，本来，原本。

赏析 >>

此词为绍圣四年（1097）作者因坐党争连遭贬谪于郴州旅店所写。表达了失意人的凄苦哀怨的心情，流露了对现实政治的不满。

绍圣四年，作者因新旧党争先贬杭州通判，再贬监州酒税，后又被罗织罪名贬谪郴州，削去所有官爵和俸禄，又贬横州，此词写离郴州前，客居旅舍的感慨。

上片开头"雾失楼台，月迷津渡"，雾霭与月色对举，造成一种朦胧的意境，这样的迷蒙之景，让人找不到心中的桃花源在哪里。"可堪"二句，写出心中凄惨的感受。王国维说他这两句由"凄婉"而变为"凄厉"了。表现了一个屡遭贬谪失意者的惆怅之情和对前途的渺茫之感。

下片开头亦用对句，"驿寄梅花，鱼传尺素"，虽然表现的都是朋友的信息和寄赠这同一内容，却能造成书信往来频频不断的感觉，其结果是"砌成此恨无重数"。"郴江"二句，词人面对着郴江自怨自艾，慨叹自己好端端一个读书人，本想出来为朝廷做一番事业，怎料到竟被卷入一场政治斗争的漩涡中了呢？词人笔下的郴江之水，已经注入了作者对自己离乡远谪的深长怨恨。

王国维在《人间词话》第二十九则中说：少游词境最为凄婉。至"可堪孤馆闭春寒，杜鹃声里斜阳暮"，则变而凄厉矣。东坡赏其后二语，犹为皮相。

我们认为王国维之所以说东坡"犹为皮相"，是认为东坡没有理解这首词的深旨，结尾那两句中的反问，是作者对自己离乡远谪的深长怨恨，而苏东坡把它错解了。

事实上传说苏东坡最喜欢结尾"郴江幸自郴山，为谁流下潇湘去"两句，曾把它题写在自己的扇子上，感叹说少游不在，就是一万个人也换不回他啊！

这首词风格凄婉，为我们描画了一个极具悲剧氛围凄清朦胧的美学境界，抒发了词人心中无限的愁苦怅惘之情。

链接 >>

文坛名家对秦观词的评价

苏轼："少游已矣，虽万人何赎。"

苏轼："有屈、宋之才。"

王安石："其诗清新妩媚，鲍、谢似之。"

李清照在《词论》中说："专主情致，而少故实，譬如贫家美女，虽极妍丽丰逸，而中乏富贵态。"

陈廷焯在《白雨斋词话》中说："少游词寄慨身世，闲情有情思。他人之词，词才也；少游，词心也。得之于内，不可以传。"

张炎在《词源》中说："体制淡雅，气骨不衰，清丽中不断意脉，咀嚼无滓，久而知味。"

孙兢在《竹坡老人词序》中说："苏东坡辞胜乎辞，柳耆卿情胜乎情，辞情兼胜者，唯秦少游而已。"

试问闲愁都几许

——贺梅子善炼字句的《青玉案》

贺铸（1052－1125），北宋词人，字方回，自称远祖本居山阴，是唐贺知章后裔，以知章居庆湖（即镜湖），故自号庆湖遗老。曾任泗州、太平州通判。

贺铸长身耸目，面色铁青，人称贺鬼头。晚年退居苏州，杜门校书。不附权贵，喜论天下事。能诗文，尤长于词。其词内容、风格较为丰富多样，兼有豪放、婉约二派之长，长于锤炼语言并善融化前人成句，又常用古乐府和唐人诗句入词，内容多刻画闺情离思，也有嗟叹功名不就、纵酒狂放之作。

因在《青玉案》一词中“试问闲愁都几许？一川烟草，满城风絮，梅子黄时雨”佳句，连用三种意象表现愁思的广度、密度、长度，化抽象无形的情思为具体形象，被称为“贺梅子”。

青　玉　案

凌波不过横塘路，但目送、芳尘去。锦瑟华年谁与度？月桥花院，琐窗朱户，只有春知处。

碧云冉冉蘅皋暮，彩笔新题断肠句。试问闲愁都几许？一川烟草，满城风絮，梅子黄时雨。

注释 >>

[1] 凌波：形容女子步态轻盈，此处指迈着凌波微步的女子。

[2] 芳尘去：指美人已去。

[3] 锦瑟华年：指美好的青春时期。锦瑟，饰有彩纹的瑟。

[4] 琐窗：雕花的窗子。朱户：朱红的大门。

[5] 蘅皋：长着香草的沼泽中的高地。

[6] 彩笔：比喻有写作的才华。

[7] 都几许：共有多少。

[8] 一川：遍地。

赏析 >>

这首词说来好笑，是写词人路遇美人而不能相邀的惆怅之情。有的研究家认为是以美人寄托政治上不得意的，实属牵强附会。心有所恋而不能得，就会有闲愁，这是人之常情啊！即使伟人也不能免俗吧。

上片凌波不过横塘路。——“凌波微步，罗袜生尘”，这是曹植《洛神赋》中的精彩名句，作者借用来描述他路遇的美人，这使我们有了一个很大的想象空间，美人的那种体态轻盈、飘忽若神的形象呈现在了我们眼前。

目送二字点明失望。

锦瑟华年谁与度？——作者自然地产生联想，这么漂亮的美人一定居住在一个临水的幽美之处，那里有香艳的闺房，精美的花园，以及人们无法知晓的生活。可是自己不了解啊，作者转而羡慕起春风，只有无处不到的它能知道这一切。至此，这种憾然之情，在心中翻转，竟不能自已。

下片描写自己的无限愁情。

碧云冉冉蘅皋暮，彩笔新题断肠句。——词人痴立蘅皋，直到天色已晚，暮霭渐忘，却再不见佳人倩影，词人再也按捺不住自己的情绪，随笔一挥而就，将满腹闲愁抒发出来，凝铸成脍炙人口的名句：试问闲愁都几许？一川烟草，满城风絮，梅子黄时雨。

作者的闲愁如同笼罩在烟雾之中遍地疯长的青草，迷茫无边；如同乱舞满城纷纷扬扬的飞絮；如同纷乱如麻没完没了的黄梅雨。这些叠加在一起，怎一个乱字了得。

结句用烟草、风絮、梅雨三种景物，将不可触摸的抽象的闲愁，转化为可见、可体味的具体物象，而且运用了精彩的博喻，超迈前人。

黄庭坚对这首词极为赞赏："解道当年断肠句，如今唯有贺方回。"因结尾的一句"梅子黄时雨"，贺铸得了个"贺梅子"雅号。

周紫芝在《竹坡诗话》中说：贺方回尝作《青玉案》，有"梅子黄时雨"之句，人皆服其工，士大夫谓之"贺梅子"。

罗大经在《鹤林玉露》中说：贺方回有"试问闲愁都几许？一川烟草，满城风絮，梅子黄时雨"，盖以三者比愁之多也，尤为新奇，兼兴中有比，意味更长。

沈际飞在《草堂诗余正集》中说：叠写三句闲愁，真绝唱！

链接 >>

贺铸写出"悼词双璧"之一

宋徽宗大观三年（1109）秋天，年过50的贺铸以"承议郎"致仕（退休），回到苏州。当他路过苏州阊门时，看到车水马龙的热闹场面，听到青年情侣们的欢笑声，想到自己年轻时，也曾与妻子赵氏携手共游阊门，而今满头青丝渐成雪，相濡以沫的妻子也已亡故，一种"头白鸳鸯失伴飞"的凄凉感油然而生。在萧瑟的秋风中，贺铸悄立阊门许久，独自黯然神伤。一番唏嘘泪下之后，他写下了一首哀婉感人的《鹧鸪天》：

重过阊门万事非，同来何事不同归？
梧桐半死清霜后，头白鸳鸯失伴飞。
原上草，露初晞。旧栖新垅两依依。
空床卧听南窗雨，谁复挑灯夜补衣！

这首悼念亡妻的词作，堪与苏东坡的《江城子》（十年生死两茫茫）相媲美，二者被称为"悼词双璧"。

贺铸善于锤炼字句，又善于融入古乐府及唐人诗句，他的诸多闺情柔思之作，“雍容妙丽，极幽闲思怨之情”，近似秦观、晏几道、李商隐、温庭筠，颇受后世称赞。张炎说：“如贺方回、吴梦窗，皆善于炼字面，多于温庭筠、李长吉诗中来。”而贺铸自己也很是自得，曾踌躇满志地说：“吾笔端驱使李商隐、温庭筠，常奔命不暇。”

登楼原为忧国事

——朱敦儒的《相见欢》其实有泪

朱敦儒（1081－1159），字希真，洛阳人。历兵部郎中、临安府通判、秘书郎、都官员外郎、两浙东路提点刑狱。有词三卷，名曰《樵歌》。

他常以梅花自喻，不与群芳争艳。朱敦儒获得“词俊”之名，与“诗俊”陈与义等并称为“洛中八俊”。

相　见　欢

金陵城上西楼，倚清秋。万里夕阳垂地，大江流。
中原乱，簪缨散，几时收？试倩悲风吹泪，过扬州。

注释>>

[1] 金陵：南京。城上西楼：西门上的城楼。

[2] 倚清秋：倚楼观看清秋时节的景色。

[3] 中原乱：宋钦宗靖康二年（1127）金人侵占中原的大乱。

[4] 簪缨：当时官僚贵族的冠饰，这里代指他们本人。

[5] 收：收复国土。

[6] 倩：请，借助。

[7] 扬州：地名，今属江苏，是当时南宋的前方，屡遭金兵破坏。

赏析 >>

靖康之难，汴京沦陷，二帝被俘。朱敦儒仓促南逃金陵，总算暂时获得了喘息机会。这首词就是他客居金陵，登上金陵城西门城楼所写。

上片写登楼所见清秋之景。

这首词一开始即写登楼所见。在词人眼前展开的是无边秋色，万里夕阳，大江横流。

又值黄昏日暮之时，万里大地都笼罩在恹恹的夕阳中。这种景物描写带有很浓厚的主观色彩。王国维说："以我观物，故物皆着我之色彩。"朱敦儒就是带着浓厚的国亡家破的伤感情绪来看眼前景色的。

下片忽由写景转到直言国事。

中原沦陷，北宋的世家贵族纷纷逃散。这是又一次的"衣冠南渡"。"几时收"这种"中原乱，簪缨散"的局面何时才能结束呢？表现了作者渴望早日恢复中原，还于旧都的强烈愿望，同时也是对朝廷苟安旦夕，不图恢复的愤慨和抗议。

结句"试倩悲风吹泪，过扬州"中的"悲风"，当然也是作者的主观感受。风悲、景悲、人悲，令人潸然泪下。这不只是悲秋之泪，更是忧国之泪。作者要倩悲风吹泪到扬州去，扬州是抗金的前线重镇，国防要地，这表现了词人对前线战事的关切。

陆永品说：风本来没有感情，风前冠以"悲"字，就给"风"注入了浓厚的感情色彩。这两句是强烈的爱国思想和亡国之痛发展到高潮而产生的警句，词作到此戛然而止，但词人的情意却悠然不尽。

链接 >>

自古登楼为抒怀

古人登楼、登高，每多感慨。王粲登楼，怀念故土；杜甫登楼，感慨"万方多难"；许浑登咸阳城西楼有"一上高城万里愁"之叹；李商隐登安定城楼，有"欲回天地入扁舟"之感。尽管各个时代的诗人遭遇不同，所感各异，然而登楼抒感则是一致的。

富艳精工音律美

——集大成者周邦彦的精品奉献

周邦彦（1056－1121），北宋末期著名词人，字美成，号清真居士，钱塘（今浙江杭州）人。历官太学正、庐州教授、溧水知县等。徽宗时提举大晟府。精通音律，曾创作不少新词调。作品多写闺情、羁旅，也有咏物之作。格律谨严，语言典丽清雅，长调尤善铺叙。为后来格律派词人所宗。旧时词论称他为“词家之冠”。

现代词学研究家龙榆生先生认为，长短句慢词发展到了周邦彦，才算到了音乐语言和文学语言紧密结合的最高艺术形式，这主要是从音乐角度说的。

苏　幕　遮

燎沉香，消溽暑。鸟雀呼晴，侵晓窥檐语。叶上初阳干宿雨，水面清圆，一一风荷举。

故乡遥，何日去？家住吴门，久作长安旅。五月渔郎相忆否？小楫轻舟，梦入芙蓉浦。

注释>>

[1] 燎沉香：燎，烧。沉香，名贵香料，因放入水中下沉而得名。也称“水沉”“沉水”。

[2] 消溽（rù）暑：消除潮湿的暑气。溽，湿润、潮湿。

[3] 呼晴：唤晴，旧有鸟鸣可占晴雨之说。

[4] 侵晓：快天亮之时。侵，渐近。

[5] 宿雨：隔夜的雨。

[6] 清圆：清润圆正。

[7] 吴门：即现在的江苏苏州。

[8] 长安：借指北宋的都城汴京。

[9] 芙蓉浦：有荷花的水边。芙蓉，又叫“芙蕖”，荷花的别称。浦，水湾，河流。

赏析 >>

周邦彦的词以富艳精工著称，但这首《苏幕遮》“清水出芙蓉，天然去雕饰”，清新自然，是“清真词”中的例外。

此词作于神宗元丰六年（1083）至哲宗元祐元年（1086）之间，当时周邦彦久客京师，从入都到为太学生到任太学正，处于人生上升阶段。

词以写雨后风荷为中心，引入故乡归梦，表达思乡之情，意思比较单纯。

上片先写室内燎香消暑，继写屋檐鸟雀欢叫而庆晓晴，再写室外风荷摇摆，词境活泼清新，结构意脉连贯自然，视点变换极具层次。

下片是由眼前水面上晓风中雅洁的圆圆荷叶一个个亭亭玉立，婀娜多姿，联想到遥远的故乡吴门五月的风物，在这荷花初开的五月，记忆中的故乡景色要比这眼前景色美得多哟！此刻故乡曾同我一起捉鱼嬉戏的一帮哥们儿会在思念我吗？我想念咱们在一起无拘无束、无忧无虑、自由自在的日子。如今我因名缰利锁久客京城，我却在睡梦中常常乘轻舟挥小楫划进故乡开满荷花清香沁脾的港湾。

词中对荷花的传神描写被王国维在《人间词话》评为“真能得荷之神理者”，为写荷之绝唱。

胡云翼在《宋词选》中说：周邦彦的词向以“富艳精工”著称。这首词前段描绘雨后风荷的神态，后段写小楫轻舟的归梦，清新淡雅，别具一格。

链接 >>

沉香简介

沉香是所有香料中最神奇、最珍贵的，有沉水、半沉水（弄水）两类。沉于水是由于含油脂多比重大。沉香产地不同，其香气也不同。一般沉香不经熏、焚，只有淡淡香味，而上佳沉香置于手中摩挲便会有阵阵香气，至于上好的奇楠，置之房间即有香气溢出。

沉香的香气只有通过具体品闻才能定，无论产地、不管沉水与否，只要气味宜人香气大，即为上品沉香。"醇厚韵永"为佳，上好沉香初、中、末（行家称为首、身、尾）香味层次不同，变化神妙、清香持久极为难得。

以沉香的香气论，只要气息宜人，使人闻到心生喜悦，不会产生闷、烈、腻、俗的感觉便是好香。

少　年　游

并刀如水，吴盐胜雪，纤手破新橙。锦幄初温，兽烟不断，相对坐调笙。

低声问：向谁行宿？城上已三更。马滑霜浓，不如休去，直是少人行。

注释 >>

[1] 并刀：并州出产的剪刀。如水：形容剪刀闪亮锋利。

[2] 吴盐：吴地所出产的洁白细盐。

[3] 幄：帐。

[4] 兽香：兽形香炉中升起的细烟。

[5] 谁行（háng）：谁那里。

[6] 直是：真的是，的确是。

赏析 >>

关于这首词创作的相关情事，张端义在《贵耳录》中有明确记载："道君（即宋徽宗）幸李师师家，偶周邦彦先在焉。知道君至，遂匿床下。道君自携新橙一颗，云江南初进来。遂与师师谑语。邦彦悉闻之，隐括成《少年游》云……"

李师师是当时极为著名的歌女，周邦彦是大学士，常到李师师处游玩。有一天，道君皇帝也来到李师师家中，周邦彦急忙躲到床底下。道君带来一些产自江南的新橙，与师师共同品尝，周邦彦听得清清楚楚，事后就依此为素材创作了这首词。

上片描绘室内情景：破新橙，焚兽香，坐吹笙，这是实写。

下片想象室外情景：时已三更，马滑霜浓，行人稀少。曲折细致地刻画人物的心理状态，表露出彼此眷恋的心情，为历来词家所称赏。

皇帝与官僚同狎一妓，事或有之，在当时士大夫的生活中，这种事情是很奇特的，所以成了一种热门话题。

这首词如果抛开这种皇帝与李师师情事的具体内容，便可以理解为一个风流倜傥的读书人和他心上人情意绵绵的相会，更具典型性。

周邦彦这首词之所以受到选家的注意，是因为能够曲折深微地写出人物的细微心理状态，连女子那种特有的口吻也描摹得真切传神，描写的人物大有呼之欲出之概。谁说中国古典诗词不善摹写人物，请看这首词，不过用了 51 字，便写出一个丰满生动的人物形象。

词中的女子柔情似水，当真是一朵温柔的解语花，爱恋极深却无半点俗态，情意缠绵却恰到好处，正所谓"增之一分则太长，减之一分则太短；着粉则太白，施朱则太赤"，所以陈廷焯在《白雨斋诗话》中赞其为"本色佳作"。

链接 >>

青楼天子——道君皇帝

宋徽宗，名赵佶（1082－1135），神宗第十一子，哲宗弟。即位前曾先后被封为遂宁王、端王。

宋徽宗赵佶书画并臻妙境。其书法在学薛曜、褚遂良的基础上，创造出独树一帜的“瘦金体”，瘦挺爽利，侧锋如兰竹，与其绘画的工笔重彩相得益彰。

尽管后宫佳丽三千，但徽宗对她们刻意造作之态感到索然无味，便常微服出宫，寻求刺激。李师师，汴京人，本姓王，工匠之女，四岁丧父，遂入娼籍李家，后来成了名噪一时的京城名伎。她色艺双馨，慷慨有侠名。李师师既名冠汴京，徽宗自然不会放过她。自政和以后，徽宗经常乘坐小轿，带领数名侍从，微服出宫，到李师师家过夜。为了寻欢作乐，徽宗专门设立行幸局负责出行事宜。荒唐的是，行幸局的官员还帮助徽宗撒谎，如当日不上朝，就说徽宗有排档（宫中宴饮）；次日未归，就传旨称有疮痍（染病）。天子不顾九五之尊，游幸于青楼妓馆，并非光彩之事，所以徽宗总是小心翼翼，生怕被他人发现；其实多数朝臣对此都心知肚明，却不敢过问，致使徽宗更加放荡。秘书省正字曹辅曾经挺身而出，上疏规谏徽宗应爱惜龙体，以免贻笑后人。徽宗听后，勃然大怒，立即命王黼（fǔ）等人处理此事。这些人自然领会徽宗的意思，将曹辅以诬蔑天子之罪论处，当即将其发配郴州。

由此可见，道君皇帝虽然是一个有艺术天赋的皇帝，但也是一个不善理朝政、昏庸好色的不称职皇帝，难怪后来会有靖康之难中被金兵掳走的耻事。

庭院深深深几许　汪晓彬 绘

第三编 南宋词

自古逢秋悲寂寥　汪晓彬 绘

山外青山楼外楼，西湖歌舞几时休

——苟安南宋多悲慨之歌

靖康之变，宋徽宗、宋钦宗及北宋皇室均被金兵掠走，北宋灭亡。北方大片国土被金兵占领。宋徽宗第九子赵构在南京应天府（今商丘）继位，后迁都临安（今杭州），史称南宋（1127—1279）。

南宋是经济科技发达，但军事实力较为软弱，政治上较为无能的一个朝代。南宋朝廷偏安江南一隅，南宋和金国形成对峙局面，双方以秦岭淮河为界。岳飞等名将北伐屡遭投降派反对，广大人民处于水深火热之中，神州陆沉的惨痛现实，颠沛流离的生活体验，促使作家词作日益贴近社会生活。女词人李清照以其高超的艺术成就表现家国之愁，哀婉动人。爱国成为时代主旋律，出现张元幹、岳飞、陆游、张孝祥、辛弃疾等一批爱国词人，尤以词坛“巨龙”辛弃疾成就最为突出。

兴尽晚回舟

——词国女皇快乐而善感的前期生活

李清照（1084－1155），山东济南章丘人，号易安居士。婉约词派代表，“宋代最伟大的一位女词人，也是中国文学史上最伟大的一位女词人”，有“千古第一才女”之称。她的生活跨越北宋和南宋两个阶段，早期生活优裕，与丈夫赵明诚共同致力于书画金石的搜集整理。金兵入据中原时，流寓南方，境遇孤苦。所作词，形式上善用白描手法，自辟蹊径，语言清丽。提出词“别是一家”之说，反对以作诗文之法作词。她的词作在艺术上达到了炉火纯青的境界，在词坛上独树一帜，形成了自己独特的艺术风格——易安体。后人有《漱玉词》辑本。

如　梦　令

常记溪亭日暮，沉醉不知归路。兴尽晚回舟，误入藕花深处。争渡，争渡，惊起一滩鸥鹭。

注释 >>

［1］溪亭：临水的亭台。

［2］误入：不小心进入。

[3] 争渡：两解，一解为，“争”与“怎”相通，如何的意思。另一解为，争，使劲、抢着。

赏析 >>

这首溢满少年朝气和逸采的小词一直被选入语文教材，是因为它快乐、富有情趣，走进自然、陶醉自然的生活内容与初中生生活较为贴近，易于引起共鸣。

大约是在词人婚后，回忆起少女时期的往事，三五个十五六岁情投意合的闺中少女，突发兴致，在一个夏日上午划着小船去郊游，她们尽兴地游乐、宴饮，沉迷于美景以致忘记了归路。

为何会“常记”？是因为“兴尽”，快乐无忧，所以印象深刻。这几个闺中女友，也许游遍了周围的山水名胜，也许谈诗论文很投机，也许玩了些有趣的游戏，反正很尽兴地喝得沉醉。沉醉的不良后果是“不知归路”，以至于“误入藕花深处”了，那时天色已晚，大家双颊通红的，有些着急了，都争着抢着使劲地摆渡，嬉笑着，叫嚷着，结果呢，满河滩的鸥鹭鸟都给惊飞了。

也恰是这“兴尽晚回舟，误入藕花深处”，误入之处，却是个美的所在。突破了常规的圈囿，获得了意外的感受。

从来没有这么开心过，从来没有这么沉醉过，从来没有闯进过这么美丽幽深的荷花深处。多么难忘的一次经历啊！

佚名认为：这首词在南宋人黄升的《花庵词选》中题为“酒兴”。玩词意，似为回忆一次愉快的郊游而作。词人命舟备酒，畅游于清溪，因沉酣竟不知日之夕矣。沉沉暮霭中，回舟误入曲港横塘，藕花深处。这是一个清香流溢，色彩缤纷的，幽杳而神秘的世界。它给词人带来的是巨大的惊喜和深深的陶醉。

链接 >>

李清照不拘束于封建礼教的率真个性

这首词中的女主人公是名青春少女，她不仅与同伴相约出游，还饮酒嬉戏，以至“沉醉不知归路”，直至日暮才兴尽而回，小船却误入藕花之中，惊得水鸟高飞。

在这首词中，封建礼教的束缚在主人公身上变得很淡很淡，她尽可以随心所至，出游、饮酒、晚归。生动的景色，高扬的心情，读来使人沉醉。字里行间充盈着青春的热情与不羁，轻易就使人感染了其中的快乐。

李清照少女时期的词已反映出了她不甘于将自己禁锢于深闺之中的勇敢率真，在她出嫁之后，这一特点也未泯灭，还进一步在词中抒发了她对爱情的向往与追求。李清照之夫赵明诚专于金石考据，是著名的金石学家。李清照在嫁给他之后，两人志趣相投，共同收藏校勘金石书画，唱和诗词。在这种不同一般的环境中，李清照的才华不仅未遭扼杀，还得到了进一步发挥。

点　绛　唇

蹴罢秋千，起来慵整纤纤手。露浓花瘦，薄汗轻衣透。

见有人来，袜刬金钗溜。和羞走。倚门回首，却把青梅嗅。

注释 >>

[1] 蹴（cù）：踩，踏。这里指荡（秋千）。

[2] 慵整：懒洋洋地收拾。

[3] 袜刬（chǎn）：即刬袜，未穿鞋子，只穿着袜子行走。

[4] 花瘦：形容花枝上的花瓣已经凋零。

[5] 溜：溜走，滑落。

[6] 和羞走：含羞跑开。

赏析 >>

这是李清照早期的一首词作，风格明快，仅用 41 个字就刻画了一个天真纯洁、感情丰富而又矜持的少女形象。这是一个春心萌动的活泼少女。

上片写少女荡秋千后的慵懒娇态，大清早，玩得开心尽兴。

下片写少女乍见客来的情态。

她刚荡完秋千，身态娇懒，衣衫不整，忽然有客人来访，完全出乎她的意料，大觉狼狈。

客人是谁？词中未作正面描写，但从少女的反应中可以知道，他定是位风度翩翩的少年，也可能正是她意中的夫婿赵明诚，她当然不想让他看到自己这般狼狈相，她顾不上穿好鞋子，只穿着袜子就小跑起来，“金钗溜”，是说头发松散，惶遽中金钗下滑坠地。她走到门口，又强按心头的激动或好奇，回眸偷觑那位客人。

最精彩的是“倚门回首，却把青梅嗅”，两句以极生动传神的笔墨描绘了这位少女怕见又想见、想见又不敢见的微妙心理，把一个少女惊诧、慌张、娇羞、好奇及爱恋的心理活动，栩栩如生地刻画出来，实乃传神之笔。

中南大学教授杨雨在其讲座《莫道不销魂》中说，从这首小令读出一个好色的李清照，这个意见我真的不敢苟同。这首词只不过是真实传神地刻画了一个少女的娇羞之态和怀春之心理罢了。德国诗人歌德说过：“青年男子谁个不善钟情？妙龄少女谁个不善怀春？这是人性中的至洁至纯。”李清照当时是一个热爱生活的多情少女，这样的生活片段怎么能冠以“好色”之名呢？要怪只能怪女词人的观察力和文笔太精妙了吧！

詹安泰在《读词偶记》中说：女儿情态，曲曲绘出，非易安不能为此。求之宋人，未见其匹，耆卿、美成尚隔一尘。

链接 >>

词国女皇轶事六则

词国女皇

李清照的词被称为“无一首不工”“词坛一大宗”“婉约之正宗”；她自己被尊为“婉约派宗主”“词国女皇”。

李清照的诗词作品，当时虽然无处发表刊行，但是，还是先从亲友家中，一传十，十传百地迅速流传开来。不多久，竟然几乎传遍了全国各地。人们一见到这清新美妙的诗词，都视为至宝，争相传抄，真有“洛阳纸贵”势头。同时，她的书画也有不少流传的。李清照画的墨竹、山石等画幅，有人竟不惜千金购买。清人编的“书史”“画史”中都有李清照的名字。

美女加才女

实事求是地说，虽然八百多年过去了，可是在今天绝大多数知识分子的心里，李清照这样美女加才女式的大家闺秀，依然是最理想的爱人。且看，她不但能陪丈夫读书、写作、研讨，做丈夫的贤助益友，更突出的是她不是一个书呆子，她会赌牌、猜拳、饮酒、赏花，做才女所能做的一切风雅趣事。

赵明诚极其享受这么个美女加才女妻子的陪伴，在李清照 31 岁的画像上，留下了赵明诚的亲笔题词：清丽其词，端庄其品。归去来兮，真堪偕隐！

李清照在宋代是一个标准美女，何以证实？我们仅从她的流传到今天的几幅画像即可证实。宋代士大夫的审美观大不同于唐代，他们的美女标准是娉娉婷婷、婀娜多姿的瘦美人，从画像看，李清照是符合这一标准的。

“赌书泼茶”令人神往

特别富有情趣的是李清照记录在《金石录后续》中的“赌书泼茶”的趣事，夫妻两人每次饭后一起烹茶，用“赌书”的方式决定饮茶先后。赌哪一件事情在那一本书的哪一卷、哪一页、哪一行，胜者先喝茶，有时候兴奋忘情，打翻了茶杯洒在怀里，“反不得饮而起”。这一简单而又充满情趣、乐趣的生活细节，典型而真实生动地展现了李清照与赵明诚琴瑟和谐的幸福生活情景。这样的诗意生活，哪一个读书人不为之向往呢？

“李三瘦”由来

看李清照 31 岁时候的画像——削肩细腰，一口气都吹得起的样子，典型的古典瘦美人。李清照还有个相当有名的外号，叫“李三瘦”。因为她在词里，写过三句带“瘦”字的经典名句：一句是“新来瘦，非干病酒，不是悲秋”，一句是“知否，知否，应是绿肥红瘦”，还有一句就是“莫道不销魂，帘卷西风，人比黄花瘦”。

高绝一时

郑振铎在《中国文学史》中评价说：“她是独创一格的，她是独立于一群词人之中的。她不受别的词人的什么影响，别的词人也似乎受不到她的影响。她是太高绝一时了，庸才的作家是绝不能追得上的。无数的词人诗人，写着无数的离情闺怨的诗词；他们一大半是代女主人翁立言的，这一切的诗词，在清照诗作面前，直如粪土似的无可评价。”

一生分为前后两个时期

李清照一生经历可以北宋灭亡为界，分为前后两个时期。

李清照幼年，大部分时间是在风景如画、人文荟萃的家乡历城（今济南）度过的。大约在她五六岁时，因父亲李格非做了京官，她便随父母迁居东京汴梁（今河南开封市）。

18岁时，李清照与太学生赵明诚结婚。婚后，与丈夫情投意合，如胶似漆。他们一同研究金石书画，过着幸福美好的生活。她同赵明诚互相砥砺，进行词的创作，技法日臻成熟。

后期从1127年始，金兵攻破了汴京，徽宗、钦宗父子被俘，高宗南逃。李清照夫妇也随难民流落江南。飘流异地，多年搜集来的金石字画丧失殆尽，给她的精神造成沉重的打击和极度的痛苦。

同年，赵明诚被任命为建康知府，李清照第二年在逃亡江西途中，行至乌江时写下有名的《夏日绝句》，赞项羽讽明诚。赵明诚后死于上任湖州知事途中。

在李清照孤寂之时，张汝舟（一作张汝州）为骗取李清照钱财，趁虚而入，对李清照百般示好。李清照当时无依无靠，便顶着世俗之风嫁给张汝舟。之后，李清照发现张汝舟的官职来源于行贿，便冒着坐牢两年的风险状告张汝舟，李清照入狱后，由于家人串通了狱卒，入狱九天便被释放，这段不到百天的婚姻宣告结束。

如 梦 令

昨夜雨疏风骤。浓睡不消残酒。试问卷帘人，却道“海棠依旧”。知否，知否？应是绿肥红瘦！

注释>>

[1] 雨疏风骤：雨点稀疏，晚风急猛。

[2] 浓睡不消残酒：虽然酣睡了一夜，仍有余醉未消。

[3] 卷帘人：有学者认为此指侍女。

[4] 绿肥红瘦：绿叶繁茂，红花凋零。

赏析>>

这首小令，只有寥寥33个字，却有人物，有场景，还有对白，充分显示了宋词的语言表现力和词人的才华。

这首词妙在何处？

黄蓼园在《蓼园词选》中说：“一问极有情，答以‘依旧’，答得极淡。跌出‘知否’二句来，而‘绿肥红瘦’，无限凄婉，却又妙在含蓄，短幅中藏无数曲折，自是圣于词者。”

暮春时节，伤离的少妇在“雨疏风骤”中分外容易引起念远的情怀，不觉中就多喝了些酒。一觉醒来，酒意尚未消尽，离情却又如残酒仍压在心上。

回忆昨夜的雨疏风骤，她忽然记起窗外的海棠，来不及披衣起床，就向卷帘的小丫头追问，因为卷帘的小丫头能先看到海棠经历风雨后的新情况。不料，得到的是漫不经心的回答：“海棠花？还是和昨天一样啊！”小丫头哪里懂得女主人的心情，这一句无心的回答，却加重了女主人的伤感。

“知否知否？应是绿肥红瘦。”——她这样纠正卷帘的小丫头，也仿佛是经过推测后的自问自答。

“绿肥红瘦”应该是指经过雨水的滋润，绿叶更加肥厚，更加碧绿，而红花被风雨摧残，花瓣凋落，形容消瘦了。用“肥”和“瘦”二字描摹花叶经历风雨之后的不同形态，比拟得新颖别致。

这句对白写出了诗画所不能道，写出了伤春的闺中人复杂的神情口吻，可谓传神之笔。被风雨摧打的海棠花仿佛就是女主人公自己的写照，海棠花的命运牵连着她的命运，同样的春天易逝，青春易老，让人感叹流连。因此才会产生如此精准的心灵感应。

宋朝胡仔说：近时妇人能文词，如李易安颇多佳句。小词云：“绿肥红瘦”，此语甚新。

宋朝陈郁说：李易安工造语，《如梦令》“绿肥红瘦”之句，天下称之。

链接>>

宋人爱咏海棠花

海棠花姿潇洒，花开似锦，花色娇艳，自古以来就是雅俗共赏的名花，素有“花中神仙”“花贵妃”“花尊贵”之称，在园林中常与玉兰、牡丹、桂花相配植，形成“玉棠富贵”的寓意。

宋代人最爱海棠花，有不少文人在诗词中吟咏过它。

如苏轼的《海棠》：“东风袅袅泛崇光，香雾空蒙月转廊。只恐夜深花睡去，故烧高烛照红妆。”“崇光”，此指海棠花高洁美丽的光泽。苏轼生怕夜深海棠睡去，便点燃高烛陪伴海棠，以延长它最动人的美丽姿态。其痴爱深情，着实动人。

宋代诗人陆游的“成都二月海棠开，锦绣裹城迷巷陌”，写出了当时西蜀海棠盛开的迷人景象。

连诗僧也不例外。宋代惠洪有“酒入香腮笑未知，小妆初罢醉儿痴。

一枝柳外墙头见，胜却千丛著雨时”。

一　剪　梅

红藕香残玉簟秋，轻解罗裳，独上兰舟。云中谁寄锦书来？雁字回时，月满西楼。

花自飘零水自流，一种相思，两处闲愁。此情无计可消除，才下眉头，却上心头。

注释>>

[1] 红藕：红色的荷花。玉簟（diàn）：光滑似玉的精美竹席。

[2] 裳（cháng）：古人穿的下衣，也泛指衣服。兰舟：用木兰木造的舟，此处为船的雅称。

[3] 锦书：书信的美称。

[4] 雁字：群雁飞时常排成“一”字或“人”字，诗文中因以雁字称群飞的大雁。

[5] 月满西楼：意思是鸿雁飞回之时，西楼洒满了月光。

[6] 一种相思，两处闲愁：意思是彼此都在思念对方，可又不能互相倾诉，只好各在一方独自愁闷着。

[7] 才下眉头，却上心头：意思是，眉头愁云刚消，心头愁闷又起。

赏析>>

这首词作于李清照和丈夫赵明诚远别之后，寄寓着作者不忍离别的一腔哀怨，是一首凄凉的别情词作。

上片写女主人公由室内走向湖上小船，月满时又回到西楼的过程。

词的起句“红藕香残玉簟秋”，领起全篇，由户外之景到室内之物，对清秋季节起了点染作用，烘托出词人情怀。为全词定下了凄美的抒情基调。

接下来的五句写词人从昼到夜一天内所作之事、所触之景、所生之情。白昼在水面泛舟，以“独上”二字暗示处境，暗逗离情。“云中谁寄锦书来”一句，则明写别后的思念。“雁字回时，月满西楼”两句，是说雁字回时，只有凄凉的月光洒满西楼，人却未回。

下片转为直接抒写思念之情，用内心独白的方式展开。

“花自飘零水自流”一句，所展示的花落水流之景，是遥遥与上阕“红藕香残”“独上兰舟”两句相拍合的；而其所象喻的人生、年华、爱情、离别，都笼罩着凄凉与无奈。

“一种相思，两处闲愁”二句，在写自己的相思之苦、闲愁之深的同时，由己身推想到对方，深知这种相思与闲愁不是单方面的，而是双方面的，以见两心之相印。

“才下眉头，却上心头”两句突出这思念之情无法排遣，总是盘桓于眉间心上，它是那般的顽固啊！其实感情都是感受在大脑里的，词人在这里转移得很巧妙，意在表达思念之情的难以排遣。和李煜的“剪不断，理还乱”有异曲同工之妙，都是把无形的思念化作有形的事物巧妙比拟。

一些词评家或称词的首句有“吞梅嚼雪、不食人间烟火气象”（梁绍壬《两般秋雨庵随笔》），或赞赏其“精秀特绝”（陈廷焯《白雨斋词话》）。

最后三句，王士禛在《花草蒙拾》中说：“然易安亦从范希文‘都来此事，眉间心上，无计相回避’语胎出，李特工耳。”李作比之范作确胜一筹。

链接 >>

“一剪梅”词牌

一剪梅亦称“蜡梅香”。双调六十字，前后阕句句用平韵，一韵到底。八个四字句一般都用对仗。有一体只需前后阕的一、三、六句用韵。

此调因周邦彦词起句有“一剪梅花万样娇”，乃取前三字为调名。又韩淲词有“一朵梅花百和香”句，故又名“蜡梅香”，李清照词有“红藕香残玉簟秋”句，故又名“玉簟秋”。

凤凰台上忆吹箫

香冷金猊，被翻红浪，起来慵自梳头。任宝奁尘满，日上帘钩。生怕离怀别苦，多少事、欲说还休。新来瘦，非干病酒，不是悲秋。

休休！这回去也，千万遍《阳关》，也则难留。念武陵人远，烟锁秦楼。惟有楼前流水，应念我、终日凝眸。凝眸处，从今又添，一段新愁。

注释 >>

[1] 金猊（ní）：狮形铜香炉。

[2] 红浪：红色被子乱摊在床上，在晨曦的映照下，被子高低起伏有如波浪。第二说理解为盖着红绸被子，辗转反侧，难以入眠。

[3] 宝奁：华贵的梳妆镜匣。

[4] 阳关：语出《阳关三叠》，是唐宋时的送别曲。王维的《送元二使安西》诗："渭城朝雨浥轻尘，客舍青青柳色新。劝君更尽一杯酒，西出阳关无故人。"后据此诗谱成《阳关三叠》，为送别之曲。此处泛指离歌。

[5] 武陵人远：引用陶渊明《桃花源记》中，武陵渔人误入桃花源，离开后再去便找不到路径了。

[6] 烟锁秦楼：秦楼，即凤台，相传春秋时秦穆公女弄玉与其夫萧史乘凤飞升之前的住所。

[7] 凝眸：目不转睛地看。眸，眼珠，也泛指眼睛。

赏析 >>

李清照与赵明诚的婚姻向来被人传为美谈，赵明诚游宦在外，李清照不得不一次次地忍受相思的煎熬，爱情因为具有占有性所以是自私的，并因此而产生痛苦，又因一往情深，所以相思更愁更苦，至愁绪满怀无释处，一腔哀怨诉诸词，真是柔情一寸愁千缕。女词人本来就多愁善感，至此进一步发展成忧郁："惟有楼前流水，应念我、终日凝眸。"语新意隽，乃为佳句。

上阕呈现在眼前的是一个具有病态美的闺中怨妇形象，室内氤氲着一种挥之不去的慵懒与哀怨，词人却又欲说还休，似有千头万绪，设下悬念。

下阕终于不可抑制，一泻千里，不无怨艾，不无自怜。非病酒，不悲秋，都为苦别瘦。

我第一次读这首词，是20世纪80年代中期在师专中文系读书时，由一个同班室友推荐，那时我们都有很单纯传统的爱情观念。刚学习唐宋词时，他对我说，你看美女词人李清照在凤凰台上行起了爱情之事。我说何以见得？他说你看"被翻红浪"，这不是爱情之事是什么？我说读读这首词吧。

读读上片的"被翻红浪，起来慵自梳头。任宝奁尘满，日上帘钩"几句，让我们自然想起了温庭筠笔下《菩萨蛮》中的"懒起画蛾眉，弄妆梳洗迟"，都是寂寞慵懒的少妇，内心忍受思念的煎熬，提不起精神来。只是李才女描摹自己的内心情感更加细腻更加深刻罢了。

晚清著名词家陈廷焯评析道："此种笔墨，不减耆卿，叔原，而清俊疏朗过之。'新来瘦'二语，婉转曲折，煞是妙绝。笔致绝佳，余韵尤胜。"

链接>>

"凤凰台上忆吹箫"词牌来历

"凤凰台上忆吹箫"词牌取传说中萧史与弄玉吹箫引凤故事为名。

相传战国时期，秦穆公有个小女儿，因自幼爱玉，故名弄玉。弄玉不仅姿容绝代、聪慧超群，于音律上更是精通。她尤其擅长吹笙，技艺精湛国内无人能出其右。弄玉及笄后，穆公要为其婚配，无奈公主坚持若不是懂音律、善吹笙的高手，宁可不嫁。穆公珍爱女儿，只得依从她。一夜，弄玉一边赏月一边在月光下吹笙，却于依稀仿佛间闻听有仙乐隐隐与自己玉笙相和，一连几夜都是如此。弄玉把此事禀报了父王，穆公于是派孟明按公主所说的方向寻找，一直寻到华山，才听见樵夫们说："有个青年隐士，名叫萧史，在华山中峰明星崖隐居。这位青年人喜欢吹箫，箫声可以传出几百里。"孟明来到明星崖，找到了萧史，把他带回秦宫。

萧史与弄玉成婚后，教弄玉吹箫学凤的鸣声。学了十几年，弄玉吹出的箫声和真的凤凰叫声一样，甚至把天上的凤凰都引下来了。秦穆公专门为他们建造了一座凤凰台，这就是凤凰台的由来。萧史和弄玉住在凤凰台上，一连几年不饮不食，亦不下台。有一天，二人笙箫相和后，竟引来金龙紫凤，萧史乘龙，弄玉跨凤，双双升空而去，成语"乘龙快婿""龙凤呈祥"便是由此而来。

吹箫引凤，乘龙而去，白日升天，后世历代文人墨客纷纷歌咏这段历史，"凤凰台上忆吹箫"也由此而来，表达了人们对这对神仙眷侣的怀念和祝福，直至现在仍被人津津乐道。

《凤凰台上忆吹箫》这个词牌最早见于晁补之词，最著名的作品是李清照的《凤凰台上忆吹箫·香冷金猊》。

醉　花　阴

薄雾浓云愁永昼，瑞脑销金兽。佳节又重阳，玉枕纱厨，半夜凉初透。

东篱把酒黄昏后，有暗香盈袖。莫道不销魂，帘卷西风，人比黄花瘦。

注释＞＞

［1］永昼：漫长的白天。

［2］瑞脑：一种香料，俗称冰片。

［3］金兽：兽形的铜香炉。

［4］纱厨：纱帐。

［5］东篱：泛指采菊之地，取自陶渊明《饮酒》诗：“采菊东篱下，悠然见南山。”

［6］暗香：这里指菊花的幽香。

［7］销魂：此处形容极度忧愁、悲伤，有时也形容极度的欢乐。

赏析>>

这首词是李清照前期的怀人之作。李清照婚后不久，丈夫赵明诚便“负笈远游”，深闺寂寞，她深深思念着远行的丈夫。这年，时届重九，人逢佳节倍思亲，她便写了这首词寄给赵明诚。

在这首词里词人叙写了重阳当日的情事，抒发了佳节怀人的情思。

上片写重阳节白天里的愁绪和冷清。

两个关键词，一个是“愁”，一个是“凉”。

“愁”的心绪延续了整个白天——“愁永昼”，“薄雾浓云”沉闷潮湿，尤觉难挨。最能表现凉的感觉的是“玉枕纱厨，半夜凉初透”，这“玉枕”和“纱厨”当然是贵族家中享用的，这里不是要显示其华贵，而是写它们凉的感觉。凉的时间延续很长，从半夜就已然发生，主人就难以入眠了。凉的程度尤深，凉透了。那是因为没有心上人同床共枕，没有了爱和被爱的感受，难以入眠，室内极度冷清寂寞。

下片写黄昏后到东篱赏菊饮酒极度伤心的感受。

人物的活动交代很清楚：黄昏后到东篱赏菊花饮酒。“有暗香盈袖”写得很美，很能勾起读者的想象：暗香浮动月黄昏，但这里是美丽的菊花飘香。

最后三句最精彩，故意设计一个自问自答：不要说不是伤心欲绝，西风吹起窗帘，人憔悴得比黄花还消瘦呢！人和花怎么比啊？词人巧妙构思，让她们比谁更消瘦，突出处于痛苦思念中的美人比消瘦的黄花更消瘦。以花喻人，以花衬人，形象表达作者的无限愁情。

最有意思的是元代伊士珍《琅嬛记》中有关于这首词的一段故事：

李清照把重阳节所写的《醉花阴》词寄给丈夫赵明诚，赵明诚读了以后极为赞赏，自愧不如，读了这么多年书，还写不过自己的妻子，就下决心要写出佳作超过李清照。请了公务假，谢绝所有宾客，把自己关在书房里，废寝忘食三天三夜，写成了五十首词作。要和妻子一决高下。他把妻子的作品夹杂在其中，拿给好朋友陆德夫看。陆德夫再三品读，说："这里边只有三句绝佳。"赵明诚连忙问是哪三句，陆德夫回答说："莫道不销魂，帘卷西风，人比黄花瘦。"这三句正是李清照的词作。自此赵明诚对妻子的词心悦诚服。

胡仔在《苕溪渔隐丛话》中说，"帘卷西风，人比黄花瘦"，此语亦妇人所难道也。

唐圭璋在《唐宋词简释》中说：此首情深词苦，古今共赏。起言永昼无聊之情景，次言重阳佳节之感人。换头，言向晚把酒。着末，因花瘦而触及己瘦，伤感之至。尤妙在"莫道"二字唤起，与方回之"试问闲愁都几许"句，正同妙也。

链接 >>

林黛玉《秋窗风雨夕》

《红楼梦》里林黛玉病卧潇湘馆，秋夜听雨声淅沥，灯下翻看《乐府杂稿》，见有《秋闺怨》《别离怨》等词，"不觉心有所感，亦不禁发于章句，遂成《代别离》一首，拟《春江花月夜》之格，乃名其词曰《秋窗风雨夕》"。

秋花惨淡秋草黄，耿耿秋灯秋夜长。
已觉秋窗秋不尽，那堪风雨助凄凉！
助秋风雨来何速？惊破秋窗秋梦绿。
抱得秋情不忍眠，自向秋屏移泪烛。
泪烛摇摇爇短檠，牵愁照恨动离情。
谁家秋院无风入？何处秋窗无雨声？
罗衾不奈秋风力，残漏声催秋雨急。
连宵脉脉复飕飕，灯前似伴离人泣。
寒烟小院转萧条，疏竹虚窗时滴沥。
不知风雨几时休，已教泪洒窗纱湿。

雁过也，正伤心

——李清照风雨飘摇中的后期愁思

临 江 仙

欧阳公作《蝶恋花》，有“深深深几许”之句，予酷爱之。用其语作“庭院深深”数阕，其声即旧《临江仙》也。

庭院深深深几许？云窗雾阁常扃。柳梢梅萼渐分明。春归秣陵树，人老建康城。

感月吟风多少事，如今老去无成。谁怜憔悴更凋零。试灯无意思，踏雪没心情。

注释>>

[1] 扃（jiǒng）：关闭。

[2] 萼：花瓣外的一层小托片。

[3] 秣陵：战国楚置金陵邑，秦时称秣陵，以后又多次更名。这里的“秣陵”为古名的沿用。孙吴时又改名建业，东晋初改为建康，隋又易为江宁。同理，此词中的“建康”也是古地名的沿用。两名实指一地，即现在的江苏省南京市。

[4] 试灯：正月十五为元宵灯节，节前预赏，谓之试灯。

赏析>>

这首词作于建炎三年，即1129年初，是李清照晚期代表作之一。这首词不单是她个人的悲叹，而且道出了成千上万盼望恢复中原的人的心情。

词作上片写春归大地，词人闭门幽居，思念亲人，自怜飘零。

起句直接采用欧阳文忠公《蝶恋花》词首韵“庭院深深深几许”全句，连叠三个“深”字，乃比兴之作。貌写闺情，实蕴国恨。

词作下片，先是追忆往昔，进而念及老境凄凉，不禁感喟无限，心灰意冷。

“感月吟风多少事，如今老去无成”，今昔对比，无限感喟。建炎之初，清照抒写了许多语悲意明的政治诗，希望朝廷能以社稷苍生为重，谁知中原恢复大业竟至蹉跎。词人面对着南渡偏安的悲剧，既伤北宋之亡，又痛平生所业尽付东流，百感交集。

“谁怜憔悴更凋零”，破碎山河无人收拾，词人也已憔悴衰老、流落江南。

元宵在北宋是万民同乐的灯节，试灯，乃北宋官民预赏灯节之俗，今则“试灯无意思”；李清照初到建康，踏雪登石头城，北望中原，今则大势已去，恢复无望，而金兵日炽，面对残酷的现实，哪里还有心情去踏雪寻诗呢？

南渡以后，李清照词风，从清新俊逸，变为苍凉沉郁，这首《临江仙》是她南渡以后的第一首能准确编年的词作。国破家亡，奸人当道，个中愁苦，只能曲笔婉达。少女时代的清纯，中年时代的忧郁，一化而为老年时期的沉吟悲怆。

整首词作几乎是以口语入词，明白晓畅，又极准确、深刻地表达了词人彼时的心理状态，对比手法的运用，情感抒发的深沉，都给人留下极深的印象。

宋周辉《清波杂志》卷八载：“顷见易安族人言，明诚在建康日，易安每值天大雪，即顶笠披蓑，循城远览以寻诗，得句必邀其夫赓和，明诚每苦之也。”

另外，有人对欧阳修的“庭院深深深几许”一词归属提出异议，认为是柳永词作，我们可以用这一首词的小序作为证词，不是很有说服力么？

周笃文说：词旨凄黯，流露出很深的身世之恸。

链接>>

赏读另一首《临江仙》

李清照在这首词前的小序中说：予酷爱之。用其语作“庭院深深”数阕。我们再来读读她的另一首《临江仙》。

庭院深深深几许，云窗雾阁春迟，为谁憔悴损芳姿。夜来清梦好，应是发南枝。

玉瘦檀轻无限恨，南楼羌管休吹。浓香吹尽有谁知，暖风迟日也，别到杏花肥。

这是一首咏梅词，托物言志，寄托着女主人对远离身边心上人的深情思念，此词运用寄托、拟人等艺术手法，亦花亦人，梅与人浑然一体，意味绵长。

永 遇 乐

落日熔金，暮云合璧，人在何处？染柳烟浓，吹梅笛怨，春意知几许？元宵佳节，融和天气，次第岂无风雨？来相召，香车宝马，谢他酒朋诗侣。

中州盛日，闺门多暇，记得偏重三五。铺翠冠儿，捻金雪柳，簇带争济楚。如今憔悴，风鬟霜鬓，怕见夜间出去。不如向、帘儿底下，听人笑语。

注释>>

[1] 落日熔金：落日的颜色好像熔化的黄金。

[2] 暮云合璧：此是形容暮云与落日配合得宜。

[3] 吹梅笛怨：指笛子吹出《梅花落》曲幽怨的声音。

[4] 次第：接着，转眼，顷刻。

[5] 中州：这里指北宋都城汴京。

[6] 三五：即十五日，指元宵节。

[7] 铺翠冠儿：饰有翠羽的女式帽子。

[8] 雪柳：一种白柳，中国刺绣中喜用的花样。妇女们常在衣、裙或腰带上用金线、银线绣上雪柳。

[9] 簇带：是当时的方言，即“戴满插满”之意。

[10] 济楚：也是当时口语，指女子整齐美丽。

赏析 >>

这首词通过南渡前后过元宵节两种情景的对比，抒写离乱之后，愁苦寂寞的情怀。

上片写元宵佳节景物天气及推辞好友相邀以抒写心境。

最有意思的是上片有三处问句：两句暮色描写，然后问到人在何处？两句春天景物描写，然后问到春意知几许？两句天气描写，最后问到次第岂无风雨？三个问句中包含着深深的忧时伤怀之情。

下片从今昔对比中抒发国破家亡的感慨，表达沉痛悲苦的心情。

通过今昔过元宵节一些生活细节，十分鲜明地烘托出作者在饱经沧桑后晚年的悲凉心境。

全词由今而昔，又由昔而今的对比描写，形成昔盛今衰的鲜明对比。感情深沉真挚。语言于朴素中见清新，平淡中见工致。

张端义在《贵耳集》中说：南渡以来，常怀京、洛旧事，晚年赋元宵《永遇乐》词云：“落日熔金，暮云合璧。”已自工致。至于“染柳烟浓，吹梅笛怨，春意知几许”气象更好。后段云“如今憔悴，风鬟霜鬓，怕见夜间出去”皆以寻常语度入音律。炼句精巧则易，平淡入调者难。

刘辰翁在《须溪词》《永遇乐·璧月初晴》小序中说：“余自辛亥上元诵李易安《永遇乐》，为之涕下。今三年矣，每闻此词，辄不自堪，遂依其声，又托易安自喻，虽辞情不及，而悲苦过之。”

链接 >>

细品三层意思

“不如向、帘儿底下，听人笑语”——这首词结束得好像很平淡，可是在平淡中却包含了多少人生的感慨！“人老了，懒得动弹了”，这是一层意思。“经历多了，大场面都不知见过多少，如今怎么及得上旧时呵！”这是又一层意思。“自己这样的身世，有什么心情同人家玩儿呵！”又是一层意思。作者满腹辛酸哀怨，却只以这平淡的一句，使得无穷哀感都在虚处，语浅而情深。

武 陵 春

风住尘香花已尽，日晚倦梳头。物是人非事事休，欲语泪先流。

闻说双溪春尚好，也拟泛轻舟。只恐双溪舴艋舟，载不动、许多愁。

注释 >>

[1] 尘香：落花触地，尘土也沾染上落花的香气。

[2] 物是人非：景物依然，人事已非。

[3] 双溪：水名，在浙江金华，有东港、南港两水汇于金华城南，故曰“双溪”。

[4] 拟：准备、打算。

[5] 舴艋（zéměng）舟：形似蚱蜢的小船。

赏析 >>

此词写于作者晚年避难金华期间，时在绍兴四年（1134）金与伪齐合兵南犯以后。其时，丈夫既已病故，家藏的金石文物也散失殆尽，作者孑然一身，在连天烽火中漂泊流寓，历尽世路崎岖和人生坎坷，因而词情极为悲苦。

首句用笔极为细腻：其意不过是说风吹花落，却不从正面着笔，而落墨于“风住”“花已尽”的结局。尘土因花落而香，说明落花遍地，而这又反照出风之狂暴。一句中有三层曲折，确是匠心独运。

次句写日色已高，而犹“倦”于梳头，从侧面揭示情怀之苦、心绪之乱，笔法略同于其早期词作《凤凰台上忆吹箫》中的“起来慵自梳头”，但一为生离之愁，一为死别之恨，巨细深浅均有所不同，作者在遣词上易“慵”为“倦”，正显示了二者之间的差别。

三、四两句是《漱玉词》中并不多见的直抒胸臆之笔。之所以一改含蓄风格，当是因为汹涌澎湃的情潮已漫出心堤，无法遏制，只好任其自由宣泄。

过片后“闻说”二句宕开一笔，写自己有意泛舟双溪，观赏春光，精神似稍振起。但“只恐”二句复又折回，跌衬出更趋深重的愁情。

“愁”本无形，难以触摸，而今船载不动，则其重可知、其形可想。这是其构思新颖处。此外，下片中“闻说”“也拟”“只恐”六字前后勾连，也是揭示作者内心活动变化的传神笔墨。

清吴衡照在《莲子居词话》卷二评曰：“悲深婉笃，犹令人感伉俪之重。”所论甚切。

《唐宋词百首详释》中写道：全词婉转哀啼，令人读来如见其人，如闻其声。本非悼亡，而实悼亡，妇人悼亡，此当为千古绝唱。

链接 >>

巧借实物写虚愁的名句

诗仙李白高唱：“白发三千丈，缘愁似个长。”他用愁绪染白了头发。

南唐李煜低吟：“问君能有几多愁，恰似一江春水向东流。”他把愁绪放在了春水中。

宋郑文宝《柳枝词》中说："亭亭画舸系春潭，直到行人酒半酣。不管烟波与风雨，载将离恨过江南"，他把愁装上了船。

李清照更进一层："只恐双溪舴艋舟，载不动、许多愁！"她的愁压得船无法启动。

宋人石孝友《玉楼春》中说："春愁离恨重于山，不信马儿驮得动。"他把愁搬上了马背。

元朝的王实甫更是把愁装上车："算人间烦恼填胸臆，量这些大小车儿如何载得起。"

声 声 慢

寻寻觅觅，冷冷清清，凄凄惨惨戚戚。乍暖还寒时候，最难将息。三杯两盏淡酒，怎敌他、晚来风急？雁过也，正伤心，却是旧时相识。

满地黄花堆积。憔悴损，如今有谁堪摘？守著窗儿，独自怎生得黑？梧桐更兼细雨，到黄昏、点点滴滴。这次第，怎一个、愁字了得！

注释>>

[1] 寻寻觅觅：意谓想把失去的一切都找回来，表现非常空虚怅惘、迷茫失落的心态。

[2] 凄凄惨惨戚戚：悲凉忧伤愁苦的样子。

[3] 乍暖还（huán）寒：指秋天的天气，忽然变暖，又转寒冷。

[4] 将息：调养休息。

[5] 敌：对付，抵挡。

[6] 损：表示程度极高。

[7] 堪摘：可摘。

[8] 怎生：怎样的。语助词。

［9］次第：光景、情形。

赏析 >>

宋钦宗靖康二年（1127）夏五月，徽宗、钦宗二帝被俘，北宋亡。李清照夫婿赵明诚于是年三月，奔母丧南下金陵。秋八月，李清照南下，载书十五车，前来会合。赵明诚家在青州，有书册十余屋，因兵变被焚，国破家亡，不幸至此。建炎三年（1129）八月，赵明诚因病去世，此时李清照四十六岁。金兵入侵浙东、浙西，李清照把丈夫安葬以后，追随流亡中的朝廷由建康（今南京市）到浙东，饱尝颠沛流离之苦。避难奔走，所有收藏丧失殆尽。

绍兴二年（1132），李清照再嫁张汝舟，遇人不淑，旋即离异。李清照无儿无女，晚年孑然一身，寄人篱下，孤寂至极。

亡国之恨，丧夫之哀，孀居之苦，凝集心头，无法排遣，她和着血泪写下了这首千古绝唱《声声慢》。

这首词被誉为千古绝唱，绝非过誉。读这首词，应该是哽咽着朗读，不因哽咽而朗读，而因朗读而哽咽。读到心酸，以致泣不成声，才算真正读懂了这首词作。

词的意思很好懂，大多是口语化的词句，不需逐句疏通大意，我们只去品味词中妙点，已觉美不胜收了。

1. 叠字运用，创意出奇

首句连下七组叠字，开篇十四个字就是心情一路堆叠的情感，而堆叠是因为女性的感观非常之细腻。这里包含恍惚、寂寞、悲伤三层情感的递进，如急管繁弦，入耳伤心。

唐圭璋在《唐宋词简释》中曾申说其婉妙：中心无定，如有所失，故曰“寻寻觅觅”。房栊寂静，空床无人，故曰“冷冷清清”。“凄凄惨惨戚戚”六字，更深一层，写孤独之苦况，愈难为怀。

2. 借景象描述，表现悲戚心情

全词借景抒情，摄取冷冷清清、乍暖还寒、晚来风急、雁过、满地黄花、梧桐细雨诸景象，以表现孤寂、凄凉、悲伤、哀愁的心境，如怨、如慕、如泣、如诉，读之戚然。

3. 以声摹情，展现乐章之美

词调取名《声声慢》，声调上也因此特别讲究，用了不少双声叠韵字，如黄花、黄昏、点滴，都是双声；冷清、暖还寒、盏淡、得黑，都是叠韵。将词之为音乐文学的特质发挥到极致。

通览该词，处处都是作者的愁绪。

是的，她的国愁、家愁，还有情愁，怎一个“愁”字了得！

李清照凭借着自己极高的艺术天赋将满腔愁绪抽丝剥茧，然后进行细细纺织，化愁为美，创造了让人们永远享受无穷的词作珍品。

李清照是北方人，而南渡后，跨在两个文化当中，既保留了北方文化的好处，又吸收南方文化的好处。她吸收了江南文化中的委婉，转到一种慢，一种堆叠。

链接 >>

一副对联

山东济南市趵突泉公园里，建有李清照纪念堂，郭沫若题有一副楹联：

大明湖畔，趵突泉边，故居在垂杨深处；

漱玉集中，金石录里，文采有后主遗风。

渔 家 傲

天接云涛连晓雾，星河欲转千帆舞。仿佛梦魂归帝所。闻天语，殷勤问我归何处。

我报路长嗟日暮，学诗谩有惊人句。九万里风鹏正举。风休住，蓬舟吹取三山去！

注释 >>

[1]“我报”二句：意谓人生路长而时光渐晚，徒有诗才，志事难酬。报，回答。路长，隐括屈原《离骚》“路漫漫其修远兮，吾将上下而求索”之意。嗟，慨叹。在男女不平等的封建社会，其才华被扼制，不能有所作为，故说“谩有”。谩：徒，空。

[3] 鹏：古代神话传说中的大鸟。

[4] 蓬舟：像蓬蒿一样被风吹转的船。

[5] 三山：《史记·封禅书》记载：渤海中有蓬莱、方丈、瀛洲三座仙山，相传为仙人所居住，可以望见，但乘船前往，临近时就被风吹开，终无人能到。

赏析 >>

李清照是婉约派代表作家，其《醉花阴》《声声慢》等是大家熟悉的名作。这些词多半写闺情幽怨，风格是含蓄、委婉的。

这首《渔家傲》，却想象奇特，风格豪放，展现了李清照多方面的艺术才华。

整首词都是描写梦境。

“天接云涛连晓雾，星河欲转千帆舞”，描绘了一幅辽阔壮美的海天相接图。用“接”“连”两字巧妙地将“天”“云涛”“晓雾”组合成了一幅波澜壮阔的画面，而且写出了动感，写出了气势。“星河”“转”“千帆”“舞”，大气磅礴。水天相接，星河欲转，船摇帆舞，既有生活的真实感，又有梦境的虚幻，虚实结合，巧妙无比。

“仿佛梦魂归帝所，闻天语，殷勤问我归何处”，写词人仿佛梦见天帝，天帝殷切地问她：“你打算到哪儿去呀？”看似平常一问，然而这温和与殷切同现实中置人民于水火、畏敌如虎狼、只顾自己一路奔逃的高宗皇帝形成了鲜明比照。

“我报路长嗟日暮，学诗谩有惊人句”，下阕开头写词人回答天帝的问话，“路长”“日暮”是词人晚年孤独无依的痛苦经历。“嗟”，感叹自己日暮途远，徒有惊人之句，而一切皆将成空。正如伍子胥“吾日暮途远”和屈原“路漫漫其修远兮”的意念与过程，倾诉的是空有才华却遭逢时事不幸的苦闷。

“九万里风鹏正举。风休住，蓬舟吹取三山去！”这几句与前面的“天接云涛连晓雾，星河欲转千帆舞”相呼应，表达了词人决意要脱离这使其有才能而不得施展的尘世，借助于风力追随大鹏，驶向理想的境地。

这首词奔放有力，气势磅礴，是李清照作品中少有的浪漫主义豪放词。

近代梁启超评为：“此绝似苏辛派，不类《漱玉集》中语。”可谓一语中的，道破天机。

链接 >>

《渔家傲》词牌来历

《东轩笔录》云：“范文正守边日，作《渔家傲》乐歌数曲，皆以‘塞下秋来’为首句，颇述边镇之劳苦。欧阳公尝呼为‘穷塞主’之词。及王尚书素出守平凉。文忠亦作《渔家傲》一首以送之。”是此调之创自希文，已可证明；惟所咏则渐涉于泛耳。

青山遮不住，毕竟东流去　汪晓彬 绘

二十余年如一梦

——陈与义的《临江仙》忆旧游

陈与义（1090－1138），字去非，号简斋，洛阳（今属河南）人。他是南北宋之交的著名诗人，师尊杜甫，也推崇苏轼、黄庭坚和陈师道，人称“诗俊”，与“词俊”朱敦儒和“文俊”富直柔同列“洛中八俊”。他是南宋朝廷重臣，又是一位爱国诗人，其主要贡献还是在诗歌方面，给后世留下不少忧国忧民的爱国诗篇。

临　江　仙

夜登小阁，忆洛中旧游

忆昔午桥桥上饮，坐中多是豪英。长沟流月去无声。杏花疏影里，吹笛到天明。

二十余年如一梦，此身虽在堪惊。闲登小阁看新晴。古今多少事，渔唱起三更。

注释＞＞

［1］午桥：在洛阳东南。

［2］“此身”句：言自己虽幸存，但想起世事变迁，韶光流逝，不免心慌怅惘，感

慨不已。

[3]“古今”二句：古往今来的是非成败，都已化作夜晚渔夫的歌声。

[4] 长沟流月：长沟流水映着月光汤汤流淌。

[5] 渔唱：打鱼人的歌儿。这里作者叹惜前朝兴废的历史。

[6] 三更：古代以漏计时，自黄昏至拂晓分为五刻，即五更，三更正是午夜。

[7] 豪英：出色的人物。

赏析 >>

这首《临江仙》词大概是在高宗绍兴五年（1135）或六年（1136），陈与义退居青墩镇僧舍时所作，当时作者 46 或 47 岁。

陈与义是洛阳人，他追忆起二十多年前的洛阳旧游，那时是徽宗政和年间，当时天下太平无事，可以有游赏之乐。其后金兵南下，北宋灭亡，陈与义逃难流离，备尝艰苦，而朝廷在南迁之后，偏安一隅，陈与义回忆二十多年的往事，百感交集，但这首词却并不是直抒悲慨，而是情寓景中。

此词上片回忆南渡之前在洛阳午桥上与众多豪杰之士的欢饮，叙事中有写景。

下片所述时间上由昔转今，空间上由洛阳转回江南，是词人一番深之又深的感慨。

“杏花疏影里，吹笛到天明”二句，的确是造语“奇丽”，一种良辰美景，赏心乐事，宛然出现词人心目中。但是这并非当前实境，而是二十多年前浩如烟海的往事再现而已。

下片起句“二十余年如一梦，此身虽在堪惊”，一下子说到当前，两句中包含了二十多年无限世事沧桑、知交零落之感，内容极丰富，运笔却极轻灵。“闲登小阁”三句，不再接上文进一步抒发悲叹，而是写看新晴，听渔唱，将内心沉重悲愤的情感似轻描淡写分解到自己的行动中，举重若轻，意味深长。

黄升评析道：去非词虽不多，语意高绝，识者谓可摩坡仙之垒。

谭莹评析道：敢信坡仙垒可摩，词名《无住》却无多。杏花影里人吹笛，竟到天明奈若何？

链接 >>

陈与义作词独来独往

陈与义填词，是他晚岁退居时的遣兴之举，他以前既非专业作词，所以很不留心当时的词坛风气，可见并未受其影响。譬如，自从柳永、周邦彦以来，慢词盛行，而陈与义却未作过一首慢词；词至北宋末年，专事雕饰，有矫揉造作之感，周邦彦是以“富艳精工”见称，贺铸亦复如是，而陈与义的词独疏快自然，不假雕饰，可见陈与义填词是独往独来，自行其是，自然也不是有意学苏（东坡）的。

万里江山知何处

——抗金名臣张元幹的两首悲壮《贺新郎》

张元幹（1091—1170?）字仲宗，号芦川居士、隐山人，永福（今福建永泰）人。

张元幹为了配合李纲的抗金斗争，广交抗金志士，为抗金斗争出力。他交有江子我、汪藻、邓肃、辛炳、胡铨、翟汝文、王以宁等，都是主张抗击金兵侵扰的文化名人。张元幹与他们交朋友，畅谈国事，诗词唱和，激励抗金情绪，在支持和配合以李纲为代表的主战派的抗金斗争中发挥了很大作用。

贺　新　郎

送胡邦衡待制

梦绕神州路。怅秋风、连营画角，故宫离黍。底事昆仑倾砥柱，九地黄流乱注？聚万落千村狐兔。天意从来高难问，况人情老易悲难诉！更南浦，送君去。

凉生岸柳催残暑。耿斜河，疏星淡月，断云微度。万里江山知何处？回首对床夜语。雁不到，书成谁与？目尽青天怀今古，肯儿曹恩怨相尔汝？举大白，听《金缕》。

注释 >>

[1] 梦绕神州路：连做梦也忘不了中原地区。神州，一般指中国，这里专指被金

兵占领的中原。

[2]“怅秋风”三句：只恨在萧瑟的秋风中，处处兵营都发出悲哀的号角声，那汴京的宫殿都荒芜了。怅，心里愁闷；画角：号角

[3]“底事昆仑倾砥柱”二句：稳定如山的北宋怎么会一朝倾覆，让金兵在中原到处乱窜呢？底事，何事？昆仑，昆仑山，古人认为黄河源自昆仑山。昆仑山有铜柱，其高入天，称为天柱。又黄河中流有砥柱山。此以昆仑天柱、黄河砥柱，连类并书。喻北宋王朝；砥柱，砥柱山，在黄河中。九地，遍地；黄流，黄河水，这里指金兵；乱注，到处流。

[4] 狐兔：比喻金兵。

[5] 天意从来高难问，况人情老易悲难诉：化用杜甫“天意高难问，人情老易悲”句，言天高难问，人间又无可共语者，只得入胡公者同在福州，而公今又遽别，且垂垂老矣，不禁感伤。

[6] 耿：明亮。斜河：银河斜转（夜深了）。

[7] 断云微度：一朵朵浮云缓慢飘过去。

[8] 万里江山知何处：江山阻隔，相距万里，知道你在哪里呢？

[9] 回首：回忆。

[10] 对床夜语：对躺在床上谈话到深夜。

[11]“目尽青天”一句：远望天空，想到古今世态的变化。

[12] 肯儿曹恩怨相尔汝：（我们谈的都是国家大事）怎么能像孩子那样只知卿卿我我谈论个人恩怨呢？

[13] 大白：酒杯。

[14] 金缕：《金缕曲》就是《贺新郎》词牌的别名。

赏析 >>

此词作于绍兴十二年（1142）。绍兴八年胡铨因谏议和而被贬至福州，又遭秦桧迫害，移新州（今广东新兴）编管，途经福州时，张元幹写下这首词，为他送行。张元幹后竟因此词而被捕下狱，并被削职为民。

这首词表现了作者对祖国山河沦陷的悲痛，对投降派的愤怒，及对友人不幸遭遇的深切同情。“目尽青天怀今古，肯儿曹恩怨相尔汝”，两句更说明，他同情胡铨是由于政治立场相同，政治见解相同，而不是从朋友的私交出发。

上片：述时事。共三层，层层递转。

第一层，“梦绕神州路”四句：写中原沦陷的惨状。

四句形象地概括了北宋灭亡的历史事实，有尺幅千里之感。

第二层“底事昆仑倾砥柱”三句：严词质问悲剧产生的根源。

第三层“天意从来高难问”至“送君去”，感慨时事，点明送别。

“悲难诉”的内涵：北宋议和灭亡之悲难诉；南宋王朝苟且偷生、偏安江左、迫害忠良之悲愤难诉。

此节层层递转，字字沉实，词人悲愤之情，愈转愈深沉。

下片：叙别情。也分三层。

第一层，“凉生岸柳催残暑”至“断云微度”：别时景物。

第二层，“万里江山知何处”至“书成谁与”：设想别后之心情。

曲曲折折抒写留恋之情：既反映了他们深厚的友情，也表达了对国事的感慨——君此去道路茫茫，国家前途亦茫茫。

第三层，“目尽青天怀今古”至“听《金缕》”：遣愁致送别意。

张元幹因此词受到削籍除名的处分，但这首词却广为传唱。据《客亭类稿》记载：南宋词人杨冠卿秋日乘船过吴江垂虹桥，“旁有溪童，具能歌张仲宗‘目尽青天’等句，音韵洪畅，听之慨然。”

链接 >>

中流砥柱

砥柱石位于黄河中游的河南三门峡境内。20 世纪 50 年代之前，黄河自然流淌，在三门峡形成了神门、人门和鬼门的三道河门，那时候，河水惊涛拍岸，到了汛期，黄汤一样的泥水怒吼着由上游倾泻而下，在三道河门里横冲直撞，在此行船，一不小心便会造成船翻人亡的后果。然而，就在三门的下侧，一座山形巨石横立河中，将汹涌的河水拦于自己的脚下，那河水也怪，遇到了它，便突然温顺起来，河床变宽，留下一片平静的河滩，人们在此歇船避汛。

于是，人们非常感激这座石山，以它敢挡波涛的勇气和力量，称之为“中流砥柱”，后比喻在危难中起坚定的支柱作用的人或力量。

贺新郎·寄李伯纪丞相

曳杖危楼去。斗垂天、沧波万顷，月流烟渚。扫尽浮云风不定，未放扁舟夜渡。宿雁落、寒芦深处。怅望关河空吊影，正人间鼻息鸣鼍鼓。谁伴我，醉中舞。

十年一梦扬州路。倚高寒、愁生故国，气吞骄虏。要斩楼兰三尺剑，遗恨琵琶旧语。谩暗涩铜华尘土。唤取谪仙平章看，过苕溪尚许垂纶否？风浩荡，欲飞举。

注释>>

[1] 李伯纪：即李纲。

[2] 曳杖：拖着手杖。这句说，拖着手杖慢慢地走上高楼。

[3] 斗垂天：北斗星座仿佛在夜空中低低地挂在那里。

[4] 烟渚：烟雾弥漫的水边小洲。

[5] 扁舟夜渡：这里是说，大风刮散了浮云，还是吹刮不停，我不能坐小船夜渡来和你相会。

[6] 寒芦：指深秋的芦苇。这句说，秋天的大雁停栖在芦苇的深处。

[7] 吊影：形影相吊，这里指孤单无靠。

[8] 鼻息鸣鼍（tuó）鼓：鼻息有如鼍鼓般鸣响。鼓，用鼍皮蒙的鼓。这里形容鼾声如鼓。

[9] 十年一梦：这句话说，回顾从扬州仓皇出逃以来的十年光景，仿佛是做了一场梦。路：宋朝行政大区的名称。

[10] 高寒：高楼寒气袭人。

[11] 骄虏：骄横的敌人。

[12] 要斩楼兰：这里以楼兰指代金国。

[13] 琵琶旧语：汉元帝时，宫女昭君出塞嫁于匈奴。相传王昭君善于弹琵琶，后有乐曲《昭君怨》。这里作者借用这个典故是讽刺南宋朝廷向金统治者屈辱投降。

[14] 谩：同“漫”，徒然的意思。涩：不滑润。铜华：即铜锈。这句说，白白地使宝剑蒙上尘土，生了铜锈，显得没有光泽。

[15] 谪仙：指李白。这里以李白比喻李纲。平章：评论。

[16] 苕（tiáo）溪：水名，在浙江省，源出天目山，流经吴兴入太湖。这是两宋文人游览的风景区。垂纶（lún）：即垂钓，这里指隐居。

[17] 风浩荡，欲飞举：要乘风高飞，这里表示不甘逍遥林下，而是仍怀有气冲云霄的壮志雄心。

赏析 >>

这是一首送别词，作于宋高宗绍兴十二年（1142）。

绍兴八年（1138）冬，奸臣秦桧、孙近等筹划与金议和、向金营纳贡，李纲坚决反对，张元幹闻之怒不可遏，作《再次前韵即事》诗，痛斥秦桧、孙近等主和卖国之权奸为“群羊”，表达自己请缨无路之悲愤。李纲在福州上疏反对朝廷议和卖国，张元幹得知李纲上书事，作《贺新郎·寄李伯纪丞相》。

上片写词人登高眺望江上夜景，并引发出孤单无侣、众醉独醒的感慨。

下片连用两个典故，批评的矛头直指当朝权奸。结尾表示自己决不垂钓自遣不问时事，“风浩荡”一句更显忠心铁骨，反映了作者坚定的抗金爱国立场和主持正义、不怕投降派压制打击的斗争精神。

此词抒发了“气吞骄虏”的壮志和对权臣所谓“欲息干戈”的义愤，对李纲坚决主战、反对议和的行动表示敬仰和支持，希望李纲东山再起，收复失地，重整朝纲，劝诫统治者要吸取前朝遗恨。全词写得慷慨悲凉、愤激，其忠义之气，溢于字里行间，表现了作者刚正不阿、坚持正义的爱国主义精神。

整首词风格雄健豪迈，感情悲壮激愤。

薛砺若评析说：两词极悲壮，将当日河山之痛，赠别之怀，及牢骚抑郁之情，均直灌纸背，已开辛词先河。

链接 >>

“斩楼兰”典故

“斩楼兰”是用作杀敌建功的典故，出自《汉书·傅介子传》，又见于

《汉书·西域传》。西汉时期，楼兰和车师两个小国，地处通往西域的要道。汉武帝派兵征服了这两个小国，楼兰老国王去世后，新楼兰王受匈奴使者的指使，背叛汉朝，多次杀死汉朝前往大宛的使臣。汉朝准备派人征服楼兰，这时朝廷有个骏马监的小官傅介子，自告奋勇，要求出使大宛。大将军霍光见他如此有胆识，便让他率人马前往大宛。傅介子马到成功，不但使楼兰王谢罪，而且趁着夜幕，率领士兵杀死了匈奴使者，平安到达了大宛。

汉昭帝以后，楼兰国仍反复无常。大将军霍光又派傅介子带着大批珍贵礼品和精悍的武士，前往西域，宣称此行专程赏赐属国。楼兰王十分贪财，一点防范也没有。傅介子在驿馆布下埋伏，请楼兰王赴宴，趁机杀死了楼兰王。

唐代张九龄在《送赵都护赴安西》中运用了这个典故，“自然来月窟，何用刺楼兰”，李白的名篇《塞下曲》中也有“愿将腰下剑，直为斩楼兰”的诗句。

八千里路云和月

——民族英雄岳飞的两样情怀

岳飞（1103—1142），字鹏举，北宋相州汤阴县永和乡孝悌里（今河南安阳汤阴）人。中国历史上著名战略家、军事家、抗金名将。岳飞被誉为宋、辽、金、西夏时期最为杰出的军事统帅，是南宋中兴四将（岳飞、韩世忠、张俊、刘光世）之首。

满　江　红

怒发冲冠，凭阑处、潇潇雨歇。抬望眼，仰天长啸，壮怀激烈。三十功名尘与土，八千里路云和月。莫等闲、白了少年头，空悲切。

靖康耻，犹未雪。臣子恨，何时灭？驾长车，踏破贺兰山缺。壮志饥餐胡虏肉，笑谈渴饮匈奴血。待从头、收拾旧山河，朝天阙。

注释 >>

[1] 怒发冲冠：形容愤怒至极。

[2] 潇潇：形容雨势急骤。

[3] 长啸：感情激动时撮口发出清而长的声音，为古人的一种抒情之举。

[4] 等闲：轻易，随便。

[5] 靖康耻：宋钦宗靖康二年（1127），金兵攻陷汴京，掳走徽、钦二帝。

[6] 贺兰山：在今宁夏回族自治区。

[7] 天阙：天子宫门外宫殿前的楼观，这里借指朝廷。

赏析 >>

这是一首气壮山河、传诵千古的名篇，表现了作者大无畏的英雄气概，洋溢着爱国主义激情。

绍兴六年（1136）岳飞率军从襄阳出发北上，陆续收复了洛阳附近的一些州县，前锋逼近北宋故都汴京，大有一举收复中原，直捣金国的老巢黄龙府（今吉林农安，金故都）之势。但此时的宋高宗一心议和，命岳飞立即班师，岳飞不得已率军到鄂州。他痛感坐失良机，收复失地、洗雪靖康之耻的志向难以实现，在百感交集中写下了这首气壮山河的《满江红》。

生于北宋末年的岳飞，目睹华夏山河破碎，国破家亡的惨景，他少年从军，以“精忠报国”“还我河山”为己任。转战各地，艰苦斗争，为的是“收拾旧山河”。这首词所抒写的即是这种英雄气概。

上片通过凭栏眺望，抒发为国杀敌立功的豪情。

下片表达雪耻复仇，重整乾坤的壮志。“三十”两句，自伤神州未复，劝人及时奋起，而“八千里路”的复国征战严峻激烈，遂以“莫等闲”自我激励，以期实现驱除胡虏、复我河山之壮志。

陈廷焯评析说：何等气概！何等志向！千载下读之，凛凛有生气焉。“莫等闲”二语，当为千古箴铭。

链接 >>

靖康之耻

靖康之耻，又称靖康之难、靖康之祸、靖康之变，是指宋钦宗靖康年间（1126－1127），来自北方的金兵攻破当时北宋都城汴京（今河南省开封市），并掳走宋徽宗、宋钦宗父子，以及近乎所有皇族、后宫妃嫔与贵卿、朝臣共三千余人，以及首都平民超过十万人的重大战争灾难。

金军先后把北宋皇帝宋徽宗、宋钦宗拘留在金营，二月六日金主下诏废宋徽宗、宋钦宗为庶人，另立同金朝勾结的原宋朝宰相张邦昌为伪楚皇帝。四月初一日金军押解徽、钦二帝和后妃、皇子、宗室、贵戚等3000多人北撤。宋朝皇室的宝玺、舆服、法物、礼器、浑天仪等也被劫掠一空。北宋从此灭亡。

小 重 山

昨夜寒蛩不住鸣。惊回千里梦，已三更。起来独自绕阶行。人悄悄，帘外月胧明。

白首为功名。旧山松竹老，阻归程。欲将心事付瑶琴。知音少，弦断有谁听？

注释＞＞

[1] 寒蛩：深秋的蟋蟀。

[2] 千里梦：指梦回中原。

[3] 旧山：故乡。

[4] 松竹老：喻北方人民充满焦急的渴盼与等待。

[5] 阻归程：喻指收复失地行动受阻。

[6] 心事：抗金的主张。

赏析＞＞

一位率领千军万马驰骋疆场、令金军闻之丧胆的大将军怎么会有这样的苦恼，怎会有这样的小情调、小情思呢？这其实正印证了人的性格的复杂性，鲁迅说过“无情未必真豪杰，怜子如何不丈夫”，大英雄写出这样真实的内心感受，益发让我们敬重。

上阕寓情于景，写作者思念中原、忧虑国事的心情。

前三句写作者梦见自己率部转战千里，胜利挺进，收复故土，实现

“还我河山”的伟大抱负，兴奋不已，然而寒蛩鸣叫，午夜梦回。

后三句写梦醒后的失望和徘徊，反映了理想和现实的矛盾。以景物描写来烘托内心的孤寂，显得曲折委婉，寄寓壮志未酬的忧愤。

下阕抒写收复失地受阻、心事无人理解的苦闷。

前三句感叹岁月流逝，归乡无望。“阻归程”表面指山高水深，道路阻隔，难以归去，实际暗寓着对赵构、秦桧等屈辱求和、阻挠抗金斗争的不满和谴责。

后三句用俞伯牙与钟子期的典故，表达自己处境孤单，缺少知音，深感寂寞的心情。

全词表现了作者不满“和议”，反对投降，以及饱受掣肘的惆怅，体现了作者深沉的爱国情怀。

龙榆生在《唐五代宋词选》中说：一种激昂忠愤之气，读之使人慷慨。推其志，虽与日月争光可也。

链接 >>

岳飞轶事四则

令出如山，赏罚分明

“冻死不拆屋，饿死不打掳”，这是岳家军的口号，也是真实的写照。损坏庄稼，妨碍农作，买卖不公……斩！岳家军所到之处，民众无不欢欣围观，“举手加额，感慕至泣”。

士卒伤病，岳飞亲自抚问；士卒家庭困难，让有关机构多赠银帛；将士牺牲，厚加抚恤外，还“以子妻其女”（部将牺牲后仅余孤女无人照料，岳飞让儿子娶她），妻李氏亦时常慰问将士遗孀。如此赏罚分明官兵同心的军队，自然是“撼山易，撼岳家军难”。

不纵女色

南宋诸将中，唯有岳飞坚持一妻，且从不去青楼纵欲。吴阶曾花二千贯买了一名士人家（读书人家）的女儿送给岳飞，岳飞以屏风遮挡问道：

“我家的人都穿布衣，吃粗食，娘子若能同甘苦，便请留下，否则，我不敢留你。”女子听了窃笑不已，显然不愿。岳飞便遣人送回。部将劝阻说不要伤了吴阶的情面，岳飞说：“而今国耻未雪，岂是大将安逸取乐之时？”吴阶得知后益发敬重岳飞。

事母至孝

母病，“尝药进饵”，亲自侍奉；母亡，赤脚扶棺近千里。岳飞认为：“若内不能克事亲之道，外岂复有爱主之忠？”

秦桧逼供，岳飞冤死

岳飞父子被秦桧以谋反罪名予以逮捕审讯，由于找不到证据而不能获得想要的审讯结果，最终秦桧以“莫须有”的罪名（韩世忠当面质问秦桧，秦桧回答“其事体莫须有”——“莫须有”的意思为“也许有”），于绍兴十一年农历十二月廿九（1142 年 1 月 27 日）除夕之夜，在杭州大理寺狱中将岳飞杀害，岳飞长子岳云及其部下张宪也被斩于临安闹市。岳飞被害前，在狱中写下绝笔字：“天日昭昭，天日昭昭。”岳飞被害后，狱卒隗顺冒着生命危险，将岳飞遗体背出杭州城，埋在钱塘门外九曲丛祠旁。

隗顺死前，又将此事告诉其儿，并说：岳帅精忠报国，今后必有给他昭雪冤案的一天！岳飞沉冤 21 年后，绍兴三十二年（1162），宋孝宗即位，准备北伐，便下诏为岳飞平反，谥武穆，改葬在西湖栖霞岭，即杭州西湖畔“宋岳鄂王墓”，并立庙祀于湖北武昌，额名忠烈。

只有香如故

——陆游一生不渝的真情

陆游（1125—1210），南宋诗人、词人。字务观，号放翁，浙江绍兴人。他始终坚持抗金，在仕途上不断受到当权主和派的排斥打击。中年入蜀抗金，军事生活丰富了他的文学内容，一生著作丰富，有数十个文集存世，存诗9300多首，是文学史上存诗最多的诗人。

陆游具有多方面文学才能，尤以诗的成就为最，在思想上、艺术上取得了卓越成就，生前即有“小李白”之称，成为南宋一代诗坛领袖，在中国文学史上享有崇高地位，是伟大的爱国主义诗人。陆游的词作数量不及诗篇，但同样饱含着强烈的爱国主义精神。著作有《放翁词》一卷，《渭南词》二卷。

钗　头　凤

红酥手，黄縢酒。满城春色宫墙柳。东风恶，欢情薄。一怀愁绪，几年离索。错，错，错！

春如旧，人空瘦。泪痕红浥鲛绡透。桃花落，闲池阁。山盟虽在，锦书难托。莫，莫，莫！

注释>>

[1] 唐琬，原是陆游的妻子，后因陆母逼迫而分开。陆游独游沈园，无意中遇到唐琬和丈夫赵士程，不由感慨万分，写下了这首著名的《钗头凤》，唐琬看后，失声痛哭，回家后也写下了一首《钗头凤》，不久就抑郁而终了。

[2] 红酥手：是一种色红质酥的佛手食品。

[3] 浥（yì）：湿润。

[4] 鲛绡（jiāoxiāo）：神话传说鲛人所织的绡，极薄，后用以泛指薄纱。鲛人，亦作“蛟人”，神话传说中生活在海中的人，其泪珠能变成珍珠。绡，生丝织成的薄绢，轻纱。

赏析>>

这是千年之后仍让人感叹唏嘘的爱情悲剧。

这首词写陆游自己的爱情悲剧。

陆游的原配夫人是同郡唐氏士族的一个大家闺秀唐琬，结婚以后，他们“伉俪相得”，“琴瑟甚和”，是一对情投意合的恩爱夫妻。不料，作为婚姻包办人之一的陆母却对儿媳产生了厌恶感，逼迫陆游休弃唐氏。在陆游百般劝说、哀求而无效的情况下，二人终于被迫分离，唐氏改嫁“同郡宗子”赵士程，彼此之间也就断了音讯。几年以后的一个春日，陆游在家乡山阴（今绍兴市）城南禹迹寺附近的沈园，与偕夫同游的唐氏邂逅。唐氏安排酒肴，聊表对陆游的抚慰之情。陆游见人感事，情不能自已，遂乘醉信笔在沈园的墙上写下这首词。

整首词记述了词人与唐氏的这次相遇，表达了词人对唐琬的眷恋之深和相思之切，也抒发了词人怨恨愁苦而又难以言状的凄楚心情。

杨钟贤：全词节奏急促，声情凄紧，再加上“错，错，错”和“莫，莫，莫”先后两次感叹，荡气回肠，大有恸不忍言、恸不能言的情致。

链接>>

《沈园》二首见深情

陆游75岁时，唐琬去世近40年。陆游重游沈园，作《沈园》绝句二首。

其一

城上斜阳画角哀，沈园非复旧池台。
伤心桥下春波绿，曾是惊鸿照影来。

其二

梦断香消四十年，沈园柳老不吹绵。
此身行作稽山土，犹吊遗踪一泫然。

风雨四十年，陆游对唐琬依然深情难绝。

钗　头　凤

（唐　琬）

世情薄，人情恶，雨送黄昏花易落。晓风干，泪痕残。欲笺心事，独倚斜阑。难，难，难！

人成各，今非昨，病魂常似秋千索。角声寒，夜阑珊。怕人寻问，咽泪装欢。瞒，瞒，瞒！

注释>>

[1] 欲笺心事：想把心事写信（告诉你）。

[2] 阑珊：是衰落、将尽的意思。

赏析>>

读这首词，我们不禁为唐琬这样一个重情重义的美丽女子不幸的命运而叹息。

唐琬，陆游的表妹，陆游母舅唐诚女儿，自幼文静灵秀，才华横溢。陆家曾以一只精美无比的家传凤钗作信物，与唐家定亲。陆游 20 岁（1144，绍兴十四年）与唐琬结合。不料唐琬的横溢才华及与陆游亲密的感情，却引起了陆母的不满（女子无才便是德），后陆母甚至认为唐琬把儿子的前程耽误殆尽，遂命陆游休了唐琬。陆游曾另筑别院安置唐琬，其母察觉后，命陆游另娶一位温顺本分的王氏女为妻。唐琬后由家人做主嫁给了皇家后裔同郡士人赵士程。

唐琬是一个极其重情的女子，与陆游本是十分完美的结合，却毁于世俗的风雨中。赵士程虽然重新给了她家庭的温暖，但毕竟曾经沧海难为水，与陆游那份刻骨铭心的情缘始终留在她情感世界的最深处。自从看到了陆游的《钗头凤》，她的心就再也难以平静。追忆似水的往昔、叹惜无奈的世事，感情的烈火煎熬着她，使她日渐憔悴，郁悒成疾，在秋风萧瑟的时节化作一片落叶悄悄随风逝去。只留下一阕多情的《钗头凤》，令后人为之唏嘘不已。

陆唐二人的缱绻爱情终成劳燕分飞，除了令人感叹人生无常、命运无定以外，还提示我们应该好好珍惜短短的人生光阴。

爱情是美好的，可能也是短暂的。

把握今生，善待爱人吧。

吴汝煜评析说：此词纯属自怨自泣、独言独语的感情倾诉，主要以缠绵执着的感情和悲惨的遭遇感动古今。

链接 >>

相思树的故事

读到唐琬“病魂常似秋千索”“咽泪装欢”这样无限伤感的诗句，总会让人想起思念的极致，古老的“相思树”故事。

典故：相思树

又作：韩凭蛱蝶、韩凭夫妇、连理枝

含义：形容男女爱情忠贞不渝

出处：晋·干宝《搜神记》（卷十一）

原文：

宋康王舍人韩凭，娶妻何氏，美，宋康王夺之。凭怒，王囚之，沦为城旦（是秦汉时的一种刑罚名。秦服四年兵役，汉确定其刑期为五年，夜里筑长城，白天防敌寇，此处指被处以这种刑罚的人）。妻密遗凭书，谬其辞（指把话说成隐语）曰："其雨淫淫，河大水深，日出当心。"既而王得其书，以示左右，左右莫解其意。臣苏贺对曰："其雨淫淫，言愁且思也；河大水深，言不得往来也；日出当心，必有死志也。"俄而凭乃自杀。其妻乃阴腐其衣（暗地里使自己的衣服腐蚀），王与之登台，妻遂自投台，左右揽之，衣不中手而死。遗书于带，曰："王利其生，妾利其死，愿以尸骨赐凭合葬。"王怒，弗听，使人埋之，冢相望也。王曰："尔夫妇相爱不已，若能使冢合，则吾弗阻也。"宿昔之间，便有大梓木生于二冢之端，旬日而大盈抱（即满抱），屈体相就，根交于下，枝错于上。又有鸳鸯，雌雄各一，恒栖树上，晨夕不去。宋人哀之，遂号其木曰相思树。

这个故事表现了韩凭之妻忠于爱情、宁死不屈、从容有智的形象。以浪漫主义的想象，强化、升华了韩凭夫妇真挚的感情和他们的反抗精神，也表现了人民群众的美好愿望和对他们的同情。

卜算子·咏梅

驿外断桥边，寂寞开无主。已是黄昏独自愁，更著风和雨。

无意苦争春，一任群芳妒。零落成泥碾作尘，只有香如故。

注释>>

[1] 驿（yì）外：指荒僻、冷清之地。驿，驿站，古代传递政府文书的人中途换马匹休息、住宿的地方。

[2] 著：同"着"，这里是遭受的意思。更著，又遭受到。

[3] 苦：苦苦地，极力地。

[4] 争春：与百花争奇斗艳。

赏析>>

这首词脍炙人口，作为咏梅诗词，极为经典。

陆游是南宋著名爱国诗人，一生创作了大量诗词作品。他的诗词作品有不少表达了爱国情感，由于他的爱国主张始终遭到压制，所以他的作品中也有不得志的悲愤抑郁。这首《卜算子·咏梅》词便是一例。

词中，陆游以梅花自比，表现出孤芳自赏的凄凉情调。词中的梅花虽然清香无比，但为“群芳”所妒，更兼“风”“雨”的摧残，最后“零落成泥碾作尘”，只有清香依旧。

这里的梅花既体现了他不愿苟合于流俗的清高孤傲，又有遭遇打击后的凄凉与无奈。

这首词以梅喻人，上阕写梅的处境和遭遇：寂寞无主，还要加上风雨摧逼！

下阕写梅的气节操守：无意争春，即便是零落成泥，依然保持那一份清香！

我们从梅花的命运与品格中看到了词人仕途坎坷的身影，读出了词人像梅花般冰清玉洁的精神世界。

现代伟人毛泽东对陆游诗词情有独钟，是因为他们在感情上有相通之处。而毛泽东诗词更具有奋发向上和豪迈乐观的一面，这是他优于陆游之处。毛泽东也写了一篇《卜算子·咏梅》，词前还有一小序，点明写作缘起。

读陆游咏梅词，反其意而用之。

风雨送春归，飞雪迎春到。已是悬崖百丈冰，犹有花枝俏。

俏也不争春，只把春来报。待到山花烂漫时，她在丛中笑。

艾治平说：该词十分成功地运用比兴手法，作者以梅花自喻，以梅花的自然代谢来形容自己，已将梅花人格化。“咏梅”，实为表白自己的思想感情，给人们留下了十分深刻的印象，成为一首咏梅的杰作。

链接 >>

陆游的梅花诗词

陆游不仅写了有名的词作《卜算子·咏梅》，他对梅花情有独钟，一生共写了梅花诗词 130 多首。

一尘不染，傲立于皑皑白雪中，傲寒的不屈意志让它在苍莽的雪原上更显独特，这就是梅花高洁的情操。

闻道梅花坼晓风，雪堆遍满四山中。
何方可化身千亿？一树梅花一放翁。

幽谷那堪更北枝，年年自分着花迟。
高标逸韵君知否，正是层冰积雪时。

雪虐风饕愈凛然，花中气节最高坚。（节选）
过时自合飘零去，耻向东君更乞怜。

诉 衷 情

当年万里觅封侯，匹马戍梁州。关河梦断何处，尘暗旧貂裘。胡未灭，鬓先秋，泪空流。此生谁料，心在天山，身老沧洲。

注释>>

[1] 万里觅封侯：奔赴万里外的疆场，寻找建功立业的机会。

[2] 梁州：今陕西南部汉中地区。陆游在 48 岁时在汉中川陕宣抚使署任职，过了一段军旅生活，积极主张收复长安。

[3] 关河：关塞河防，指山川险要处。

[4] 尘暗旧貂裘：貂皮裘上落满灰尘，颜色为之暗淡。这里借用苏秦典故，说自己不受重用，未能施展抱负。这里比喻多年没有披挂上阵，甲胄尘封，不能立功边陲。

[5] 胡：本为古代对北方、西方少数民族的泛称，此指金兵。

[6] 天山：在今新疆境内，是汉唐时的边疆，这里代指抗金前线。

[7] 身老沧洲：陆游晚年退隐在故乡绍兴镜湖边的三山。沧洲，滨水之地，古时隐士所居之处。

赏析>>

陆游在词中回顾自己当年在梁州希望为恢复中原、报效祖国建功立业的往事，如今壮志未酬，却已年老体衰，反映了作者晚年的悲愤。

上片前两句词人再现了自己昔日壮志凌云、奔赴抗敌前线的勃勃英姿。“觅封侯”不能片面理解为陆游渴望追求高官厚禄，因为这里暗用了《后汉书·班超传》记载的班超投笔从戎的典故。班超投笔“以取封侯”，后来在西域立了大功，真的被封为“定远侯”。陆游这样写，说明当年他在梁州的时候，也曾像班超那样胸怀报效祖国的雄心壮志。可是，陆游的愿望并未变成现实，后两句便是眼前生活的真实写照：睡梦里仍然出现旧日战斗生活的情景，睁眼看看眼前，“关河”毋庸说已经无影无踪，当年的战袍也早已尘封色暗，满目凄凉惨淡的景象。

下片紧承上片，继续抒发自己念念不忘国事，却已是“心有余而力不足”的郁闷心情。“胡未灭”说明敌寇依然嚣张；“鬓先秋”慨叹自己已经无力报国；“泪空流”包含作者的满腔悲愤，也暗含着对被迫退隐的痛心。

结尾三句，苍劲悲凉，寓意深刻。“谁料”二字感叹世事难料，人生无常。“心在天山，身老沧洲”是年迈苍苍的陆游血与泪的凝聚，它很容易让读者想起放翁那首常常使人热泪盈眶的《示儿》诗：“死去元知万事空，但悲不见九州同。王师北定中原日，家祭毋忘告乃翁。”两者所表现的爱国主义思想完全是一致的。

王方俊、张曾峒评价说：情感真挚，丝毫不见半点虚假造作；语言通俗，明白如话；悲壮处见沉郁，愤懑却不消沉。所有这些，使陆游这首词感人至深，独具风格。

链接 >>

什么是“封侯”？

“封侯”是统称，一般指封爵。古代做官一般不能世袭，所以官员的后代也会落魄，有“富不过三代”之称。而封爵之后，能够世袭爵位，代代“吃皇粮”，所以封爵是当时人们的终极奋斗目标。

古代爵位各个时期都不同，最具代表性的就是周朝的爵位，分为

“公、侯、伯、子、男”五等。刘邦建立汉朝之后，对功臣大加封赏，其中封的最多的就是侯爵，比如留侯张良、淮阴侯韩信，所以后人将封爵都通称为封侯了。刘邦后来将七个异姓王诛杀之后，历朝历代都基本不再封异姓王。当然封爵并不一定都是封为侯爵，比如明朝张辅就是英国公，公爵。

苏辛豪放派的桥梁

——张孝祥一首悲壮豪放的爱国誓言

张孝祥（1132－1170），字安国，别号于湖居士，历阳乌江（今安徽和县）人。南宋著名词人，书法家。

在词史上，张孝祥是上承苏轼下启辛弃疾的重要桥梁。他十分推崇苏轼，曾经问门下的宾客："我比苏东坡何如?"谢尧仁回答说："若在他人，纵读书百年，不易比东坡，以公子才气纵横，再读十年，当可推倒此老。"可惜在内忧外患身心交瘁之中，张孝祥只活了39岁，还来不及有更大的建树。张孝祥现存词200多首，用"才气纵横"四个字来评价他，他的确是当之无愧的。其词风既有苏轼的清超豪迈，也有辛弃疾的雄奇悲壮。

念奴娇·过洞庭

洞庭青草，近中秋，更无一点风色。玉鉴琼田三万顷，着我扁舟一叶。素月分辉，明河共影，表里俱澄澈。悠然心会，妙处难与君说。

应念岭表经年，孤光自照，肝胆皆冰雪。短发萧疏襟袖冷，稳泛沧溟空阔。尽吸西江，细斟北斗，万象为宾客。扣舷独啸，不知今夕何夕！

注释>>

[1] 洞庭青草：湖南洞庭，青草两岸相连，南名青草，北名洞庭，所谓“重湖”。

[2] 琼：《说文》本训赤玉，但后来多作白玉用，且用为形容词，状洁白。

[3] 岭表：即岭外，亦即岭南。两粤之地，北倚五岭，南临南海，称“岭表”。作者曾为广南西路经略安抚使。

[4] 万象为宾客：以自己做主人，故万物皆为宾客。

[5] 舷：船帮。扣舷即敲击着船帮。

赏析>>

这首中秋词是作者泛舟洞庭湖时即景抒怀之作。开篇直说地点与时间，然后写湖面、小舟、月亮、银河。此时作者想起岭南一年的官宦生涯，感到自己无所作为而有所愧疚。而且想到人生苦短不免心酸，不过由于自己坚持正道，又稍感安慰。他要用北斗做酒勺，舀尽长江做酒浆痛饮。

“洞庭春草”指的是洞庭湖加上与之相连的青草湖，点出地点，题目是“过洞庭”，词一开头就紧扣题目。“近中秋”点出时间，秋天天高气爽，“玉鉴琼田”形容的是秋月下浩浩汤汤、一碧万顷的湖水。以玉比喻湖水清澈透明之美，“万顷”则极言湖面之广，如此良辰美景，驾一叶扁舟游其中，该是多么惬意。

紧承“更无一点风色”，从秋月写到秋水。素月分辉是说皎洁的月亮把自己的光辉分给了湖水。水里的银河是天上银河的倒影，它们有着同辉的形象。“表里俱澄澈”是这首词主旨所在，它包含了两层意思：一层是写秋月秋水之美，美在哪里，美在澄澈。澄是水清，澈也是水清，上上下下，里里外外，没有一丝一毫浑浊，没有一丝一毫污染，这样的清澈明亮，有如非人间的琉璃世界；另一层是说三万顷湖上扁舟上的我，也有如秋月，有如秋水，我就是一个光明磊落，坦坦荡荡，言行一致，表里如一的男子汉、大丈夫。所以表里俱澄澈不仅是写景，而且也是写人，写自己品格之美。

上阕写景，下阕则从回顾岭表一年写起，抒发感情。

岭表指五岭之外，即今之广西一带。《宋史》本传载张孝祥于宋孝宗乾道元年（1165）知静江府兼广南西路经略安抚使，次年因谗落职，由桂林北归，途经岳阳，故有《过洞庭》之作。此处的“应”语气相当肯定。诗人由洞庭湖的澄澈，想起自己在岭表一年因被谗而免职的经历，感慨系之矣。“肝胆皆冰雪”，实际上是说，尽管自己被免职，但自己是光明磊落、心地纯洁、肝胆照人的；另一层意思是说，我问心无愧，话语中有愤慨、有失望、有自我安慰，但主要还夹杂着自豪，感情真挚而又复杂。

“短发萧疏襟袖冷，稳泛沧溟空阔。”这是从岭表经年回到当下，“襟袖”则是以部分代全体，月夜清冷，衣服单薄，凉意顿生，更重要的是官场人情冷暖，不免有萧条冷落之感。尽管如此，自己是拿得起放得下的人，任凭风浪起，稳坐钓鱼船，体现了诗人的鲜明个性。

“尽挹西江，细斟北斗，万象为宾客。”这是全词的高潮所在，也是诗人感情的高潮所在。诗人作主人，请万象（天地万物）作客人，舀尽西去长江的水，用北斗七星作酒器，低斟浅酌地招待天地万物，这是何等气势，一个被谗免官的人，如此自信，如此心胸。

“扣舷独啸，不知今夕何夕。”苏轼《前赤壁赋》有“扣舷而歌之”之语，张孝祥则是敲击船沿、仰天长啸，抒发出自己的满腔豪情。受苏轼《念奴娇·中秋》“我醉拍手狂歌，举杯邀月，对影成三客。起舞徘徊风露下，今夕不知何夕”影响，张孝祥以“不知今夕何夕”作结，从秋月秋水回归自我，通过对照，说明诗人已忘情这月白无风之夜，忘情与大自然交融之中。

此词意象鲜明，意境深邃，结构严谨，想象瑰丽，真正做到了“宠辱不惊，闲看庭前花开花落；去留无意，漫随天外云舒云卷”，是首表现浩然正气的绝妙好词。

如此景致，前人道“读之泠然洒然，真非烟火食人辞语”。（《于湖词序》）

词中许多句子“皆神来之句，非思议所及也”。（《铜鼓书堂词话》）王闿运更指出：“飘飘有凌云之气，觉东坡《水调》犹有尘心。”（《湘绮楼词

评》）

链接 >>

本词三美

这首词画面开阔，意境优美，大气磅礴，具有鲜明的浪漫主义特色，艺术感染力极强。其中的美妙，自然首先是月光下的洞庭湖本身的美。而从文学的角度看，这首词的美体现在三个方面：

一是比喻之美。词中用“玉鉴琼田”来比喻波平如镜水晶般透明的洞庭湖，烘托出“扁舟一叶”之中的作者人格的纯洁高尚。“孤光自照，肝胆皆冰雪”比喻词人心地纯净，俯仰无愧。

二是想象之美。在词中，作者幕天席地、友月交风，乃至吸江酌斗、宾客万象，想象奇特而又豪放，表现词人的大气派、大胸襟，超尘脱俗，豪气凌云。

三是豪放之美。古代描写洞庭湖的佳作层出不穷，如孟浩然的《临洞庭上张丞相》、杜甫的著名律诗《登岳阳楼》、范仲淹的著名散文《岳阳楼记》等。它们各有千秋，永垂不朽。张孝祥这首《念奴娇》独树一帜，在一个“素月分辉，明河共影”的洞庭之夜，词人泛舟湖上，逸兴遄飞，气魄宏大，豪气干云。整首词流动着动人心魄的豪放之美，充分显示其艺术独创性。

着我扁舟一叶　汪晓彬 绘

爱国志士的真胸臆

——词豪辛弃疾的多样情怀

辛弃疾（1140—1207）南宋词人，著名抗金将领。原字坦夫，改字幼安，别号稼轩，历城（今山东济南）人。辛弃疾在文学上与苏轼齐名，号称“苏辛”，与李清照并称“济南二安”。

摸　鱼　儿

淳熙己亥，自湖北漕移湖南，同官王正之置酒小山亭，为赋。

更能消、几番风雨？匆匆春又归去！惜春长怕花开早，何况落红无数。春且住。见说道、天涯芳草无归路。怨春不语。算只有殷勤，画檐蛛网，尽日惹飞絮。

长门事，准拟佳期又误。蛾眉曾有人妒。千金纵买相如赋，脉脉此情谁诉？君莫舞，君不见，玉环飞燕皆尘土！闲愁最苦。休去倚危栏，斜阳正在，烟柳断肠处。

注释 >>

[1] 同官王正之：作者调离湖北转运副使后，由王正之接任原来职务，故称“同官”。王正之，名正已，是作者相交。

[2] 消：经受。

[3] 算只有殷勤：想来只有檐下蛛网还殷勤地沾惹飞絮，留住春色。

[4] 长门：汉代宫殿名，武帝陈皇后失宠后被幽闭于此。

[5] 脉脉：绵长深厚貌。

[6] 君：指善妒之人。

[7] 玉环飞燕：杨玉环、赵飞燕，皆貌美善妒。

[8] 危栏：高楼上的栏杆。

赏析 >>

“春”字是全词的“词眼”，有四重意思：一是表象，即自然界的春天；二是喻指人生的春天，青春年华；三是代指摇摇欲坠的南宋王朝；四是代指抗金的大好机会。

上片先从惜春写起：

暮春天气，残余的春景还能经得起几次风吹雨打呢？眼看着春天就要又一次匆匆忙忙地离去。这表面是表达对春天逝去的无限惋惜之情，实际是影射南宋王朝的岌岌可危。

“匆匆春又归去”，一个“又”字，悲凉又愤慨。春天又过去了！年华又流逝了！抗金的大好机会又错失了！

由于怕春去花落，作者甚至害怕春天的花开得太早。而现实不管你如何惜春，依然“落红无数”！

“春且住。见说道、天涯芳草无归路”，这里，作者移情于物，不说自己留春，而说芳草留春，有先到天涯，要堵住春天归去的道路，这就把惜春之情表现得更深了一层。

“怨春不语。算只有殷勤，画檐蛛网，尽日惹飞絮”，蜘蛛是一种隐喻，蜘蛛辛苦地结网，网住飞絮，试图留住春天，这恰如作者自己，付出所有的心血，极力地想要阻止国家的衰亡。另一方面，作者也是在表达自己的怨愤：连蜘蛛都知道结网留春，而南宋王朝竟然不知道力图兴复。

下片借古喻今：

用汉武帝陈皇后失宠的典故，来比拟自己的失意。陈皇后因美貌而遭人嫉妒，以致被打入冷宫，她拿出黄金请司马相如写了一篇《长门赋》，希望以此能够打动汉武帝，但她期待的“佳期”预料又要错过。这实际上正是作者对自己长期遭受排挤和冷遇的不满和感叹，自己的一腔爱国热情又该向谁倾诉呢？“蛾眉”一句表达了对南宋朝廷深深的失望。

“君莫舞！君不见，玉环飞燕皆尘土”，音节短促，气势雄壮，有一种愤慨，也是对那些因得宠而得意忘形者的警告。

“闲愁最苦，休去倚危栏，斜阳正在，烟柳断肠处”，作者清醒地认识到：不能用凭高望远的方式来排遣郁闷，因为那快要落山的斜阳，正照着那被暮霭笼罩着的杨柳，远远望去，一片迷蒙，这样的暮景，会使人见景伤情，以至于销魂断肠的。这最后两句写景，与开头相呼应、结构极其严谨。

词的下阕运用了两个典故，有两个好处，一是由于典故本身固有的内涵，可以扩大诗词内容的含量；二是可以构成情态比，借之抒发自己的思想感情。

这首词，通篇流贯着一位英雄对国事的忧虑和怨愤，但作者却巧妙地为情设景，以景寓情，借暮春落日的景观，含蓄地抒发了忧谗畏讥的切肤之痛和对社稷前途命运的深沉忧虑。

陈廷焯在《白雨斋词话》卷一评此词说：“词意殊怨。然姿态飞动，极沉郁顿挫之致。”梁启超极为称赞道：“回肠荡气，至于此极！前无古人，后无来者。”

链接 >>

司马相如《长门赋序》

司马相如《长门赋序》：“孝武陈皇后，时得幸，颇妒。别在长门宫，愁闷悲思，闻蜀郡成都司马相如天下工为文，奉黄金百斤，为相如、文君取酒，因于解悲愁之辞。而相如为文以悟主上，陈皇后复得亲幸。”

水龙吟·登建康赏心亭

楚天千里清秋，水随天去秋无际。遥岑远目，献愁供恨，玉簪螺髻。落日楼头，断鸿声里，江南游子。把吴钩看了，栏杆拍遍，无人会、登临意。

休说鲈鱼堪脍，尽西风、季鹰归未？求田问舍，怕应羞见，刘郎才气。可惜流年，忧愁风雨，树犹如此！倩何人，唤取红巾翠袖，揾英雄泪！

注释 >>

[1] 建康：今江苏南京。

[2] 遥岑（cén）：远山。

[3] 玉簪螺髻（jì）：玉簪，碧玉簪。螺髻，螺旋盘结的发髻，此处比喻秀美的远山。

[4] 断鸿：失群的孤雁。

[5] 吴钩：古代吴地所造的一种弯形的刀，后泛指锋利的刀剑。

[6] 季鹰：张翰（字季鹰）在洛阳做官，见秋风起，因想到家乡吴中的鲈鱼等美味，遂弃官而归。

[7] 求田问舍，怕应羞见，刘郎才气：求田问舍，谓专营家产，胸无大志。刘郎，刘备。才气，才情，才华。此处活用为胸怀、气魄。

[8] 流年：流逝的时光。

[9] 忧愁风雨：风雨，此处比喻当时南宋如风雨般飘摇的国势。

[10] 倩：请托。

[11] 红巾翠袖：借指艳妆女子。

[12] 揾（wèn）：擦拭。

赏析 >>

这首词是作者在建康通判任上所作。

上阕开头以无际楚天与滚滚长江作背景，境界阔大，触发了家国之恨和乡关之思。“落日楼头”以下，表现词人如离群孤雁，像弃置的宝刀，难抑胸中郁闷。

下阕用三个典故对于四位历史人物进行褒贬，从而表明自己以天下为己任的抱负，叹惜时光易逝，壮志成灰，最后不禁流下英雄热泪。

这是稼轩早期词中最负盛名的一首，艺术上也渐趋成熟境界：壮中见悲，沉郁顿挫。上片以山水起势，雄浑而不失清丽。“献愁供恨”用倒卷之笔，迫近题旨。以下七个短句，一气呵成。落日断鸿，把看吴钩，拍遍栏杆，在阔大苍凉的背景上，凸显出一个孤寂的爱国者形象。

梁衡说：辛词比其他文人词更深一层，是他的词不是用墨来写，而是蘸着血和泪涂抹而成的。我们今天读其词，总是清清楚楚地听到一个爱国臣子，一遍一遍地哭诉，一遍一遍地表白。总忘不了他那在夕阳中扶栏远眺、望眼欲穿的形象。(《把栏杆拍遍》)

《辛弃疾词选》：这是稼轩早期词中最负盛名的一篇，艺术上也渐趋成熟境界：豪而不放，壮中见悲，力主沉郁顿挫。

链接 >>

永遇乐·戏赋辛字，送茂嘉十二弟赴调

辛弃疾

烈日秋霜，忠肝义胆，千载家谱。得姓何年，细参辛字，一笑君听取。艰辛做就，悲辛滋味，总是辛酸辛苦。更十分，向人辛辣，椒桂捣残堪吐。

世间应有，芳甘浓美，不到吾家门户。比著儿曹，累累却有，金印光垂组。付君此事，从今直上，休忆对床风雨。但赢得，靴纹绉面，记余戏语。

这首词寓庄于谐，语句妙趣横生而又意味深长，着重于本门家世和个人感受的表白。上阕正面而说，起笔八字，总括辛氏忠烈家风，并贯穿全篇。下阕对比而谈，反衬自家的清白俭朴、仕途坎坷。通篇诙谐风趣，实则语重心长。

菩萨蛮·书江西造口壁

郁孤台下清江水，中间多少行人泪？西北望长安，可怜无数山。

青山遮不住，毕竟东流去。江晚正愁余，山深闻鹧鸪。

注释 >>

[1] 造口：地名，在今江西万安西南。

[2] 郁孤台：在今江西赣州市西南。

[3] 清江：指赣江，它经赣州向东北流入鄱阳湖。

[4] 长安：汉唐首都，在今西安市。这里借指北宋首都汴京（今河南开封）。

[5] 可怜：可惜。

[6] 愁余：使我忧愁。

[7] 鹧鸪：鸟名，传说它的叫声像“行不得也哥哥”。

赏析 >>

这首词为宋孝宗淳熙三年（1176）作者任江西提点刑狱，驻节赣州、途经造口时所作。

上片寓情于景，写登台远望时产生的种种复杂情感。

前两句以虚笔写山河破碎的憾恨，后两句写对故国的无限思念。

下片以江水为喻，抒写抗金复国的决心和壮志难酬的苦闷。

青山遮不住，毕竟东流去。这二句突出了青山之遮与江水之流的对立和冲突，形象地道出客观规律不可抗拒，历史毕竟要发展这一深邃的哲理，深具鼓舞人心的作用。

全词从抒情结构上呈现出抑、扬、抑、扬、抑的格局，大开大阖，起伏顿挫，手法亦妙极。

梁启超评曰：“《菩萨蛮》如此大声镗鞳，未曾有也。”

链接 >>

古代诗词中的“鹧鸪”

鹧鸪，极易勾起旅途艰难和满腔离愁别绪的联想，或感叹时光流逝之无奈，或寄托伤时忧国、家国兴亡之思，或抒发昔盛今衰的感慨等。

鹧鸪的形象在古诗词里也有特定的内蕴。鹧鸪的鸣声让人听起来像是

“行不得也哥哥”，极容易勾起以上种种复杂的感情思绪。

如“落照苍茫秋草明，鹧鸪啼处远人行”（唐人李群玉《九子坡闻鹧鸪》）、“江晚正愁余，山深闻鹧鸪”（辛弃疾《菩萨蛮·书江西造口壁》）等，诗中的鹧鸪都不是纯客观意义上的一种鸟，而成了一种借以表达离愁别绪的意象。

还有其他作家在诗词中写到这一鸟，李白的《越中览古》抒发了昔盛今衰的感慨，张籍的《湘江曲》中则借鹧鸪抒发满腔的离愁别绪，清代尤侗的《闻鹧鸪》则抒发了征人强烈的思乡之情。

越中览古

［唐］ 李白

越王勾践破吴归，义士还家尽锦衣。
宫女如花满金殿，只今惟有鹧鸪飞。

湘江曲

［唐］ 张籍

湘水无潮秋水阔，湘中月落行人发。
送人发，送人归，白苹茫茫鹧鸪飞。

闻鹧鸪

［清］ 尤侗

鹧鸪声里夕阳西，陌上征人首尽低。
遍地关山行不得，为谁辛苦尽情啼。

青玉案·元夕

东风夜放花千树，更吹落，星如雨。宝马雕车香满路。凤箫声动，玉壶光转，一夜鱼龙舞。

蛾儿雪柳黄金缕，笑语盈盈暗香去。众里寻他千百度，蓦然回首，那人却在，灯火阑珊处。

注释>>

[1] 元夕：阴历正月十五日为元宵节，是夜称元夕或元夜。

[2] 花千树：花灯之多如千树花开。

[3] 星如雨：指焰火纷纷，如流星雨。

[4] 玉壶：指月亮。

[5] 鱼龙舞：指舞鱼形、龙形之灯。

[6] 蛾儿、雪柳、黄金缕：皆古代妇女的首饰。这里代指盛装的妇女。

[7] 盈盈：仪态美好的样子。

[8] 阑珊：零落稀疏的样子。

赏析>>

此词极力渲染元宵节观灯的盛况。先写灯火辉煌、歌舞欢腾的热闹场面。花千树，星如雨，玉壶转，鱼龙舞。满城张灯结彩，盛况空前。接着即写游人彻夜游赏的欢乐景象。观灯的人有的乘坐宝马雕车而来，女子们头插蛾儿、雪柳结伴而来。在倾城狂欢之中，词人却执意于观灯之夜，与意中人密约会晤，久望不至，猛见那人却在“灯火阑珊处”。全词构思新颖，语言工巧，曲折含蓄，余味不尽。

上阕写的是整个场面，下阕通过主人公一波三折的感情起伏，把个人的欢乐自然地溶进了节日的欢乐之中。

王国维在《人间词话》第二十六则中说：古今成大事业、大学问者，必经过三种境界：

此“众里寻他千百度，蓦然回首，那人却在，灯火阑珊处”，第三境也。

王国维将此句用在这里，是指人在经过多次周折、多年磨炼之后，就会逐渐成熟起来，就能明察秋毫，豁然领悟，走向最后的成功。所谓踏破铁鞋无觅处，得来全不费工夫；所谓厚积薄发、功到自然成。

链接 >>

意外贡献——百度

中文搜索引擎“百度”公司创立当年，即引用此诗句“众里寻他千百度”中的“百度”二字，象征着百度公司对于中文信息检索的执着和永无止境的追求精神。

西江月·夜行黄沙道中

明月别枝惊鹊，清风半夜鸣蝉。稻花香里说丰年，听取蛙声一片。

七八个星天外，两三点雨山前。旧时茅店社林边，路转溪桥忽见。

注释 >>

[1] 黄沙：黄沙岭，在江西上饶的西面。黄沙道，指的就是从该村的茅店到大屋村的黄沙岭之间约 20 公里的乡村道路，南宋时是一条直通上饶古城的比较繁华的官道，东到上饶，西通江西省铅（yán）山县。

[2] 别枝惊鹊：惊动喜鹊飞离树枝。

[3] 茅店：茅草盖的乡村客店

[4] 社林：土地庙附近的树林。社，土地神庙。古时，村有社树，为祀神处，故曰社林。

[5] 见：同“现”，显现，出现。

赏析 >>

本篇是作者闲居上饶带湖时期的名作，通过自己夜行黄沙道中的见闻，描绘出农村夏夜的幽美景色，形象生动逼真，感受亲切细腻，笔触轻快活泼，使人有身临其境的真实感，反映了辛词风格的别样性。

读上片，需体会到寂静中的热闹。“明月别枝惊鹊”，皎洁的月光惊动了栖息在树上的乌鹊，使之飞离了树枝。“稻花”二句说明季节是在夏天。这两句在整首词中给人的印象最为鲜明深刻，它把农村夏夜里的热闹气氛和欢快心情都写活了。前四句里每句都有声音（鹊声、蝉声、人声、蛙声），却也每句都不影响乡村夏夜的悄静。这热闹与悄静都反映在夜行人的感觉里，他的心情是愉悦的。

下片的局面有些变动了。天外星稀表示时间已有进展，分明到了下半夜，快天亮了。“旧时茅店社林边，路转溪头忽见”是个倒装句，这一倒装，便把“忽见”的惊喜表现出来。此时欣慰何似，真真与“山重水复疑无路，柳暗花明又一村”异曲而同工。

这首词充分表现了丰年的喜悦之情和对乡村质朴生活的热爱。

吴调公评析说：词题原为《夜行黄沙道中》，通首八句中前六句都在写景物，只有最后两句才见出有人在夜行。这两句对全首便起了返照的作用，因此每句都是在写夜行了。先藏锋不露，到最后才一针见血，收尾便有画龙点睛之妙。

链接 >>

辛弃疾的乡村风光词

辛弃疾在文学创作上的主要成就是词，一生创作很多，流传至今的尚有 629 首，其中反映乡村生活的有 14 首，虽然数量不多，却极具生活的深度和广度，是宋代 700 多位词人中无人可比的。这些词，内容丰富多彩，风格清新明快，这自是因他才华过人，学识渊博，但更和他长期居住乡村，接近农民是分不开的。

辛弃疾的乡村词写人写景浑然一体。他写农民群像的词都充满令人倍感亲切的农村风光，充分衬托了人物的形象美、人情美。辛弃疾用传神妙笔为我们描绘了一幅幅清朗秀丽、幽雅恬静的农村夜景、农村雨景、农村丰收之景，令人一洗尘杂、心驰神往。

如《鹧鸪天·代人赋》就为我们描绘出一幅清新、美丽的山乡风景画，反映词人陶醉于农村优美景色的心情。

鹧鸪天·代人赋

陌上柔桑破嫩芽，东邻蚕种已生些。平冈细草鸣黄犊，斜日寒林点暮鸦。
山远近，路横斜，青旗沽酒有人家。城中桃李愁风雨，春在溪头荠菜花。

丑奴儿·书博山道中壁

少年不识愁滋味，爱上层楼。爱上层楼，为赋新词强说愁。
而今识尽愁滋味，欲说还休。欲说还休，却道天凉好个秋。

注释>>

[1] 丑奴儿：即《采桑子》。词牌名，四十四字，平韵。

[2] 博山：博山在今江西广丰县西南。因状如庐山香炉峰，故名。淳熙八年（1181）辛弃疾罢职退居上饶，常过博山。

[3] 强（qiǎng）说愁：无愁而勉强说愁。强，勉强。

赏析>>

这首词是作者闲居带湖时的作品。

通篇言愁，通过“少年”时与“而今”的对比，表现自己随着年岁的增长，处事阅历渐深，对于“愁”有了真切的体验。受压抑，遭排挤，报国无路的痛苦尽含其中。

上片写“少年不识愁滋味”。“为赋新词强说愁”，这是少年的通病，他们少不更事，觉得仿佛只有把愁绪夸大了才算是有价值的诗词，所以常常“为赋新词强说愁”，以小夸大，无病呻吟。

下片写而人到中年，饱经忧患，肩负着上下三代人的责任，备尝愁苦之后，“欲说还休”，千头万绪，已不知从何说起，却又不愿再发牢骚，只叹一声“天凉好个秋”。无穷愁苦，尽在言外。

这首词不仅抒写了辛弃疾那时那地的特殊感受，而且具有极普遍的意义，因为它道出了大多数人的一种感情，极易引起共鸣。

全词构思新颖巧妙，语言平易浅近。浓愁淡写，重语轻说，含蓄蕴藉，别具一种耐人寻味的情韵。

夏承焘在《唐宋词欣赏》中说：他这首词外表虽则婉约，而骨子里却是包含着忧郁、沉闷不满的情绪。……用“却道天凉好个秋”这样一句闲淡的话，来结束全篇，来抒写自己胸中的悲愤，也是一种高妙的抒情法。

深沉的感情用平淡的语言来表达，往往更耐人寻味。

链接 >>

“鹅湖之会”计统一

“铁板铜琶，继东坡高唱大江东去；美芹悲黍，冀南宋莫随鸿雁南飞。”这刻在铅山瓢泉瓜山山后的阳原山辛弃疾墓前郭沫若对他评价的楹联。在中国文学史上，辛弃疾是一位令人敬仰的文武全才。

1161 年，辛弃疾自 22 岁率领 2000 多家乡父老兄弟起义抗金，便把洗雪国耻、收复失地作为自己的毕生事业，20 年金戈铁马，气吞万里如虎。可是，他中年却屡屡蒙受谗劾，赋闲 20 年，直至忧愤而死。从 1181 年到 1207 年，他基本上是在上饶带湖和铅山瓢泉过着闲居的生活，其间有 6 年时间被起用又被罢官，来往于福建、浙江、江苏等地的任上和带湖、瓢泉之间；而居带湖亦时往瓢泉小住。瓢泉，是这位爱国词人南渡后的最后归宿地。

1180 年，41 岁的辛弃疾再次任隆兴（南昌）知府兼江西安抚使时，拟在上饶建园林式的庄园，安置家人定居。1181 年春，辛弃疾来到上饶开工兴建带湖新居和庄园。他根据带湖四周的地形地势，亲自设计了“高处建舍，低处辟田”的庄园格局，并对家人说：“人生在勤，当以力田为先。”因此，他把带湖庄园取名为“稼轩”，并以此自号“稼轩居士”。当年农历十一月，由于受弹劾，官职被罢，带湖新居正好落成，辛弃疾回到上饶，开始了他中年以后的闲居生活。

鹅湖山、灵山、博山等地，都是辛弃疾常去寻古觅幽的地方。鹅湖山下的鹅湖寺，在通往福建的古驿站旁。1175年农历六月初三至初八，著名学者朱熹、吕祖谦、陆九龄、陆九渊等在鹅湖寺举行了中国哲学史上著名的“鹅湖之会”(第一次鹅湖之会)。鹅湖因而成了文化胜地。辛弃疾常去鹅湖游憩。

1188年秋天，陈亮写信给辛弃疾和朱熹，相约到铅山紫溪商讨统一大计。但后来，朱熹因故推辞了这次铅山之会。这年冬，到了相约之期，辛弃疾正染病在床，于瓢泉养息等待陈亮。傍晚，雪后初晴，夕照辉映白雪皑皑的大地，辛弃疾在瓢泉别墅扶栏远眺，一眼看见期思村前驿道上骑着大红马而来的陈亮，大喜过望，病痛消散，下楼策马相迎。两人在村前石桥上久别重逢，感慨万端；伫立石桥，沐浴着雪后初晴的夕阳，纵谈国事，为金瓯残缺而痛心疾首，爱国之情汹涌澎湃于胸，拔剑斩坐骑，盟誓为统一祖国奋斗不止。辛弃疾在与陈亮别后写的《贺新郎·同父见和，再用韵答之》中发出“男儿到死心如铁，看试手，补天裂”的呐喊，正是这种豪情壮志的写照。

辛弃疾和陈亮这次会晤，瓢泉共酌，鹅湖同游，长歌相答，极论世事，逗留弥旬乃别，成为文坛佳话。后人为了纪念这两位爱国志士，将这次会晤称为第二次“鹅湖之会”，将期思村前的石桥称为“斩马桥”，并在桥旁建了斩马亭。至今，当地还流传辛弃疾和陈亮“斩马盟誓”的故事。斩马亭还在，虽经历风雨，仍有不少刻有“斩马亭”字样的釉瓦覆盖其上，为铅山县文物保护单位。

1194年夏，辛弃疾又被罢官回上饶，住在瓢泉，动工建新居，经营瓢泉庄园，决意“便此地、结吾庐，待学渊明，更手种、门前五柳”。1195年春，瓢泉“新葺茆檐次第成，青山恰对小窗横”（《浣溪沙·瓢泉偶作》)，瓢泉园林式庄园建成。

1196年夏，带湖庄园失火，辛弃疾举家移居瓢泉。1196年秋，辛弃疾生平所有的各种名衔全部被朝廷削夺得干干净净，在瓢泉过着游山逛水、饮酒赋诗、闲云野鹤的村居生活。瓢泉田园的恬静和期思村民的质朴使辛弃疾深为所动，灵感翻飞而歌之，写下了大量描写瓢泉四时风光、世情民俗和园林风物、遣兴抒怀的诗词。《临江仙·戏为期思詹老寿》《浣溪沙·父老争言雨水匀》《玉楼春·戏赋云山》等，都是辛词中描写瓢泉村居生活的代表作。

1203年，辛弃疾先后被起用为绍兴知府、镇江知府等职。1205年秋，又被罢官，辛弃疾怀着满腔忧愤回瓢泉。1207年秋，68岁的辛弃疾，身染重病，朝廷再次起用他，任他为枢密都承旨，令他速到临安（杭州）赴任。诏令到铅山，辛弃疾已病重卧床不起，只得上奏请辞。这年农历九月初十，民族英雄、爱国词人辛弃疾带着忧愤的心情和没有实现的遗愿离开了人世。死后葬在瓢泉瓜山山后的阳原山。

破阵子·为陈同甫赋壮词以寄之

醉里挑灯看剑，梦回吹角连营。八百里分麾下炙，五十弦翻塞外声。沙场秋点兵。

马作的卢飞快，弓如霹雳弦惊。了却君王天下事，赢得生前身后名。可怜白发生！

注释>>

[1] 陈同甫：陈亮（1143－1194），字同甫，辛弃疾的好友，富有才华，坚持抗金，终生未仕，为南宋豪放词派的重要词人。

[2] 八百里：牛名，古代有一头骏牛，名叫“八百里驳（bó）”。亦兼指连营之广，语意双关。

[3] 麾（huī）下：指部下将士。麾，军旗。炙：烤熟的肉。

[4] 挑灯：把油灯的芯挑一下，使之明亮。

[5] 梦回：梦醒。吹角：军队中吹号角。连营：连接成片的军营。

[6] 五十弦：古代有一种瑟有五十根弦。词中泛指军乐合奏的各种乐器。翻，演奏。塞外声，反映边塞征战的乐曲。

[7] 的卢：一种烈性快马。相传三国时刘备被人追赶，骑“的卢”一跃三丈过河，脱离险境。

[8] 霹雳：响声巨大的强烈雷电。

赏析 >>

这首词约作于 1188 年。当时辛弃疾被免官闲居江西带湖。布衣陈亮“为人才气超迈，喜谈兵，议论风生，下笔数千言立就”。辛、陈两人才气相若，抱负相同，都是力主抗金复国的志士，慷慨悲歌的词人。1188 年，辛、陈鹅湖之会议论抗金大事，一时传为词坛佳话。这首词写于鹅湖之会分手之后。

上片满怀家国之愁，壮志未酬的词人在友人纵谈离去之后，借酒浇愁愁更愁，他拨亮油灯，抽出宝剑，醉眼蒙眬中，恍惚回到当年战斗的情境：嘹亮的号角吹遍了“连营”，战士们正在分食大块的烤肉，突然鼓瑟齐鸣，声乐震天，“点兵”开始！

下片以两个特写镜头开始：骏马飞快，弓弦雷鸣，万箭齐发，惊心动魄，历历如画。一切都是为了“了却”洗雪国耻，恢复中原的“天下事”，都是为了施展雄才大略，赢得为国家建功立业的“生前身后名”！酣畅淋漓的点兵场面，飞马射箭的矫健身姿，“了却君王天下事”的赤胆忠心，无一不跃然纸上，威武雄壮。然而以上所写，不过是词人的理想而已。一句“可怜白发生”，陡然从理想的峰端跌回现实的深渊。白发已生，理想无望。只能在“醉里挑灯看剑”，只能在梦中驰逐沙场，快意一时，岂不“可怜”？

词作至此戛然而止，言有尽而意未终。

这首词从开头直至“赢得生前身后名”，真不愧为“壮词”。而结句悲凉低沉，令人感慨与寻思。词的结构也不同于一般词作，一气写来，上下片语义连贯，过片不分，直到最后一句突然一个顿挫，急转直下，豪壮顿然变为苍凉，含不尽之意于言外，使人不禁鼻酸泪涌。

霍松林评析说：这首词题是“壮词”，前面九句是兴高采烈、雄姿英发的。最后一句写出了现实与理想的大矛盾，理想在现实生活中的幻灭。这是辛弃疾一生政治身世的悲愤，也同样是陈亮的悲愤。

梁启超说：无限感慨，哀同父，亦自哀也。

链接 >>

为何“沙场秋点兵”?

点兵，就是阅兵，会操，准备迎战。点兵为何要在秋季呢?

那是因为，秋季，草木枯黄，天高气爽，视野开阔，便于作战，所以中国古代的战役一般发生在秋季。这个季节，是战马最膘肥体壮的时候，而且此时农忙结束，粮食充裕，战争的条件最佳。

永遇乐·京口北固亭怀古

千古江山，英雄无觅，孙仲谋处。舞榭歌台，风流总被，雨打风吹去。斜阳草树，寻常巷陌，人道寄奴曾住。想当年，金戈铁马，气吞万里如虎。

元嘉草草，封狼居胥，赢得仓皇北顾。四十三年，望中犹记，烽火扬州路。可堪回首，佛狸祠下，一片神鸦社鼓。凭谁问：廉颇老矣，尚能饭否?

注释 >>

[1] 京口：古城名，即今江苏镇江。因临京岘山、长江口而得名。

[2] 孙仲谋：孙权（182—252），字仲谋。三国时期吴国的建立者。吴郡富春县（今浙江富阳）人。

[3] 寄奴：南朝宋武帝刘裕小名。南北朝时期宋朝的建立者，史称宋武帝。中国历史上杰出的政治家、卓越的军事家。

[4]“想当年”三句：刘裕曾两次领晋军北伐，收复洛阳、长安等地。

[5]“元嘉草草”句：元嘉是刘裕长子刘义隆年号。草草，轻率。封狼居胥：公元

前 119 年（汉武帝元狩四年）霍去病远征匈奴，歼敌七万余，封狼居胥山而还。狼居胥山，在今蒙古境内。词中用“元嘉北伐”失利事，以影射南宋的“隆兴北伐”。

[6]“四十三年”句：作者于宋高宗绍兴三十二年（1162）南归，到写该词时（1205 年，宋宁宗开禧元年）正好为四十三年。

[7] 佛（bì）狸祠：北魏太武帝拓跋焘小名佛狸。公元 450 年，他曾反击刘宋，两个月的时间里，兵锋南下，五路远征军分道并进，从黄河北岸一路穿插到长江北岸。在长江北岸瓜步山建立行宫，即后来的佛狸祠。

[8] 神鸦：指在庙里吃祭品的乌鸦。社鼓：祭祀时的鼓声。整句话的意思是，到了南宋时期，当地老百姓只把佛狸当作一位神祇来奉祀，而不知道佛狸祠过去曾是一个皇帝的行宫。

[9] 廉颇：战国时赵国名将。

赏析 >>

这首词是登临怀古佳作。因为怀古，其中牵涉许多历史人物，用了许多典故，在理解时特别需要注意。

辛弃疾调任镇江知府以后，登临北固亭，凭高望远，抚今追昔，抒发报国无门的失望，写下了这篇传诵千古之作。

这首词用典精当，有怀古、有忧世、有抒志。

开篇借景抒情，由眼前所见而联想到两位著名历史人物——孙权和刘裕，对他们的英雄业绩表示向往。接下来讽刺当朝用事者韩侂（tuō）胄，又像当年刘义隆一样，欲草率挥师北伐，令人忧虑。结篇处想到自己老之将至而朝廷不会再用自己，不禁仰天叹息。其中“佛狸祠下，一片神鸦社鼓”写江北百姓已忘记自己为大宋国民的感慨，最为沉痛。表达对主战派的期望和对南宋朝廷苟安求和者的讽刺和谴责。

词的下片引用南朝刘义隆草率北伐，招致大败的历史事实，忠告韩侂胄要吸取历史教训，不要鲁莽从事，接着用四十三年来抗金形势的变化，表达词人的今昔之叹。结尾三句，借廉颇自比，表达了词人报效国家的强烈愿望和对宋室不能尽用人才的慨叹。

全词豪壮悲凉，闪耀着爱国主义的思想光辉。词中用典贴切自然，紧扣题旨，增强了作品的说服力，拓展了作品的历史跨度。

明代杨慎在《词品》中说：“辛词当以京口北固亭怀古《永遇乐》为

第一。”

这个评价是中肯的。

链接 >>

“廉颇老矣”来历

《史记·廉颇蔺相如列传》记载，廉颇被免职后，跑到魏国，后来赵王想再用他，派人去看他的身体情况，廉颇的仇家郭开贿赂使者，使者看见廉颇，廉颇为之饭米一斗，肉十斤，被甲上马，以示尚可用。使者回来报告赵王说：“廉颇将军虽老，尚善饭，然与臣坐，顷之三遗矢矣。”赵王以为廉颇已老，遂不用。

南乡子·登京口北固亭有怀

何处望神州？满眼风光北固楼。千古兴亡多少事？悠悠，不尽长江滚滚流。

年少万兜鍪，坐断东南战未休。天下英雄谁敌手？曹刘。生子当如孙仲谋。

注释 >>

[1] 南乡子：词牌名。京口：今江苏镇江市。北固亭在镇江东边北固山上，下临长江，三面环水。

[2] 兜鍪（móu）：指千军万马。兜鍪，头盔，这里代指兵士。

[3] 坐断：占据，把持，掌管。

[4] 敌手：能力相当的对手。

[5] 生子当如孙仲谋：生子，即后生子，亦即年轻人。此句意思是年轻人应当像孙仲谋一样有作为。

赏析 >>

稼轩在宋宁宗嘉泰三年（1203）六月被起用为绍兴府兼浙东安抚使后不久，第二年的阳春三月，被改派到镇江去做知府。本词是作者知镇江府时所作。

北固亭（又称北固楼）在镇江北固山头，下临长江，形势险峻。此亭建于东晋，后来废毁，宋时又在旧址重建。作者晚年登北固山，感慨历史的兴衰，因写此词。

本篇在写作技巧上有三个特点：

一是把写景和抒情、议论密切结合起来，而且都是围绕着“登北固楼”这个载体，写景从大处落墨，视野极为开阔：远眺只说“满眼风光”，近处只取滚滚江流；抒情则只着意于慨叹“千古兴亡”的悠远难追；议论只挑选在京口开创伟业的少年英雄孙权加以赞扬。用语极其凝练，涵盖却极其深广。尺幅间见壮阔，古今词中实在不可多得。

二是全词的层次极为分明。整篇三问三答，互相呼应，由景生叹，由叹而赞，层层推进，结构高妙，创前所未有的意境。

三是巧妙融化古人语言入词，曹操的两句话被不露痕迹化用于词中，且很自然地形成了一问一答，活用典故成语，毫无斧凿痕迹。引经据典，驱遣自如，实为稼轩词的一大特点，而在这首词中，更达到了出神入化的境地。

高原说：这首词与稼轩同时期所作另一首登北固亭词《永遇乐·京口北固亭怀古》相比，一风格明快，一沉郁顿挫，同是怀古伤今，写法大异其趣，而都不失为千古绝唱，亦可见辛弃疾丰富多彩之大手笔也。

链接 >>

生子当如孙仲谋

引用《三国志·吴主（孙权）传》注：曹操尝试与孙权对垒，见舟船、器仗、队伍整肃，叹曰：“生子当如孙仲谋，刘景升（即刘表，字景升）儿子若豚犬（猪狗）耳。”稼轩用此典故，暗讽南宋朝廷不如能与曹操刘备抗衡的东吴，今天的皇帝不如孙权。

清平乐·村居

茅檐低小，溪上青青草。醉里吴音相媚好，白发谁家翁媪？

大儿锄豆溪东，中儿正织鸡笼。最喜小儿亡赖，溪头卧剥莲蓬。

注释>>

[1] 清平乐·村居：清平乐，词牌名。村居，这首词的题目，意为乡村生活。

[2] 茅檐：茅屋的屋檐，借代茅屋。

[3] 吴音：吴地的方言，作者当时住在江西东部的上饶，这一带古时是吴国的领土，所以称这一带的方言为吴音。

[4] 相媚好：这里指互相逗趣，取乐。

[5] 翁媪（ǎo）：老年夫妇，老翁老妇。

[6] 亡赖：即无赖，这里指顽皮、淘气可爱。

赏析>>

这首词反映了朴素、温馨且有风趣的农村生活的一个画面。全词只有短短几句，却把一户农家的环境气氛和全家老少勤俭淳朴的劳动生活面貌鲜明地勾勒出来。

作者用六句话写了五个人物，而翁媪和小儿写得尤其传神，栩栩如生，原因何在？我觉得主要是因为作者善于观察生活，所以能够摄取事物最典型的特征。如写“翁媪”，则抓住了“醉里”“相媚好”；写“小儿”，则抓住了溪头“卧剥莲蓬”，这些具有典型意义的举动，又通过概括性强而色泽鲜明的语言来表现，因而能给人留下鲜明深刻的印象。

作者把这家老小的不同面貌和情态，描写得惟妙惟肖，活灵活现，具有浓厚的生活气息，表现出词人对农村和平宁静生活的喜爱。

邹祇谟在《远志斋词衷》评析道：“稼轩雄深雅健，自是本色，俱从南华冲虚得来。……中调短令亦间作妩媚语，观其得意处，真有压倒古人之意。”

链接 >>

围绕小溪展开画面

这首词在艺术结构上，紧紧围绕着小溪，设置画面，展开人物的活动。茅檐是靠近小溪的，“溪上青青草”“大儿锄豆溪东”，“最喜小儿无赖，溪头卧剥莲蓬”几句，连用了三个“溪”字，使得画面的格局安排不离这条小溪。所以，“溪”字的使用，在全词结构上起着关键作用。

西江月·遣兴

醉里且贪欢笑，要愁那得工夫。近来始觉古人书，信着全无是处。

昨夜松边醉倒，问松“我醉何如”。只疑松动要来扶，以手推松曰：“去!”

注释 >>

[1] 用《孟子·尽心下》“尽信书则不如无书”意。

赏析 >>

词的题目是“遣兴”，所以粗看起来好像是即兴之作，似乎抒写的是自己悠闲的心情，但如果再仔细琢磨，就会发现作者其实是在借诙谐幽默之笔发泄内心的愤懑。从中可以洞察到作者对于黑暗的社会现实忧心忡忡，满腹牢骚和委屈，不便明言而又不吐不快，所以，只好借醉酒的方式，来畅快淋漓地宣泄他的真情实感，骨子里却透露出他那不满现实的思想感情和倔强的生活态度。

词一开始就说："醉里且贪欢笑，要愁那得工夫。"通篇出现了三个"醉"字。辛弃疾因力主抗金而不为南宋统治者所用，只好醉里贪欢，免得老是犯愁。"近来始觉古人书，信着全无是处"，才叙饮酒，又说读书，并非醉后说话无条理，这是词人的愤激之言。

词的下阕更具体写醉酒的神态。"松边醉倒"，这不是微醺，而是大醉。恍惚间觉得松树活动起来，只当松树要来扶他，竟"以手推松"并厉声喝道："去!"憨醉神态，活灵活现；倔强性情，也表露无遗。这四句不仅写出惟妙惟肖的醉态，也写出了作者倔强的性格。

整首词仅仅 25 个字，却恰如一场折子戏，有叙事，有议论，有对话，有动作，有神情，有情节。一首小词能涵盖如此，实属罕见。

苏轼曾说过："味摩诘之诗，诗中有画；观摩诘之画，画中有诗。"读此词，似乎可以说，"味稼轩之词，词中有戏。"虽然引戏剧场面入词不始于辛弃疾，但是在辛词中较常见。这和辛弃疾引散文句式入词，同属于创造性的探索。

链接＞＞

"醉里且贪欢笑"的"且"字

暂且，姑且的意思，表示自己只是在借酒浇愁，一个"且"字表现出了醉酒贪欢时间短暂，表现了词人满心的忧愁得不到排遣的苦闷烦恼。下句"要愁那得工夫"，其实是说醉里"要愁那得工夫"，看似豪放，实则反映这种快乐的短暂而忧愁的深长。"遣兴"其实是"遣愁"啊！

木兰花慢

中秋饮酒将旦，客谓前人诗词有赋待月，无送月者，因用《天问》体赋。

可怜今夕月，向何处、去悠悠？是别有人间，那边才见，光影东头？是天外空汗漫，但长风浩浩送中秋？飞镜无根谁系？姮娥不嫁谁留？

谓经海底问无由，恍惚使人愁。怕万里长鲸，纵横触破，玉殿琼楼。虾蟆故堪浴水，问云何玉兔解沉浮？若道都齐无恙，云何渐渐如钩？

注释>>

[1] 玉殿琼楼：雄伟高大的宫殿都是用美玉建成的，词中代指的是月亮。

[2] 玉兔：月亮别称。

赏析>>

题前小序说，中秋佳节饮酒，将要到天明，座中有客人说前人诗词有赋待月者而无送月者，于是词人有感而发，采用屈原的《天问》体写下这首词。那么“送月”，怎么送呢？词人抓住黎明前月景的一瞬，仿照屈原《天问》的写法，把有关月亮的神话传说和比喻交织融会在一起，对月亮提出一系列的疑问：

“可怜今夕月，向何处，去悠悠”，今夜这可爱的月亮，悠然西行，你究竟要到什么遥远的地方去？于是诗人展开大胆奇特的想象：

“是别有人间，那边才见，光影东头”，是不是另外还有一个人间，那里的人们刚刚看到你从东方升起呢？

词人的大胆想象，与今天月亮绕地球转的规律相近。

“是天外，空汗漫，但长风浩浩送中秋”，要么是那汗漫的天外空空阔阔无涯无际，只是浩浩长风把你送走了？

“飞镜无根谁系？姮娥不嫁谁留”，中秋月像一面飞入天空的宝镜，没有任何根基却并不会掉下来，难道有谁用一根无形的长绳把你系住了？月宫中的姮娥直到如今没有出嫁，是什么把她留住了呢？

这些问题对今人来说已经不是问题，但在辛弃疾生活的时代，也只有像他这样想象丰富的人，才能提出这样的问题。

下阕紧承上阕，就有关月亮的种种传说，大胆地质疑：

“谓经海底问无由，恍惚使人愁”，词人说，有人认为月亮运行要经过海底，可是这无从查问，真让人难以琢磨，让人迷茫困惑。

“怕万里长鲸，纵横触破，玉殿琼楼”，让人担忧的是如果月亮真的经过海底，那海中往来奔突的万里长鲸，万一撞坏了月宫中的华丽宫殿、亭台楼阁可怎么办呢？

“虾蟆故堪浴水，问云何玉兔解沉浮”，月亮通过海底的时候，本来就会游水的蟾蜍固然无妨，可令人费解的是那月中玉兔是如何懂得浮水的呢？

“若道都齐无恙，云何渐渐如钩”，如果说月宫中的宫殿不会被撞坏，玉兔也和蟾蜍本可游泳一样，顺利地渡过了大海，一切都安然无恙，那么圆圆的月亮又为什么会渐渐地变成“钩”样的月牙呢？

本词别开生面，从“送月”这一新的角度，词人以奇特的想象，连珠炮似的对月亮发出一个个疑问。词的视野广阔，构思新颖，想象丰富，妙趣横生，既有浪漫主义色彩，又包含着生活逻辑，且有难能可贵的科学断想，彻底打破了前人咏月怀乡的陈规，想前人所未想，发前人所未发，比那些对月伤怀的作品寄托更显深远。辛弃疾生活的 12 世纪，这种奇思异想，在当时可能会被认为是荒诞的。可是到了 15 世纪，波兰天文学家哥白尼关于地球环绕太阳运行的理论出现后，辛弃疾月轮绕地的想象，已被科学真理证明了。

王国维叹曰：“词人想象，直悟月轮绕地之理，与科学家密合，可谓神悟。”

毛泽东也非常喜欢辛弃疾的《木兰花慢》这首词。1964 年同周培源、于光远的一次谈话中就谈到了这首词：“事物在运动中。地球绕太阳转，自转成日，公转成年。哥白尼的时代，在欧洲只有几个人相信哥白尼的学说，例如伽利略、开普勒，在中国一个人也没有。不过宋朝辛弃疾写的一首词里说，当月亮从我们这里落下去的时候，它照亮着别的地方。”

从这一段话中可以看出，毛泽东对这首词除艺术欣赏外，还十分赞赏词人天才般的想象。

链接 >>

千古万古至奇之作——《天问》

《天问》是中国伟大的浪漫主义诗人屈原的奇作，全诗 373 句，1560 字，多为四言，兼有三言、五言、六言、七言，偶有八言，起伏跌宕。全篇自始至终，皆以问句构成，一口气对天、对地、对自然、对社会、对历史、对人生提出 173 个问题，被誉为是“千古万古至奇之作”。

野云孤飞鲜真迹

——姜夔的清词丽句

姜夔（1154—1208），字尧章，别号白石道人，饶州鄱阳（今江西鄱阳县）人，南宋词人。

他少年孤贫，屡试不第，终生未仕，一生转徙江湖。往来鄂、赣、皖、苏、浙间，与诗人词家杨万里、范成大、辛弃疾等交游。早有文名，颇受杨万里、范成大、辛弃疾等人推赏，以清客身份与张镃等名公巨卿往来。人品秀拔，体态清癯，气貌弱不胜衣，望之若神仙中人。工诗词、精音乐、善书法，词的造诣尤深，能自度曲，其词格律严密。有诗词、诗论、乐书、字书、杂录等多种著作。

扬 州 慢

淳熙丙申至日，予过维扬。夜雪初霁，荠麦弥望。入其城，则四顾萧条，寒水自碧，暮色渐起，戍角悲吟。予怀怆然，感慨今昔，因自度此曲。千岩老人以为有“黍离”之悲也。

淮左名都，竹西佳处，解鞍少驻初程。过春风十里，尽荠麦青青。自胡马窥江去后，废池乔木，犹厌言兵。渐黄昏，清角吹寒，都在空城。

杜郎俊赏，算而今、重到须惊。纵豆蔻词工，青楼梦好，难赋深情。二十四桥仍在，波心荡、冷月无声。念桥边红药，年年知为谁生？

注释>>

[1] 此调为姜夔自度曲，后人多用以抒发怀古之思。又名《郎州慢》，上下阕，九十八字，平韵。

[2] 淳熙丙申：淳熙三年（1176）。至日：冬至。

[3] 维扬：即扬州。

[4] 荠麦：荠菜和麦子。弥望：满眼。

[5] 戍角：军中号角。

[6] 千岩老人：南宋诗人萧德藻，字东夫，自号千岩老人。姜夔曾跟他学诗，又是他的侄女婿。

[7]《黍离》：《诗经·王风》篇名。周平王东迁后，周大夫经过西周故都见“宗室宫庙，尽为禾黍”，遂赋《黍离》诗志哀。后世即用“黍离”来表示亡国之痛。

[8] 淮左：淮东。扬州是宋代淮南东路的首府，故称“淮左名都”。

[9] 竹西佳处：杜牧《题扬州禅智寺》诗：“谁知竹西路，歌吹是扬州。”宋人于此筑竹西亭。这里指扬州。

[10] 春风十里：杜牧《赠别》诗：“春风十里扬州路，卷上珠帘总不如”，这里用以借指扬州。

[11] 胡马窥江：指 1161 年金主完颜亮南侵，攻破扬州，直抵长江边的瓜洲渡。

[12] 废池：废毁的池台。乔木：残存的古树。二者都是乱后余物，表明城中荒芜，人烟萧条。

[13] 渐黄昏：渐近黄昏。清角：凄清的号角声。

[14] 杜郎：杜牧。唐文宗大和七年到九年，杜牧在扬州任淮南节度使掌书记。俊赏：俊逸清赏。

[15] 豆蔻：形容少女美艳。豆蔻词工，杜牧《赠别》：“娉娉袅袅十三余，豆蔻梢头二月初。”

[16] 青楼：妓院。青楼梦好：杜牧《遣怀》诗：“十年一觉扬州梦，赢得青楼薄幸名。”

[17] 二十四桥：杜牧《寄扬州韩绰判官》诗：“二十四桥明月夜，玉人何处教吹箫。”二十四桥，有二说：一说唐时扬州城内有桥二十四座，皆为可纪之名胜。见沈括

《梦溪笔谈·补笔谈》。一说专指扬州西郊的吴家砖桥（一名红药桥）。

[18] 红药：芍药。

赏析 >>

姜夔的《扬州慢》写于金兵第二次南侵后的第十五年。当时的姜夔才21岁，来到扬州，看到素以繁华富丽而著称的江南名城扬州，如今已是断壁残垣，抚今追昔，发为吟咏，以寄托对昔盛今衰、山河残破的感慨。

姜夔的词是非常讲究技巧的，这首《扬州慢》，主要采用了对比、衬托、拟人等手法。“废池乔木，犹厌言兵”是以拟人的手法，抒“树犹如此，人何以堪”之慨。“二十四桥仍在，波心荡，冷月无声”句，以往昔“二十四桥明月夜”的乐景，反衬“波心荡，冷月无声”的哀景。二十四桥仍在，明月夜也有，但“玉人何处教吹箫”的风月繁华已荡然无存。

姜夔在这首《扬州慢》中一共化入了杜牧的四首诗：

《遣怀》：“落魄江湖载酒行，楚腰纤细掌中轻。十年一觉扬州梦，赢得青楼薄幸名。”

《赠别》：“娉娉袅袅十三余，豆蔻梢头二月初。春风十里扬州路，卷上珠帘总不如。”

《题扬州禅智寺》：“雨过一蝉噪，飘萧松桂秋。青苔满阶砌，白鸟故迟留。暮霭生深树，斜阳下小楼。谁知竹西路，歌吹是扬州。”

《寄扬州韩绰判官》：“青山隐隐水迢迢，秋尽江南草未凋。二十四桥明月夜，玉人何处教吹箫？”

杜牧生于唐末，为人风流潇洒。杜牧曾经两度在扬州生活，并留下了许多诗篇，这些诗篇都是对扬州城繁华生活的歌咏。姜夔所化用的诗文是其中的一部分。而那些曾经的繁华与如今的萧索形成了强烈的对比，使姜夔产生了巨大的心理落差，他因此写下这首《扬州慢》抒发心中的“黍离之悲”。

陈廷焯在《白雨斋词话》认为：“‘犹厌言兵’四字，包括无限伤乱语，他人累千百言，亦无此韵味。”

链接 >>

走进词境

认真地品读这首词，你的思绪会随着作者的情绪而起伏，你闭目遐思，似可隐隐地望见：在一个雪后的清晨，西风瘦马，布衣青衫，年轻的姜夔来到扬州，徘徊在竹西亭畔，二十四桥边，希望寻找当年杜牧的踪迹，然而望见的却是满眼荒草废墟，往日的风月繁华已风流云散，词人不禁悲因景生，哀从心起，缓缓行步中，惊叹“杜郎俊赏，算而今，重到须惊。纵豆蔻词工，青楼梦好，难赋深情”，是啊，即使杜牧活到此时，也会被眼前景象惊呆，大诗人也不会有“春风十里扬州路，卷上珠帘总不如”的意兴了。扬州破败了，破败在荒淫无能的南宋小朝廷手中，破败在一大群贪生怕死的文官武将手里，布衣青衫的姜夔来此，为她唱一首挽歌。他没有杜牧的依红偎翠，春眠不晓，他匆匆地来，又匆匆地走了，在斜阳巷陌中，只留下了他清瘦落寞的身影，留下《扬州慢》这首扬州的挽歌。

流光容易把人抛

——蒋捷的追昔伤今之叹

蒋捷（生卒年不详），字胜欲，号竹山，江苏阳羡（今宜兴）人。词作往往有追昔伤今之意，文辞精美，自然秀逸，别具一格，有《竹山词》。

南宋亡，深怀亡国之痛，隐居不仕，人称“竹山先生”“樱桃进士”，其气节为时人所重。长于词，与周密、王沂孙、张炎并称“宋末四大家”。

虞美人·听雨

少年听雨歌楼上，红烛昏罗帐。壮年听雨客舟中，江阔云低断雁叫西风。

而今听雨僧庐下，鬓已星星也。悲欢离合总无情，一任阶前点滴到天明。

注释 >>

[1] 虞美人：词牌名。听雨：题目。

[2] 断雁：失群孤雁。

[3] 星星：白发点点如星，形容白发很多。

赏析 >>

这是蒋捷自己一生的真实写照。词人曾为进士，但宋朝很快就灭亡。他的一生是在颠沛流离中度过的。三个时期，三种心境，读来使人凄然。

词人以三幅典型的画面，概括了自己从少年到壮年到老年在环境、生活、心情各方面所发生的巨大变化。它以“听雨”为媒介，将几十年大跨度的时间和空间相融合。少年只知追欢逐笑享受陶醉；壮年漂泊孤苦触景伤怀，老年寂寞孤独，一生悲欢离合诸滋味，尽在屋檐听雨中。国破家亡，万念俱灰，真真哀莫大于心死也！

这首词层次清楚，脉络分明。上片感怀已逝的岁月，下片慨叹目前的境况。按时间顺序，从歌楼中少年写到客舟中壮年，再写到“鬓已星星”的老年，而以“听雨”为线索，一以贯之。

佚名评道：在蒋捷词里，同是“听雨”，却因时间不同、地域不同、环境不同而有着迥然不同的感受。词人从“听雨”这一独特视角出发，通过时空的跳跃，依次推出了三幅“听雨”的画面，而将一生的悲欢歌哭渗透、融汇其中。

链接 >>

三幅听雨画面

雨打笠帽，雨滴行人，雨溅屋瓦。偌大的街道上，众生接受着雨的洗礼。

歌声在高楼响起，清脆、婉转。歌女的歌喉完美地释放出来。

少年在旁，认真地听，仔细地看，看那如柔荑的手，如凝脂的肌肤，那“巧笑倩兮，美目盼兮”的情景，令少年沉醉。

雨作帘幕，在楼的四面垂下，楼内成了个封闭的空间。红烛摇曳，罗帐低垂。

楼外的雨声，只成了楼内歌声的伴奏。

“少年不识愁滋味。”

广阔的江面上一点——孤舟。雨水不断侵入水面，躁动。江面俨然成了雨的乐器。

风不断吹摇着舟。舟中人烦躁。

已是壮年的舟中人掀开帘子。雨敲响船舷的木板，“咚”“咚”。

云压低了远方的山，一片灰蒙蒙。

低沉的云中一点——断雁。雨水不断淋湿羽毛。振翅。

风穿插在羽毛的缝隙。雁仍继续飞——孤独地飞。

壮年何尝不是这样一只断雁。四处漂泊，有家难回。

“何日归家洗客袍，银字笙调，心字香烧。”

舟外的雨声，令壮年无法入睡，无法做个归家的梦。

躲雨。在僧庐下看着外面的世界。江山易主。

少年欢乐、壮年愁绪一一没了。看着墙上的四字：

四大皆空。

“人有悲欢离合”，再也不能使其动情。

“滴答”“滴答”……

万念俱灰，一任那雨“一声声，空阶到天明”。

一剪梅·舟过吴江

一片春愁待酒浇。江上舟摇，楼上帘招。秋娘渡与泰娘桥，风又飘飘，雨又萧萧。

何日归家洗客袍？银字笙调，心字香烧。流光容易把人抛，红了樱桃，绿了芭蕉。

注释>>

[1] 吴江：今江苏县名，在苏州之南，太湖之东。

[2] 帘：酒旗。

[3] 秋娘渡、泰娘桥：吴江的两个地名。

[4] 银字笙：笙上用银做字以表示音色的高低。

[5] 心字香：制成心字形的盘香。

赏析 >>

这首词，是词人乘船经过吴江县时所作。

上片首句点出“春愁”的主旨，“一片”言愁绪连绵不断，“待酒浇”是急欲要排解愁绪；“江上舟摇”“楼上帘招”，以白描手法，写舟行于波动的水上，岸边酒楼上的酒招子，吸引了正欲寻酒的词人；“秋娘渡与泰娘桥，风又飘飘，雨又萧萧”是用当地的特色景点和凄清、伤悲气氛对愁绪进行渲染。

下片首句点出“归家”的情思，“何日”道出漂泊的厌倦和思归的迫切；“洗客袍”“调笙”和“烧香”的白描，是词人想象归家之后的情景：结束旅途的劳顿，脱下客袍，享受家庭生活的温馨，娇妻调弄起镶有银字的笙，点燃熏炉里心字形的香。这些当然都是为了渲染归情，用美好和谐的家庭生活来烘托思归的心绪。

最精妙的是下片最后三句，“流光容易把人抛”，点出感叹时光流逝之情，“红了樱桃，绿了芭蕉”，化抽象的时光为可感的意象，以两种植物的颜色变化来具体表现时光的流逝之快。

全词以首句的“春愁”为核心，选取典型景物和情景层层渲染，突出了春愁的内涵：一是倦游思归之愁，一是春光易逝之愁。

佚名评析说：全词以首句的“春愁”为核心，选取典型景物和情景层层渲染，突出了春愁的内涵：一是倦游思归的愁，一是春光易逝的愁。

链接 >>

写樱桃诗词

樱桃是世界公认的“天然 VC 之王”和“生命之果”。在诗词中很多作品写到这种娇小可爱的水果。

樱 桃 树

［唐］韦庄

记得初生雪满枝，和蜂和蝶带花移。
而今花落游蜂去，空作主人惆怅诗。

初 夏

［宋］陆游

槐柳成阴雨洗尘，樱桃乳酪并尝新。
古来江左多佳句，夏浅胜春最可人。

采 桑 子

［宋］黄庭坚

樱桃著子如红豆，不管春归。闻道开时。蜂惹香须蝶惹衣。
楼台灯火明珠翠，酒恋歌迷。醉玉东西。少个人人暖被携。

菩 萨 蛮

［清］纳兰性德

为春憔悴留春住，那禁半霎催归雨。深巷卖樱桃，雨余红更娇。
黄昏清泪阁，忍便花飘泊。消得一声莺，东风三月情。

留取声名万古香

——忠烈名臣文天祥的报国赤心

文天祥（1236－1283），吉州庐陵（今江西吉安市青原区）人，南宋民族英雄，自号文山、浮休道人。文天祥以忠烈名传后世，被俘期间，元世祖以高官厚禄劝降，文天祥宁死不屈，从容赴义，生平事迹被后世称许，与陆秀夫、张世杰并称为“宋末三杰”。

沁园春·题潮阳张许二公庙

为子死孝，为臣死忠，死又何妨。自光岳气分，士无全节；君臣义缺，谁负刚肠？骂贼张巡，爱君许远，留取声名万古香。后来者，无二公之操，百炼之钢。

人生翕欻云亡。好烈烈轰轰做一场。使当时卖国，甘心降虏，受人唾骂，安得流芳？古庙幽沉，仪容俨雅，枯木寒鸦几夕阳。邮亭下，有奸雄过此，仔细思量。

注释 >>

[1] 潮阳：今广东潮阳市。

[2]“为了死孝”等三句：文天祥主张以孔孟之道立身行事。这三句就提出应该为

忠、孝而死。

[3] 光岳：光，三光，即日月星。岳，五岳。气，文天祥《正气歌》云：天地有正气，杂然赋流形。在地为河岳，在天为日星。此言自安史之乱起，天崩地裂，不见精忠报国之烈士，而多无耻降敌之禽兽。士风扫地，大义何在？光岳气分：指国土分裂，即亡国。君臣义缺：指君臣之间欠缺大义。

[4] 刚肠：指坚贞的节操。这四句是说自宋室沦丧以来，士大夫不能保全节操，君臣之间大义缺损，还有谁能坚守坚贞的节操（无疑张许二公就是这样的人）。

[5] 张巡：与睢阳（今河南商丘市）太守许远共守危城，城陷后两人先后被害，他们英勇抗敌，宁死不屈的精神受到后人敬仰。

[6] 后来者：指张许二公以后的士大夫。操：操守。

[7] 翕歘：即倏忽，如火光之一现。云亡：死去。“云”字无义。

[8] 古庙：即张、许二公庙。仪容：指张、许两人的塑像。

[9] 邮亭：古指驿馆。供递送文书的人和旅客投宿的屋舍。这三句是对卖国投降的宋末奸臣的警告。

赏析 >>

唐玄宗天宝年间，安禄山起兵叛乱，张巡、许远在睢阳（今河南商丘），死拒叛兵，屏障江淮使唐得江淮财用以济中兴。元和十四年（公元819）年，韩愈因谏遭贬，赴广东潮州任刺史，在潮州做出很多政绩。因韩愈曾撰写《张中丞传后叙》，表彰张许功烈，所以后来潮州人感念韩愈，建书院、庙祀，皆以韩名，所以为张许建立祠庙，选址县东郊东山山麓。南宋时，文天祥驻兵潮阳，拜谒张许庙，因感而发，作此词。

这是一首借咏史来抒发爱国情怀的激昂词篇。词中通过咏史，表达了词人在南宋亡国前夕力挽狂澜、视死如归的豪迈情怀。

这首词是文天祥的不朽杰作。天祥崇尚古代仁人志士的气节和忠义精神，他被执大都之后，从容就义。他曾留笔：成仁取义，“而今而后，庶几无愧”。

这首词在艺术上也达到很高境界。全词立意高远，笔力刚健，将议论、抒情与描写有机地融合。文中多用对句，句句整齐，笔笔精锐。忠烈之气，贯穿全篇，感人肺腑！

链接 >>

文天祥忠于民族之志

德祐二年（1276）正月二十日天祥出使元营被扣留，次日谢太后派宰相贾余庆等赴元营奉降表，文天祥抗节不屈，其《指南录·使北》诗曰："初修降表我无名，不是随班拜舞人。谁遣附庸祈请使？要教索虏识忠臣。"可见文天祥为臣死忠，并非忠于一家一姓，而是忠于民族。这和儒家讲忠孝，但不主张愚忠、愚孝的思想是契合的。

正气歌

天地有正气，杂然赋流形。
下则为河岳，上则为日星。
于人曰浩然，沛乎塞苍冥。
皇路当清夷，含和吐明庭。
时穷节乃见，一一垂丹青。
在齐太史简，在晋董狐笔。
在秦张良椎，在汉苏武节。
为严将军头，为嵇侍中血。
为张睢阳齿，为颜常山舌。
或为辽东帽，清操厉冰雪。
或为出师表，鬼神泣壮烈。
……
是气所磅礴，凛烈万古存。
当其贯日月，生死安足论。
……

参考文献

[1] 周汝昌，等．唐宋词鉴赏辞典（唐五代北宋卷）［M］．上海：上海辞书出版社，1988.

[2] 周汝昌，等．唐宋词鉴赏辞典（南宋卷）［M］．上海：上海辞书出版社，1988.

[3] 胡云翼．宋词选［M］．上海：华东师范大学出版社，2004.

[4] 施议对．人间词话译注［M］．长沙：岳麓出版社，2008.

[5] 葛兆光．汉字的魔方——中国古典诗歌语言学札记［M］．上海：复旦大学出版社，2008.

[6] 叶嘉莹．王国维及其文学批评［M］．北京：北京大学出版社，2008.

[7] 叶嘉莹．唐宋词十七讲［M］．北京：北京大学出版社，2007.

[8] 谭德晶．唐诗宋词的艺术［M］．上海：学林出版社，2001.

[9] 葛晓音．唐诗宋词十五讲［M］．北京：北京大学出版社，2003.

[10] 李元洛．诗词风景［M］．北京：京华出版社 2006.

[11] 李元洛．红紫芳菲——诗词经典导读［M］．北京：华文出版社 2009.

[12] 孙绍振．名作细读——微观分析个案研究［M］．上海：上海教育出版社 2009.

[13] 蓝天，林健，伍岭．李清照诗词评释［M］．广州：广东人民出版社，1983.

[14] 蔡义江．宋词精粹解读［M］．北京：中华书局，2004.
[15] 上彊村民．宋词三百首［M］．北京：万卷出版公司，2010.
[16] 唐圭璋，缪钺，叶嘉莹．袖珍唐宋词鉴赏辞典［M］．上海：上海世纪出版股份有限公司，2003.
[17] 唐圭璋，等．古典诗词名篇鉴赏集［M］．北京：中华书局，1984.
[18] 胡云翼．唐宋词一百首［M］．上海：上海古籍出版社，1978.
[19] 刘逸生．宋词小札［M］．北京：中国青年出版社，2011.
[20] 吴淡如．不可不读的50首唐宋词［M］．北京：中国电视出版社，2010.
[21] 李会诗．宋词是一朵情花［M］．北京：石油工业出版社，2010.
[22] 倾紫蓝．衣上酒痕诗中字［M］．上海：上海锦绣出版社，2008.
[23] 杨雨．莫道不销魂：杨雨解秘李清照［M］．西安：陕西师范大学出版社，2008.
[24] 宋东波．苏轼：任是洒脱也多情［M］．北京：中国发展出版社，2008.
[25] 车延高．醉眼看李白［M］．南京：江苏人民出版社，2010.
[26] 于丹．重温最美古诗词［M］．北京：北京联合出版公司出版，2012.
[27] 侯皓元．宋词是黄昏的窗棂［M］．西安：陕西人民出版社，2010.
[28] 田姝．宋词的故事［M］．北京：光明日报出版社，2012.
[29] 王曙．宋词的故事［M］．南昌：二十一世纪出版社，2010.
[30] 杨军．南唐后主李煜传［M］．长春：吉林人民出版社，2010.
[31] 林语堂．苏东坡传［M］．张振玉，译．西安：陕西师范大学出版社，2008.
[32] 康震．康震评说苏东坡［M］．北京：中华书局，2008.
[33] 薛砺若．宋词通论［M］．南京：江苏文艺出版社，2008.
[34] 刘占召，张海凤．柳永词赏读［M］．北京：线装书局，2007.
[35] 吴淡如．吴淡如新说：且听人间词话［M］．北京：中国广播电视出版社，2010.
[36] 王国维．人间词话［M］．杭州：浙江古籍出版社，2011.
[37] 周锡山．汇编汇校汇评人间词话［M］．沈阳：万卷出版公司，2009.

[38] 白落梅．烟月不知人事改：宋词中的悲欢离合 [M]．长春：吉林出版集团有限公司，2010.
[39] 龙榆生．词学十讲 [M]．北京：北京出版社，2011.
[40] 叶嘉莹．叶嘉莹说诗讲稿 [M]．北京：中华书局，2008.
[41] 任明新．和中学生一起读《论语》 [M]．福州：福建教育出版社，2012.
[42] 任明新．初中全能语文读用本 [M]．北京：人民出版社，2013.
[43] 任明新．清水芙蓉自天然——中学生读李白 [M]．合肥：合肥工业大学出版社，2014.
[44] 蒋勋．蒋勋说宋词 [M]．北京：中信出版社，2014.
[45] 彭玉平．唐宋词举要 [M]．北京：商务印书馆，2014.
[46] 唐圭璋．唐宋词简释 [M]．北京：人民文学出版社，2010.
[47] 夏承焘．唐宋词欣赏 [M]．北京：北京出版社，2011.
[48] 杨海明．唐宋词与人生 [M]．石家庄：河北人民出版社，2002.
[49] 杨柏岭．唐宋词审美文化阐释 [M]．合肥：黄山书社，2007.
[50] 梁衡．把栏杆拍遍 [M]．郑州：文心出版社，2012.

后记

春风化雨说诗词

任明新

唐宋词之缘

我初中阶段很少接触古典诗词，说起唐宋词对我春风化雨般的精神滋润，还要从我的高中时代算起。

1981年秋季开学，我升入高二文科班，我们班八九位同学一起邮购当时刚创刊不久的《语文报》，每一期来到，只要上面有古典诗词，就迫不及待地抄在自己日记本上，大多是历代名家绝句，唐宋词篇目极少。

1982年，我高考落榜了。来到安徽省濉溪县临涣中学复习，我在经济极为窘迫的情况下自费订阅了《文史知识》和《名作欣赏》两种杂志，想提高自己的文学鉴赏能力。同学吴增华有一本《唐诗三百首》，我便借来，在紧张的复习之余孜孜不倦地阅读，还努力背诵其中一部分诗歌，其中印象最深的是张九龄被贬后写的两首《感遇》，其一："兰叶春葳蕤，桂华秋皎洁。欣欣此生意，自尔为佳节。谁知林栖者，闻风坐相悦。草木有本心，何求美人折?"这一首以兰叶、桂花自喻，表明自己的高志美德。

最让我感动的是杜甫的二首《梦李白》，写得情真意切，对李白那真是超越亲兄弟般的情谊啊！这样的诗句，谁人不为之感动呢？"浮云终日行，游子久不至。三夜频梦君，情亲见君意。告归常局促，苦道来不易。

江湖多风波，舟楫恐失坠。出门搔白首，若负平生志。冠盖满京华，斯人独憔悴。孰云网恢恢，将老身反累。千秋万岁名，寂寞身后事。”

十月份左右，我高二时的一位要好同学王成功（现为全国著名山水画家），他当时在濉溪二中复习，我们相隔七八十里路，不能相见，仅通了两次信，互相勉励对方专心复习。他在濉溪新华书店为我买了三本小书邮寄给我，其中一本是开本很小的小册子《唐宋词一百首》（胡云翼编选，上海古籍出版社出版，1978 年 7 月第 1 版），还有一本好像是《历代绝句选》。第三本实在是“音容渺茫”了。我在收到这三本书以后，感受到同学的深情厚谊，但是当时没有多少时间研读。

1982 年寒假，我给自己制定了一个研读唐宋词的计划，在紧张复习功课备战高考的间隙里，抽出春节前四天时间，背诵这一百首唐宋词。

在村民们喜迎新年的热闹声中，我一个人躲到我家位于村子西头的两间茅草房里，在那里参照注释，在理解大意的基础上，一篇篇地背诵起来。这一百首中除了《九张机》没有背诵，其余篇目都背了出来。

我没有为唐宋词练过一点“童子功”，那次也算是亡羊补牢，为唐宋词下了一点“青年功”吧（我那时已经 18 岁了）。这一次背诵将近一百首唐宋词，算是为我以后学习研读唐宋词打下一点底子。后来在滁州师范专科学校中文系学习期间，在这近一百首的基础上，我又背诵了几十首。

唐宋词最初给我印象最深的是几首敦煌曲子词，如《鹊踏枝》采用了灵活又独特的表现手法，通过思妇和喜鹊各自心理独白，活泼灵动地表现思妇思念和盼归之情；李煜在亡国被俘后写的十几首泣血之作，催人泪下；苏轼旷达豪迈的词篇，让我们对逆境有了独特体悟；李清照的十几首溢满欢笑和泪水的佳作，还有辛弃疾的爱国名篇……

容易背混淆的通常是欧阳修、柳永和晏殊几人的词作，因为他们题材比较接近，风格也比较类似，多为情意缠绵的婉约词。

精神滋润

弹指一挥间，36 年过去了，其间 32 年我一直在中学语文教学的岗位上，最近十几年我痴迷于语文教学研究，在紧张的教学之余，有时也会背诵几首，而36年前寒假里背诵的一百首唐宋词记忆最为深刻，它们是开在我记忆最深处的花朵。

在教学中，我经常为学生们补充阅读部分唐宋词篇目，如岳飞的《满江红》，我会用慷慨激昂的声调唱给学生们听，让他们从中感受岳飞为国杀敌立功的决心。我会补充王国维据以提出人生或治学三境界的三首词作，让学生明白人生三境界的美学内涵。元宵节，我会给学生们补充几首写元夕的词作……

梁启超先生博览古今，学问非常高深，在他最痛苦的时候——相濡以沫的妻子离世，别的书都不看了，他只读唐宋词。看了这个故事，我们可以想象，当一个人精神孤立无援时，可以用唐宋词来慰藉心灵的创伤，找到精神伴侣。

我总是在寂寞的时候咀嚼着那些唐宋词词句，体会其中包含的作者的生活际遇，他们的悲欢离合、喜怒哀乐。我总觉得，在唐宋词的诗句里，有更多贴近我们心灵的东西，有更多能触动我们心灵最深处最柔软部位的东西，有更多熨帖和慰藉我们浮躁或受伤的心灵的东西。

苏州大学教授、博士生导师杨海明在其专著《唐宋词与人生》中说：唐宋词是全部古典文学中最具生命活力和“活性效应”的作品之一。其永恒的魅力之一源于其古典的艺术美感，之二源于她所储存的丰厚的人生底蕴，而尤以后者堪称其“第一生命力”。

安意如说：邂逅一首好词，如同在春之暮野；邂逅一个人，眼波流转，微笑蔓延，黯然心动。

诚哉斯言！

36年匆匆逝去，这36年是我通过学习进一步提高自己、修炼自己的阶段，也是我铺展事业基础，为生活为事业而努力奋斗的阶段，36年在我的生命中占有太多的空间、太重的分量。36年里，我经历过多少挫折和坎坷，有过多少泪水和欢笑，有过多少失意和彷徨。然而，我对于唐宋词的感情一直没有变，我一直深爱着它——我36年前的选择。36年，让我从一个翩翩青年成长为一个有丰富教学经验的老教师。这36年在我身上刻下了太多的印记，它依然在悄无声息地滋养着我，为我提供生命的正能量——我的永远的朋友，贴心贴肺的唐宋词。

写作缘起

2012年我研究王国维的《人间词话》，为中学生写了一本《古典诗词美学的绝唱：〈人间词话〉》，为了写好此书，要认真研读唐宋词，这勾起了我为广大青少年写一本赏读唐宋词书的想法，用了五年多的时间完成了《我们爱读唐宋词》一书的写作。此书在最初选定152首篇目的基础上，多次精选最适合广大青少年阅读积累的、能让广大青少年产生感情共鸣的42位词人创作的109首词作。

写作此书五年多来，四易书名，三次删减篇目。第一次即是今天的书名，共选152首作品，都是本人欣赏的篇目。第二次改名为《正能量唐宋词》，篇数减为118首，凡正能量不足的或过于风花雪月的删去。第三次改名为《清雅润心唐宋词》，篇数再减为110首。其间还想改名为《遇见最美唐宋词》，自觉不太恰当。第四次听取方家意见，又改为《我们爱读唐宋词》，转了一圈回到原点。应该是不忘初心吧！篇数又减1首，109首，希望它能“要令久”。

我最大的愿望当然是此书能受到广大诗词爱好者的喜爱，书名也正表明这一追求。此书不敢保证解读最精彩，但至少有三个特色：(1) 体例新颖。每一作家专题选入逸闻趣事凸显词人个性；“赏析”为适合一般读者素读视角，较少搬弄专业术语；“链接”在同类书中为首创形式，彰显作家及词作文化价值。(2) 此书中间经历二次更名，其实即是经历二次淘选和精铸，保证此书正能量的价值和清雅润心的作用。(3) 篇目选择精当。五年多来，对篇目和数目做了反复权衡和比较，选择最脍炙人口的经典篇目，应该能得到同好们的首肯。

为了完成此书写作，2012年暑假在上海搜集资料的时间里，我阅读了大量唐宋词研究专著。在写作过程中，我切切实实地感受到唐宋词无比美妙的境界，无比深沉真挚的情感，无比奇妙的构思，无比丰富的联想，我经常沉醉于美妙的享受中难以自拔。更重要的是它为我们的心灵提供了足够丰富充盈的精神滋养。唐宋词像一位温柔的女教师，既给人以女性的体贴和关怀，又教人懂得爱和柔情。在唐宋婉约词的抚慰和熏陶下，读者的感情世界就可能变得更加细腻和丰富。

闲时偶尔作一首现代诗（已二十余年不作），以表达我读唐宋词的真切感受。

和唐宋词在一起

和唐宋词在一起
且赏，且喜，且吟，且叹，
在唐宋词的花园内，
我时常流连忘返……

和唐宋词在一起，
常感叹世事无常，风云变幻；
和唐宋词在一起，
我赏到春花秋月，情趣无限。

读一首词，演绎悠悠兴亡，诉不尽的流连。
赏一首词，穿越重重时光，咀嚼殷殷期盼。
品一首词，如那清冷月光，映照世间辛酸与无奈。
吟一首词，在耳畔萦绕，留下一腔愁绪，风吹不散。

就是你啊，唐宋词！
滋养我对真情的坚韧。
教会我面对挫折与希望，
抱有永远的豁达与眷恋。

特别感谢：

此书写作与修改得到淮北师范大学文学院任强教授和邱瑰华教授的指导，精通唐宋词研究的大家耿汉东先生对此书修改也提出一些指导性意见。濉溪中学资深语文名师张庆军老师不仅提出很多有益的修改指导意见，而且在紧张繁忙的高三教学之余，对此书作了字斟句酌的认真修改，让我实在感激不尽。淮北第一中学著名语文特级教师潘东明、淮北市教研室王娟老师也对本书修订提出很多有价值的意见，著名语文特级教师刘胜武主任和张敬邻主任，原濉溪初中张雪峰校长对此书写作多次给予热情鼓励和指导。原濉溪县教育局秦雪峰局长、淮北市海宫学校陈金锋老师、濉溪县城关中心学校刘福东副校长、蚌埠第三中学刘思萌老师都对此书修改提出了有益的建议。在此一并诚挚地感谢他们的帮助、指导和鼓励。

2018 年 6 月 19 日